MARÉ SOMBRIA

ESQUADRÃO SEVER
LIVRO 5

A.R KNIGHT

UM

MUNDO AQUÁTICO

As grandes serpentes azuis serpenteavam pela cabine da nave, a produção de água colossal de Gillane Quatro era um espetáculo visto da órbita. Aurora, sorvendo seu café da manhã por um canudo de aço, observava o planeta transformado por corporações seguir com seus negócios. Uma visão muito melhor do que o vazio escuro do espaço profundo, que havia sido o show estrelado por semanas enquanto a *Prisa* acelerava até e além da velocidade da luz para fazer a jornada.

Como comandante de Sever, capitã... Aurora soltou uma risada quase inaudível, nem mesmo chamando a atenção de Eponi. Que importância tinha o posto? Sever não estava mais na hierarquia da DefenseCorp. Todos no esquadrão tinham suas habilidades: Aurora combinava disciplina rigorosa com pensamento estratégico, Eponi pilotava qualquer coisa em que pudesse pôr as mãos, Gregor balançava um grande martelo, Sai explodia coisas, e Rovo cuidava da conversa.

Aquele sorriso morreu rapidamente quando Rovo veio à mente. O ex-novato havia sido levado por dois traidores, agentes da DefenseCorp determinados a usar o conhecimento de Rovo para aprimorar novas armas. Ele fora roubado da *Nautilus* por Renard e Vana, usado como refém para impedir que Aurora explodisse os malditos. Agora, Sever havia rastreado o trio e sua força até Gillane Quatro e seu ninho aquático.

— Lindo — disse Gregor, mergulhando no assento atrás de Aurora. Um dos quatro na cabine da *Prisa*, os dois traseiros destinados a apreciar as habilidades do piloto. — Os planetas azuis são os melhores.

— Este aqui não é azul por escolha — disse Eponi. — Toda essa água costumava ficar sob o gelo. Já vi vídeos de corridas de kart que faziam aqui. Então a Salinity decidiu diferente.

Outra megacorporação, construída sobre a necessidade da maioria das espécies de consumir água para sobreviver. Aurora não sabia muito sobre a Salinity, exceto que seu logo H_2O parecia estar em todos os dispensadores de líquidos da galáxia. Isso, e que eles acreditavam que os planetas deveriam ser ajustados aos seus graus mais úteis.

O que, tudo bem. Não era problema de Aurora se Gillane Quatro passasse de um planeta polar para um com infinitos gêiseres de água.

— Onde vamos pousar? — perguntou Gregor. — Nós os encontramos?

Eles significava Renard e Vana, e com esses dois, esperançosamente, Rovo. Gregor havia feito um trabalho pesado em alguns agentes capturados antes de Sever deixar a *Nautilus* para vir aqui, quebrando os dois cativos com ameaças não de violência física, não de tortura mental, mas com um movimento muito característico de Gregor.

— Há o certo — Gregor havia dito ao par, ainda em suas camas na enfermaria, empurradas juntas na mesma sala para a reunião. — E há o errado. Seu amigo, Zaydi, morreu pelo errado. Agora, vocês podem consertar isso.

Ele havia seguido esse início banal com uma série de gravações. Capturas de vídeo de Renard e Vana despedaçando soldados com seus novos trajes. Os corpos carbonizados deixados para trás em uma doca de atracação da *Nautilus* quando os agentes em fuga explodiram com seu transporte roubado. Os dois espiões mudaram de tom ao ver o que seu lado havia causado.

É fácil perseguir um sonho quando você não vê o custo.

— Eles não estão dificultando as coisas para nós — disse Aurora, respondendo à pergunta de Gregor. — O transporte ainda está em órbita. Pairando a uma certa distância. Eles enviaram lançadeiras para a superfície, direto para a capital.

— Bem onde fica a sede da Salinity — acrescentou Eponi.

Renard e Vana tinham vindo para Gillane Quatro para encontrar uma garota chamada Kaia e o tesouro enterrado em seu sangue. Uma jovem com um pai especializado em biologia molecular. Rovo, antes de ser capturado, recebeu uma mensagem de Kaia dizendo que ela e seu pai tinham vindo para o planeta, e Aurora só conseguia pensar em um motivo pelo qual um cientista desesperado por dinheiro viria para cá.

Os empregos na Salinity deviam pagar bem, e Kashmal poderia conseguir uma boa posição lá. Pelo menos, essa era a suposição com a qual Aurora trabalharia até que algo provasse o contrário.

— Então nós pousamos, vamos até a Salinity e eu esmago Renard com meu martelo? — perguntou Gregor.

— Quase — respondeu Aurora. — Sai vai para a Salinity com Eponi. Você e eu vamos caçar.

— Ah. Bom plano.

Lá fora, Eponi manobrou a *Prisa* para uma fila de naves pousando. Cargueiros, cruzeiros de passageiros e naves menores como a deles.

— Você acha que vai haver uma trilha? — perguntou Eponi. — Tipo, Renard estará esperando por nós lá embaixo com algumas bandeiras, nos dizendo para onde ir?

Gregor não respondeu, e Aurora podia perceber que o homem estava esperando para ver o que ela faria. No passado, dar esse tipo de sarcasmo a Aurora seria motivo para uma severa repreensão. Um lembrete objetivo sobre o que estava em jogo na missão, para oferecer algo útil, não uma piada.

Mas os últimos meses, desde Dynas e seus infernos pantanosos, até Wexer e os corredores mortais da *Nautilus*, haviam lixado essas arestas. A piada não irritava mais Aurora. Não fazia nada além de despertar um pouco de felicidade por Sever *ainda poder* fazer piadas depois de toda a porcaria pela qual haviam passado.

— Eles são agentes — disse Aurora. — Renard vai contatar o posto local para conseguir uma base de operações no planeta. Começaremos por lá, ver o que podemos descobrir.

— E você quer que Sai e eu entremos nos escritórios da Salinity e digamos o quê, vocês viram este homem?

— Você pode usar suas próprias palavras, se quiser.

Eponi abriu um sorriso e Aurora retribuiu. — Estou gostando dessa sua nova versão, comandante. Me dando algum espaço para voar.

— Só certifique-se de não cair.

Deixar a *Prisa* na atmosfera brilhante de Gillane Quatro proporcionou uma louca corrida biológica. Aurora, como fazia toda vez que encontrava um novo planeta, inspirou profundamente para ter uma ideia de onde havia estacionado seu corpo. Gillane Quatro recebeu o movimento com ar leve e seco mesclado com um aroma de limão, como se Aurora tivesse entrado em um jardim de cítricos. A atmosfera combinava com o design, já que a Salinity havia colocado floreios fluidos sobre seu mundo possuído.

As baías de atracação ficavam em plataformas abertas de cor azul-gelo suspensas, como tudo em Gillane Quatro, acima do oceano interminável que cobria a superfície do planeta. Barreiras verde-hortelã brilhavam translúcidas ao redor das bordas da plataforma, fornecendo um sinal e uma leve sensação de choque para qualquer um que pensasse em dar o mergulho de um quilômetro no mar agitado.

Aurora não conseguia se lembrar da última vez que vira nuvens tão brancas e fofas, uma circunstância devida ao controle preciso de Salinity sobre o ciclo da água do planeta. Sem mau tempo aqui, apenas condições ideais para a colheita de água.

Deepak havia enviado o dossiê da DefenseCorp sobre o planeta, um documento detalhado descrevendo como a Salinity fazia Gillane Quatro funcionar. Aurora o havia devorado e sugerido que os outros fizessem o mesmo, com Gregor prestando atenção especial ao trabalho da Salinity de capturar e colidir asteroides gelados no lado distante do planeta para manter seu gigantesco reservatório cheio.

As evidências do trabalho se manifestavam ao redor de Aurora enquanto ela saía com Gregor, vestidos com roupas civis práticas. Um casaco branco folgado ajudava a esconder um coldre de ombro e a pistola em seu interior, enquanto Aurora havia encaixado uma faca ao longo de sua coxa. Dificilmente o equipamento necessário para invadir e resgatar um refém, mas se encontrassem Rovo, cinco novos trajes de armadura potencializada estavam de volta na *Prisa*.

Deepak não havia lutado muito quando Aurora fez a

exigência. Ela apontara que o almirante devia a Sever por seus esforços em limpar os agentes da *Nautilus*, e que Deepak havia causado a perda de seus trajes originais através do esforço fracassado em Dynas, somado às táticas agressivas em Wexer.

E, embora Aurora não tivesse contado isso a mais ninguém em Sever, ela havia prometido a Deepak que o esquadrão voltaria após o resgate.

O que isso significava, bem, Aurora descobriria mais tarde. Por enquanto, eles tinham armas, tinham alvos. Hora de ir.

O dossiê também tinha a localização do escritório da DefenseCorp. A base oficial provavelmente não seria onde os agentes se escondiam — o ramo clandestino tendia a seguir seu próprio caminho — mas os burocratas poderiam saber onde verificar.

— Então, como chegamos lá? — Gregor perguntou enquanto caminhavam da plataforma.

Uma boa pergunta. O foco líquido da Salinity fluía para tudo no planeta, incluindo as plataformas azuis e sua plataforma central, um design de gota canalizando as multidões que desembarcavam para um ponto. Esse ponto parecia estar ligado a vários tubos gigantes e transparentes, todos se lançando de volta em direção à elevação em forma de caule do núcleo da cidade.

Uma flor, com a cidade no centro e cada plataforma de atracação uma pétala.

— Nadar? — Aurora disse enquanto se juntavam a uma multidão variada que se dirigia aos tubos.

Gillane Quatro mantinha sua ética voltada para o dinheiro e, como em qualquer outro lugar da galáxia, os comerciantes se faziam notar aos recém-chegados. Aquele primeiro respiro pacífico desapareceu sob um ataque de publicidade, com gritos de barracas oferecendo comida e, sim, água de lembrança 'diretamente da fonte'. Seus alvos não eram vagabundos encapuzados como em Wexer, mas uma coleção funcional cuja renda e direção óbvias colocavam Aurora em uma estranha posição.

Talvez ela tivesse passado tempo demais caçando dinheiro nas entranhas da galáxia se a civilização real a deixava tão desconfortável.

— Acho que preciso de férias — Aurora disse, ambos agora presos na fila. Mais espécies do que ela já vira em um só lugar se aglomeravam ao seu redor, suas línguas competindo por sua incompreensão. — Depois que pegarmos Rovo, talvez.

— Hah. Uma boa ideia — disse Gregor. — Mas entediante demais para mim.

— Não há nenhum lugar para onde você gostaria de ir?

— Para um planeta com menos paz do que este, talvez.

De alguma forma, Aurora imaginou que Gillane Quatro poderia não desfrutar dessa paz por muito tempo, mas antes que pudesse falar sobre isso, as últimas pessoas à frente se dirigiram para um tubo e deixaram o par de Sever na frente. Dois postes grossos ficavam a vários metros de distância, com anéis vermelhos brilhando perto de seus topos. Entre eles, outra barreira verde suave brilhava. Uma voz artificial agradável pedia que qualquer pessoa carregando mercadorias se anunciasse, e quando ninguém o fez, os postes emitiram um trinado de afirmação.

À frente, os três tubos transparentes terminavam com suas próprias baías. Cápsulas, cada uma do tamanho da *Prisa*, voavam para um descanso suave antes de carregar e disparar novamente. Uma tinha uma fatia laranja através de seu meio prateado, com letras azuis designando-a apenas para carga. Diretamente à frente, uma cápsula que chegava encontrou seu repouso enquanto a outra de passageiros disparava com o familiar zumbido sibilante da tecnologia.

Os anéis no topo dos dois postes ficaram azuis, e a barreira verde mudou, inclinando a abordagem para a cápsula do meio, dando a Aurora e Gregor um caminho.

— Acho que prefiro Wexer — Aurora disse enquanto entravam na cápsula, onde assentos acolchoados e primosos aguardavam sua entrada. — Isso parece um pouco controlado demais.

— Aproveite — disse Gregor. — Não tenho dúvidas de que o caos nos encontrará em breve.

— Ou nós o encontraremos.

— Há diferença?

— Eu preferiria que fôssemos nós a criar o caos, do que alguém fazê-lo por nós.

— Ah — Gregor sentou-se ao lado de Aurora, seu volume empurrando-a para cima em direção às janelas ovais da cápsula. — Me avise, e eu criarei seu caos.

Aurora riu, e a cápsula disparou. Qualquer que fosse a tecnologia que alimentava aquilo, não dava a Aurora muita sensação de movimento. Como estar em uma nave estelar quando os motores são ligados, andar pelo túnel até a cidade parecia como assistir a um filme. E este filme amava água.

Aproximando-se do gigantesco caule da cidade, Aurora viu as várias bombas subindo pelo suporte solitário da cidade, os tubos subindo do oceano e se estendendo através dele. O vasto conjunto sem dúvida respondia por aquela sensação pulsante que Sever havia visto enquanto em órbita, à medida que os túneis vítreos canalizavam água por todo o planeta para qualquer tratamento necessário antes de ser carregada e enviada. Ondas se esgueiravam entre os tubos, como prisioneiros alcançando através das grades.

— Pronto para um resgate? — Aurora disse. — Exatamente como Dynas?

— Nada será como Dynas — Gregor respondeu. — Mas estou pronto para um resgate. E estou pronto para alguma vingança.

Gregor havia detalhado a traição de Vana, um movimento que não havia feito muito para abalar a opinião de Aurora sobre a estranha agente. Vana havia equipado Aurora bem na *Nautilus*, e então prosseguiu levando Gregor em uma busca para encontrar Renard. A velha agente aparentemente surpreendeu Vana com alguma nova armadura potencializada, versões mais leves que eram praticamente invisíveis aos olhos humanos. Uma traidora tentada pelo tesouro, Vana havia mudado para o lado de Renard, vestido um traje e quase enviado Gregor para o além.

Aurora havia recebido a notícia com um dar de ombros e uma promessa de derrubar Vana com um laser na próxima vez que visse a mulher.

— Primeiro, no entanto, quero respostas — Gregor continuou. — Ela deveria ter me matado, mas não o fez. Eu gostaria de saber por quê.

— Porque ela não teve tempo? — Aurora lembrou que Vana havia partido para uma matança quando alguns soldados infelizes interromperam sua evisceração de Gregor. Vana havia deixado Gregor para trás, ofegante em uma armadura potencializada danificada, um golpe de sorte que Gregor se recusava a ver dessa forma. — É difícil pensar claramente quando você está sendo atacado.

— Ela pensou claramente.

Gregor parecia preocupado, um franzido sobre aquele rosto gigante, e mergulhou em um silêncio taciturno que Aurora decidiu deixar em paz.

A cápsula se aproximava de seu destino, e isso significava que ela teria que enfrentar o próximo desafio: fazer com que alguns subordinados da DefenseCorp dedurassem seus amigos agentes.

Nada que um pouco de dinheiro ou a ponta de uma pistola não pudesse resolver.

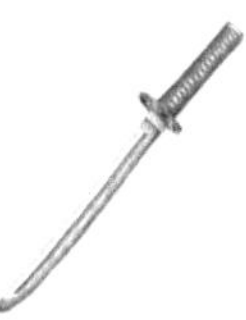

DOIS

PASSEIO PELA CIDADE

— Não acredito que você trouxe a espada — disse Eponi a Sai enquanto eles saíam da cápsula e entravam na cidade.

A multidão abriu caminho para Sai e Eponi, com olhares demorados sobre a katana de Sai, embainhada sobre seu ombro, com um cabo que se projetava o suficiente para se sobressair em suas costas como um animal. Ambos os membros da Sever vestiam roupas de negócios folgadas, que poderiam passar por apropriadas para o escritório, mantendo flexibilidade suficiente para entrar em ação, caso fosse necessário.

E Sai esperava que fosse necessário.

Assim como Dynas, a Sever tinha vindo a Gillane Quatro em uma missão específica, de resgate e vingança. Tais coisas tendiam a terminar em violência, e depois do que Renard e Vana haviam feito a Sai na *Nautilus*, o demolicionista não se importaria de ter uma chance contra os dois.

Especialmente depois de algumas semanas se recuperando durante a longa viagem. Pomadas e exercícios haviam reduzido as queimaduras e os músculos machucados de Sai a um estado aceitável, embora com novas cicatrizes e manchas descoloridas na pele sob suas roupas. Todos que serviam na DefenseCorp por mais de um minuto tinham essas marcas.

Sinais de uma vida duramente vivida.

— Você sabe para onde estamos indo? — perguntou Eponi, puxando Sai para o pátio lotado onde a cápsula despejava os recém-chegados ao planeta.

A Salinity projetou seu mundo como um parque de diversões. A área de desembarque estava repleta de placas anunciando vários destinos e serviços. Quer imigrar para Gillane Quatro? Siga por aqui. Procurando entregar carga? Vá por ali. Planejando fazer um tour pelo mundo aquático? Siga em frente, por favor.

Robôs pairavam entre a multidão, respondendo perguntas e sinalizando para as pessoas continuarem se movendo: a próxima cápsula e seus alvos chegariam em breve.

— Ah, não — disse Sai. — Nunca estive aqui antes.

— Sério? Parece totalmente o seu tipo de lugar.

— Por que você diz isso?

— Homem de família. As crianças devem adorar tudo isso, não é?

— Multidões? Caos? — Sai deu de ombros. — Talvez você tenha razão.

Eles optaram por seguir em frente, marchando em direção a uma grande placa que exibia o nome formal da cidade, Kaiyo. As cinco letras foram feitas como ondas, com as cristas brancas enquanto o resto fluía em azul profundo em uma moldura dourada. Sob o arco, a ampla calçada de pedra prateada se abria em uma praça movimentada.

A maioria das áreas urbanas modernas contava com táxis aéreos, com estações de ancoragem espalhadas por toda parte, ou transporte subterrâneo em massa, deixando os espaços de superfície livres para caminhar, fazer compras e atender a necessidades especiais. Kaiyo jogava o mesmo jogo, só que, em vez da mistura variada de carros e naves voando pelo ar, aqueles tubos de vidro e suas cápsulas serpenteavam como veias no alto. Combinações de elevadores e escadas forneciam acesso às estações, e as longas filas à vista mostravam pouca relutância em embarcar nos lançadores.

Os tubos ganhavam suas curvas contornando edifícios altos, todos projetados com um esquema de cores azul ou verde-mar, e todos aparentemente sem uma linha reta no exterior. As estruturas se arqueavam acima e ao redor deles, sem dúvida tentando transmitir a sensação de estar perdido em um oceano profundo. Em vez disso, Sai achou vagamente perturbador, com um leve enjoo afetando seu estômago.

— Parece que eles estão comprometidos com o tema — disse Eponi.

— É o planeta deles — respondeu Sai. — A escolha é deles. Deixe-me ver o que posso encontrar.

Após a desventura na *Nautilus*, a Sever havia se equipado com novos pulseiras. Os pequenos computadores serviam como bancos de dados móveis, dispositivos de comunicação e qualquer outra coisa que a Sever precisasse do universo digital. Depois de perder o seu em Wexer, Sai se sentiu uma combinação de liberto e congelado, incapaz de acessar conhecimentos que tinha à disposição durante toda a sua vida e, ao mesmo tempo, desconectado da galáxia maior.

Ainda assim, Sai sacrificaria essa liberdade por um bom mapa da cidade, e o de Kaiyo apareceu imediatamente quando Sai perguntou ao pequeno computador preso ao seu pulso esquerdo. Descobriu-se que o centro de Kaiyo tinha muitos níveis abaixo daquele em que estavam, e a estimativa do pulseira mostrava a disparidade de renda habitual da galáxia em ação: aqueles com dinheiro tinham os níveis superiores e seus céus azuis. Aqueles sem iam cada vez mais para baixo em direção aos mares agitados.

— Ok — Sai olhou para cima do seu mapa, direto à frente. — Vou dizer que deveríamos ter adivinhado essa.

— Ah?

— A sede da Salinity está logo à frente. É o centro da cidade.

— Isso é óbvio — disse Eponi. — Triste.

— Por que é triste?

— Porque eu continuo esperando que essas grandes empresas sejam mais criativas do que realmente são.

— Bem, eles não contrataram você.

— Eu sei. Se ao menos...

Sai riu enquanto eles partiam. Ele não conseguia imaginar uma faísca como Eponi analisando números e documentos o dia todo, fazendo diplomacia com investidores e clientes. Por outro lado, Sai também não conseguia se imaginar fazendo isso. Depois de uma hora parado no mesmo lugar, ouvindo um briefing, ele teria essa coceira incômoda para fazer algo, para mergulhar sua mente em um quebra-cabeça - como qual composto químico poderia melhor derreter o casco de uma nave estelar. Passar dias analisando apresentações e jogos de poder?

Nem pensar.

Querendo ter uma melhor sensação do mundo, Sai e Eponi decidiram caminhar. Eles até pararam em um pequeno café, todo decorado com temas de criaturas marinhas, e pediram um café da manhã fresco e café para acompanhar. Depois de semanas mastigando pacotes de proteína sintetizada em laboratório e sucos vitamínicos reidratados, ter algo fresco parecia, bem, transformador.

Sai pagou a rodada, tocando seu bracelete. O custo em dinheiro não foi alto, mas a dedução fez piscar uma pergunta sobre de onde viria seu próximo depósito. Resgatar Rovo, por mais importante que pudesse ser para Sever, não vinha com uma recompensa atrelada. Deepak os havia abastecido com provisões e equipamentos por ajudarem com o *Nautilus*, mas dinheiro não viera junto.

Eles haviam tomado a decisão na órbita de Dynas de perseguir dinheiro em vez de suas carreiras, de abandonar a DefenseCorp e suas malditas missões por um tipo mais puro de lucro. No entanto, apesar de toda essa conversa, Sai não vira uma gota cair em sua conta.

E sua família não via um aumento chegar até eles há muito tempo.

— Você está pensando a mesma coisa que eu — disse Eponi enquanto vagavam em direção ao centro da cidade, entre aqueles prédios fluidos e multidões tagarelas, as ondas do planeta oceânico preenchendo o fundo ao longe, muito abaixo. — Vamos ficar sem grana se continuarmos assim.

— Do jeito que eu vejo — disse Sai —, nós resgatamos Rovo, derrotamos Renard e então pedimos a Deepak uma recompensa adequada. Impedir um golpe da DefenseCorp deve valer alguma coisa.

— É, um tapinha nas costas e uma saída rápida — disse Eponi. — Qual é a lógica? Ainda somos desertores. Eles podem dizer que nosso pagamento é um nome limpo e uma chance de voltar para, sei lá, o maldito Wexer para sugar terra por migalhas.

— Que bom que você é tão solidária.

— Precisamos de uma realista nesse esquadrão.

A sede da Salinity brotava do centro de Kaiyo como um

respingo congelado. O anel externo do edifício se erguia para cima e para fora, culminando em um nível superior curvo com picos periódicos. O centro, feito em turquesa gelado, se estendia acima até um ponto estreito, arruinado em sua altura absoluta por uma plataforma de pouso. Levando à entrada, havia um pátio de vidro, sob o qual corria água em redemoinhos ondulantes, ocasionalmente sugada para uma das meia dúzia de fontes.

Sai teria chamado isso de impressionante, exceto que não muita coisa se qualificava depois de ter visto uma nebulosa do coração sombrio do espaço. Nada se aproximava daquele esplendor interestelar.

— Então, qual é o nosso plano aqui? — disse Eponi. — Você começa a conversar com a recepcionista enquanto eu me esgueiro e caço o Kashmal?

— Que tal você seguir minha liderança e tentarmos não criar uma cena?

— O jeito chato, então.

— Nem tudo precisa terminar com a gente levando tiro.

— Você sabe que vai acontecer de qualquer jeito — disse Eponi quando chegaram às portas principais, cortinas d'água em cascata que se afastaram quando a dupla se aproximou. — Não importa o que você e eu façamos, vamos levar lasers na cara.

— Vou pedir o Gregor da próxima vez.

— Não odeie o mensageiro, cara.

O saguão da Salinity se dividia em metades de saída e entrada, marcadas por caminhos revestidos de vidro e água correndo nas direções necessárias. À esquerda, o fluxo corria em direção a Sai e Eponi, sob uma barreira de scanner suave configurada para procurar IDs para abrir. À direita, o fluxo corria para dentro, passando por um balcão onde tanto robôs quanto humanos transformavam perguntas em respostas.

Além deles, um segundo arco de barreira de scanner aguardava.

Depois de toda essa agitação, o espaço se abria em um átrio com um elevador de cascata centralizado. Luzes em forma de gotas pendiam por toda parte, provando o compromisso extremo da Salinity com o tema. O líquido sem fim fez Sai procurar um banheiro e desejar, só um pouquinho, a areia preta de Wexer.

Refrescados e prontos, Eponi e Sai se reuniram no balcão da recepção, onde gentilezas artificiais em um rosto humano saudaram sua aproximação.

— Oi, sim — começou Sai —, na verdade estamos aqui para nos encontrar com alguém?

— O nome? — A recepcionista, com os olhos deslizando para a katana de Sai, já tinha os dedos no console, empoleirada na mesa verde-mar.

A pergunta óbvia não foi feita. Aparentemente, o treinamento de atendimento ao cliente da Salinity superava todas as indagações sobre lâminas estranhas entrando no escritório.

— Kashmal — Sai hesitou, não tendo certeza do sobrenome do homem. — Não consigo lembrar de mais nada. Desculpe, manhã longa.

Tecnicamente, a manhã havia começado lá no espaço. Sai tinha ido da órbita à superfície de um planeta, tudo antes do horário local do almoço. Isso definitivamente se qualificava como longo.

A recepcionista não parecia muito impressionada com a falha de memória de Sai, mas a Salinity provavelmente não estava pagando a ela para interrogar visitantes, então ela fez a digitação mesmo assim. Então, virando a tela, a recepcionista convidou Sai a escolher qual das fotos de funcionários correspondia ao seu Kashmal em particular.

Três opções locais, e a primeira, a mais recente, correspondia ao que Sai lembrava. Cabelo preto, barba por fazer. Parecia mais arrumado do que a aparência de refugiado em evacuação que Kashmal tinha exibido durante a fuga de Dynas.

— É esse — disse Sai. — Precisamos conversar com ele.

— Sobre? — A recepcionista perguntou, seus dedos pairando sobre o botão de chamada do console.

— Assuntos de família — respondeu Sai. — Ele vai entender.

Isso rendeu a Sai uma sobrancelha erguida. Eponi, por sua vez, ficou um pouco atrás, seus olhos vasculhando a sala. Procedimento padrão quando um membro tinha um compromisso ativo, o outro ficava de olho em qualquer coisa estranha. Ela daria um toque no ombro de Sai se Eponi notasse algo, mas até agora, a Salinity mantinha as coisas normais.

Sem Renard, sem Vana, sem agentes óbvios.

Talvez Sever tivesse conseguido chegar aqui antes, ou talvez Rovo não tivesse entregado o jogo. Se esse fosse o caso, então Sai devia mais respeito ao novato. Ser refém nunca era divertido — ser injetado em Dynas vinha à mente — e Renard não parecia ser um captor gentil.

— Certo — disse a recepcionista. — Ele está descendo. Sorte sua ter vindo cedo, ele vai sair em uma hora por uma semana.

— Para quê?

— Treinamento de integração da Salinity. Eles te mandam ao redor do planeta, para ver todas as instalações de processamento.

— Parece fascinante — Sai tentou, falhou em soar fascinado. — Devemos esperar aqui ou do outro lado da barreira?

— Você não vai passar para o outro lado com essa espada — disse a recepcionista. — Então eu esperaria aqui.

— Justo.

Sai recuou, juntou-se a Eponi, que apontou que todos os seguranças da Salinity no saguão, talvez quatro, tinham os olhos fixos em Sai e sua katana. Alguns já tinham conversado em seus braceletes.

— Você está dizendo que sou popular? — disse Sai.

— Estou dizendo que você pode nos matar.

— Oi, bem-vinda ao Esquadrão Sever.

Eponi revirou os olhos.

Sai, observando o elevador, avistou Kashmal primeiro. O cientista esguio, que tinha uma queda por bebidas no meio do dia e genialidade suficiente para se safar disso, tinha um olhar confuso ao sair de trás das barreiras. Ele vestia um jaleco azul da Salinity, óculos e um ar de que não deveria ser incomodado.

Um ar que desapareceu assim que Kashmal viu Sai e Eponi esperando por ele. Sai só tinha visto uma vez um rosto desabar como o de Kashmal, e tinha sido o do seu próprio filho quando o jogo de futebol do garoto foi cancelado por causa do tempo. Uma verdadeira catástrofe, aquela.

— Não posso imaginar que isso seja algo bom — disse Kashmal, aproximando-se deles com as mãos nos bolsos. — Eu esperava nunca mais ver o seu grupo miserável.

— Acredite, o sentimento era mútuo — disse Eponi.

— Não foi escolha nossa — concordou Sai —, mas estamos aqui mesmo assim. Pessoas estão atrás de Kaia. Estamos tentando pegá-las, mas queremos ter certeza de que sua filha está segura.

Kashmal piscou, inclinou a cabeça. — Segura? Da última vez que vocês intervieram, ela quase foi tirada de mim. Agora vocês estão aqui de novo para quê? Levá-la embora?

— Protegê-la — disse Sai. — Nos diga onde ela está, e estabeleceremos um perímetro. Manteremos os que estão atrás dela longe enquanto Aurora e Gregor lidam com eles.

Kashmal olhou para o chão, para a água embaixo, por um longo segundo. Ao olhar para cima, ele tinha um olhar diferente, um que Sai já tinha visto antes: o da criatura encurralada.

— Não vou dizer a vocês uma maldita coisa sobre minha filha — disse Kashmal. — Eu tenho um trabalho aqui, Kaia está indo bem, e não precisamos de vocês estragando isso. Deixem-nos em paz.

— Não vai acontecer — disse Eponi. — Não porque queremos algo com você, mas porque não podemos arriscar que os bandidos ponham as mãos na sua garota.

— Isso, eu acredito, não é uma escolha que caiba a vocês fazer. — Kashmal recuou um passo. — Última chance. Vão embora e esqueçam que já nos encontraram.

Sai balançou a cabeça. — Isso é para o seu próprio...

— Socorro! — gritou Kashmal, tirando as mãos dos bolsos e recuando. — Eles estão tentando me ameaçar e à minha família! Segurança!

Sai teria chamado a performance de ridícula, teria chamado de absurda e patética, exceto que a segurança da Salinity parecia ter tomado as palavras de Kashmal como fato. Os quatro guardas se aproximaram, um deles falando em seu comunicador de pulso pedindo reforços.

— Viu? — disse Eponi, recuando junto com Sai. — Lasers na cara. Toda vez.

Sai não podia discordar disso.

TRÊS

FAZENDO UM ACORDO

A água com gás formigava seus lábios com algo além do sabor de limão, talvez o formigamento responsável pelo nome da água: *Jolt*. Não era tão forte quanto o café de Aurora na nave, mas para um impulso na hora do almoço, servia.

Gregor e Aurora dominavam uma mesa redonda ao ar livre, observando os escritórios da DefenseCorp do outro lado da avenida. Aurora mastigava seu sanduíche, enquanto as migalhas de Gregor eram levadas pela brisa. Gillane Four tinha pássaros suficientes, provavelmente trazidos de outros mundos, que limpariam as sobras. Em algum lugar próximo, um artista de rua exercia seu ofício, a melodia áspera ecoando pelos edifícios de forma agradável.

— Isto é chato — disse Gregor. — Estamos aqui há uma hora.

— Tocaias são chatas. Esse é o ponto.

O plano de Aurora havia mudado de uma exigência estrondosa pela localização de Renard para uma busca mais direcionada. Eles esperariam que alguém saísse sozinho do escritório, então abordariam o coitado e obteriam as informações que precisavam sem arriscar um problema com um número maior de pessoas.

Até então, houve algumas almas dispersas entrando e saindo do escritório, mas ninguém usando o uniforme vermelho que mostrava que realmente entregavam dados para a DefenseCorp. Aurora e Gregor precisavam de uma fonte, não de um civil aleatório, e-

— Ali — disse Aurora. — Essa é uma.

A capitã do Sever enfiou o resto do sanduíche na boca enquanto Gregor se virava, avistando a mais recente saída dos escritórios. Uma senhora de ameixa com aquele uniforme vermelho-escuro e cabelos desgrenhados batia o pé na calçada. Longe do escritório e longe dos dois membros do esquadrão Sever.

— Vamos. — Gregor levantou-se, cambaleando com um pouco de empolgação demais e segurando sua cadeira antes que ela caísse sobre as pedras cremosas e iluminadas.

Os dois caíram em perseguição. Muito mais satisfatório do que sentar e esperar. Ele sentia falta do peso nas costas onde seu martelo costumava ficar, esperando para ser desembainhado para destruição em massa. Em vez disso, enquanto Aurora escondia uma pistola sob uma jaqueta, Gregor mantinha seu próprio revólver de bolso em um coldre no tornozelo, escondido por calças largas e folgadas. Não exatamente na moda, mas Gregor respondia a cada sobrancelha erguida com um olhar firme, e logo qualquer possível crítico desviava o olhar.

Você não precisava usar músculos para tirar vantagem de tê-los.

O alvo caminhava em direção a um cruzamento movimentado, uma praça circular dominada por mais uma estátua relacionada à água chamando a atenção para o fundador de Salinity, sua família ou alguma outra pessoa que Gregor não tinha interesse nem tempo de conhecer. Até agora, o alvo havia se mantido ao redor de muitas pessoas para facilitar uma captura rápida.

— Ela está virando — disse Aurora. — Fique pronto.

— Sempre pronto.

— Claro que está.

A capitã acertou, no entanto. A mulher se afastou da praça e seguiu em direção a um caminho mais tranquilo que levava a um conjunto residencial. Os condomínios empilhados aqui pareciam bons demais para o que Gregor se lembrava do salário da DefenseCorp, mas talvez ela ocupasse um cargo mais alto do que o uniforme sugeria, ou Salinity pagava aos funcionários da DC aqui gordos subornos para manter as coisas quietas.

Nenhum mundo queria ser conhecido como um antro de crimes em fermentação, enquanto a DefenseCorp tinha todo o interesse em divulgar seus esforços bem-sucedidos de manutenção da paz. Equilíbrios tendiam a ser estabelecidos entre interesses controladores, com dinheiro indo para os cofres da DC e estatísticas desaparecendo. Um relacionamento mutuamente benéfico, e um que Gregor sempre aceitou sem muito comentário: desde que ele tivesse as oportunidades de esmagar os criminosos, quem se importava para onde ia o dinheiro?

A multidão que diminuía ao redor do alvo forçou a mão de Gregor e Aurora. Antes, eles conseguiam manter alguma distância e contar com as espécies díspares, roupas e o barulho combinado para manter o Sever escondido. Agora, com uma pessoa aqui e ali, a perseguição seria óbvia se o alvo se virasse.

— Vá — disse Aurora, suavemente. — Tente puxá-la para o lado.

O estilo de bloco sólido que Salinity colocava em seus

edifícios negava becos e desvios, os locais típicos que Gregor poderia usar para um trabalho de pegar e ameaçar. Em vez disso, ele teria que agir com moderação. Tentar não fazer uma cena.

Deixando Aurora para trás, Gregor alongou sua passada, aproximando-se do alvo. A mulher tinha seu bracelete levantado agora, parecendo deslizar. Bom timing. Ler uma mensagem, assistir a um vídeo, ambos e qualquer um serviria para manter seus olhos e atenção longe da mão prestes a pousar em seu ombro.

— Venha quieta — disse Gregor, sentindo o alvo enrijecer quando sua mão se plantou. — Ninguém precisa se machucar. Só tenho uma pergunta.

Gregor conduziu a mulher com a mão plantada, levando-a para a direita e sob uma marquise de um escritório de locação que parecia, felizmente, fechado para o horário de almoço. Janelas de vidro profundo exibiam estandes cobertos com imagens projetadas de propriedades glamorosas à venda, e Gregor usou a exibição para colocar a si mesmo e o alvo de frente para aquele vidro.

Apenas olhando para sonhos que nunca poderiam pagar, só isso.

— O que você quer? — disse o alvo, um tremor traindo o tom de tenor em sua voz. Não estava acostumada a ser feita refém, então. — Não tenho muito dinheiro.

— Não é dinheiro. Informação. — Gregor observava o mundo através dos reflexos deles no vidro. Ninguém prestando atenção. Aurora havia se posicionado do lado oposto a Gregor, sua forma visível. Com seus sinais de mão, ela avisaria Gregor se algo desse errado. — Os agentes. Onde eles estão?

Novamente, o alvo se contraiu, o espasmo subindo através da mão ainda plantada de Gregor. Surpresa?

— Que agentes?

— DefenseCorp. Seus colegas. Onde estão seus escritórios?

— Não sei? Tem algum aqui?

Havia mentiras e havia mentirosos. Qualquer um podia tentar o primeiro, soltar algumas palavras e esperar que fossem acreditadas. Os últimos exerciam uma habilidade, manipulavam a realidade para sua audiência. Essa pobre funcionária da DefenseCorp se encaixava no primeiro grupo, e sua voz, sua postura, sua falta de convicção a traíam da mesma forma que um impostor se trai no momento em que desfere seu primeiro golpe.

Gregor apertou seu aperto. Cravou os dedos o suficiente para transmitir o significado: — Você me ouviu. Responda.

Uma respiração afiada desta vez. No reflexo, os olhos cinzentos do alvo se desviaram, puxados para o chão. Outro sinal, outro momento de fuga para inventar uma desculpa.

— A vida de uma garotinha está em perigo — Gregor cortou a tentativa antes que começasse. — Nos ajude a salvá-la, ou viva com a morte de uma criança de quatro anos.

— Tragédias acontecem todos os dias — disse o alvo, mas sua voz perdeu o pouco de gravidade que tinha. Fraqueza buscando um apoio. — Não é minha culpa.

— É sim. Nos dê a localização, e nós a salvaremos.

Os olhos da mulher se fecharam. Ela havia lutado a luta, feito o mínimo que a DefenseCorp esperava de seu pessoal. Resistir, então ceder. A DefenseCorp preferia não ter seus funcionários de baixo escalão assassinados. Além disso, a gigante corporação poderia extrair qualquer vingança que desejasse dos perpetradores. Não havia necessidade de a mulher sacrificar mais do que já havia feito.

— Tudo bem — disse a mulher. — Não é longe. Posso mostrar a vocês, e então vão me deixar ir?

— Sim.

A resposta simples estimulou uma caminhada. A mulher os guiou de volta, afastando-se do distrito residencial, atravessando a intersecção e em direção a outro setor comercial. Aurora ficou bem atrás enquanto Gregor caminhava ao lado do alvo, mantendo-se à parte.

O alvo apontou Gregor para uma loja de aparência brilhante que se anunciava como um outlet para gadgets usados, equipamentos e qualquer outra coisa que os proprietários conseguissem encontrar em missões de salvamento no espaço sideral. Uma fachada que poderia realmente servir como um sólido negócio paralelo para a DefenseCorp, já que eles deviam obter muita sucata ao destruir piratas e naves rebeldes poluindo as estrelas.

— Ali dentro — disse o alvo. — Peça para falar com o dono. Isso vai mostrar a eles o que você realmente veio buscar.

Desta vez, nenhum tremor. Nenhum estremecimento. A voz nivelada de quem diz a verdade.

— Obrigado — disse Gregor.

Ele não precisava acrescentar mais nada.

O homenzarrão deixou a mulher parada na rua, dirigindo-se diretamente para a loja de salvados. A mulher não iria longe. Aurora a manteria sob vigilância e, se o pedido de Gregor para falar com o dono não desse em nada, a capitã da Sever retomaria a situação de refém.

Dentro da loja de salvados, Gregor levou um segundo para se situar. Caixas de vidro trancadas ocupavam todas as superfícies, scanners programados para abrir se a pulseira de um funcionário se aproximasse. Enquanto isso, as mercadorias em destaque brilhavam com suas várias possibilidades. Algumas caixas continham armas, outras peças de naves espaciais, enquanto outras ainda guardavam o que placas afirmavam ser relíquias únicas de mundos distantes da galáxia. Cristais, metais, fragmentos brilhantes cheios de energia, todos compartilhavam espaço com bugigangas aleatórias também, de brinquedos infantis a uma camiseta adulta tecida inteiramente com contas de areia verde.

Dois funcionários junto com um robô de caixa cuidavam da loja. Um parecia estar mexendo em uma pilha de sucata recém-chegada, vasculhando-a atrás do balcão de vidro que envolvia a loja e colocando as coisas em uma pilha ou outra dependendo, Gregor presumiu, de seu suposto valor. O robô ficava perto da entrada, esperando que alguém colocasse um objeto em seu pad de compra. Seu tom monótono e alegre deu as boas-vindas a Gregor na loja, enquanto o homenzarrão também notou um atordoador neural que o robô apontava diretamente para a porta.

Prevenção contra roubo levada a sério.

— Posso ajudar? — disse o segundo funcionário, aproximando-se com uma camiseta cor de pêssego e calças brancas plissadas macias e um olhar que passou de entediado para curioso ao perceber o tamanho imenso de Gregor.

— Eu gostaria de falar com o dono — disse Gregor.

— Ahn, o dono?

— Você me ouviu.

O funcionário virou o rosto para seu parceiro, ainda escolhendo da pilha. Nenhum resgate ali. Engolindo em seco, o homem voltou-se para Gregor e ofereceu um sorriso doentio.

— Tudo bem, me dê só um segundo, certo?

— Tudo bem.

O cara de pêssego e creme deu meia-volta e mergulhou por uma porta de "somente funcionários", deixando Gregor para vagar pelos corredores por longos minutos. Ele manteve um olho no Separador-de-peças, que parecia não dar a mínima para o homem grande vagando por sua loja. O outro olho de Gregor encontrou uma bengala de aço de cabo longo e bem feita, suporte para caminhada resistente ou, em apuros, capaz de manter uma porta fechada contra vazamentos de vácuo.

Gregor encontrou o preço, fez uma careta com o aumento que o custo de vida em todo o planeta Salinity jogava sobre o valor do item. Ainda assim...

— Ei — disse Gregor na direção do Separador-de-peças. — Eu gostaria de comprar isto.

O Separador-de-peças seguiu o aceno de Gregor em direção à bengala.

— Claro — disse o homem. — Já vou aí.

Gregor voltou-se para a bengala, tentando descobrir a melhor maneira de empunhá-la para dar umas boas pancadas. Os segundos se arrastaram, até que as coisas mudaram para o desconfortável, e Gregor voltou-se para a pilha de peças. Em vez do separador ocioso, Gregor viu os dois funcionários parados atrás do balcão, pistolas erguidas e mirando com firmeza.

— Hora de conversar, cara — disse o Separador-de-peças. — Você não é um dos nossos. O que você quer?

Mãos firmes, nenhum nervosismo naquelas palavras. Esses dois deviam ser agentes, ou quase isso. Gregor não podia contar com um movimento súbito para desviar a mira deles.

— Renard — disse Gregor. — Ele está aqui. Tenho negócios com ele.

— Obrigado — disse o Separador-de-peças. — Era isso que precisávamos saber.

Seus dedos foram para os gatilhos, e a vitrine da loja se estilhaçou.

Gregor aproveitou a distração e se moveu, usando o caos

para se esconder atrás das caixas de vidro empilhadas. Lasers brilharam quando os agentes recuperaram os nervos e atiraram nele, em Aurora. A lata de lixo que Aurora usara para quebrar o vidro rolou pelo chão, parando perto dos pés de Gregor. A capitã da Sever, enquanto isso, retribuía o fogo contra os dois agentes.

Gritos e berros vieram da rua mais ampla enquanto a luta se tornava pública. A segurança viria rapidamente. Não havia tempo para brincadeiras.

Gregor estendeu a mão, pegou uma caixa de vidro contendo algum modelo especial de pulseira, virou-se e arremessou o recipiente de volta na direção dos agentes. Os lasers de Aurora os faziam se abaixar e esquivar, mas uma caixa pesada exigia mais esforço para desviar. O arremesso de Gregor acertou de raspão o ombro do Separador-de-peças, jogando-o em sua própria pilha de tralhas.

Aurora disparou uma rajada de cobertura no ritmo ping-ping-ping de pistola enquanto Gregor girava na direção oposta, dando três longos passos pela loja, terminando com uma investida estrondosa contra o balcão. Estilhaços de vidro cravaram-se no grosso suéter de Gregor, alguns deixando arranhões, mas o impulso do homenzarrão o levou para o outro lado.

Pêssego-e-creme girou, nivelando sua pistola com Gregor, e levou um tiro de Aurora no crânio por seu esforço. O homem caiu, e Gregor aproveitou o espaço para derrubar o Catador-de-peças, que estava se levantando. Arrancando a pistola, Gregor virou o cano quente para seu dono, entregando um sussurro com o aviso.

— Desista, ou morra como seu amigo — disse Gregor.

— Estou desistindo, estou desistindo — disse o Catador-de-peças. — Não atire em mim, cara.

Gregor tinha outro refém, mas a julgar pelas sirenes lá

fora, não tinha muito tempo também. Aurora entrou na loja esmagando os cacos, o cabelo eriçado pelas demandas frenéticas do tiroteio. Aquela jaqueta branca tinha algumas novas manchas e um único buraco negro fumegante que, felizmente, não tinha correspondente no corpo da capitã.

O robô emitiu um caloroso boas-vindas em sua direção. Sempre atento, aquele.

Puxando o Catador-de-peças para seus pés, Gregor examinou a loja arruinada, as marcas de explosão marcando as paredes, o chão coberto de vidro. Um pequeno incêndio queimava onde um disparo perdido atingiu algo com energia.

Agora sim parecia uma missão do Sever.

QUATRO

NEGÓCIOS

Como vencer uma luta contra uma força esmagadora?

Provando que a força esmagadora é apenas um bando de vagabundos superestimados, é assim que se faz.

— Eu fico com o prêmio, você leva os socos — disse Eponi, avançando em direção a Kashmal. Ela poderia ter sacado sua pistola, começado a disparar lasers, mas até agora as armas de energia haviam permanecido guardadas. Transformar essa briga em algo letal parecia uma péssima ideia quando a Sever estava em desvantagem numérica.

— Sorte a minha — respondeu Sai, partindo para um soco baixo contra o guarda mais rápido a chegar.

Assim como Eponi, ele manteve sua katana na bainha. Estavam sendo bonzinhos hoje.

Kashmal continuou recuando enquanto o golpe de Sai acertava o estômago do guarda, derrubando o homem com um único *oof*. O cientista e pai terrível não conseguiu recuar mais rápido do que Eponi podia avançar, e ela agarrou a gola do jaleco dele antes que dois segundos tivessem se passado.

Timing perfeito para arremessar Kashmal contra um

guarda corpulento que vinha em sua direção. O cientista fez sua maior descoberta até agora quando tropeçou no Grandalhão que avançava, derrubando ambos no chão.

— Atrás! — gritou Sai, e Eponi girou, desviando o olhar de sua obra-prima, indo direto para um chute sem ver quem vinha por trás dela.

Com o adorável som de cenouras quebrando, o chute de Eponi atingiu uma mão estendida, provocando um uivo do guarda, que segurou os dedos esmagados e recuou. Eponi fez o mesmo, ganhando distância enquanto se aproximava novamente de Kashmal, que se levantava.

— Você vem conosco — disse Eponi, agarrando novamente o braço de Kashmal e segurando-o com firmeza. — Estamos falando da sua maldita filha.

— Falando? — perguntou Kashmal. — Você chama isso de falar?

— Nós não chamamos os guardas!

Eponi sentiu mãos em seus ombros, sentiu o aperto pesado enquanto o Grandalhão a arrancava de Kashmal e a jogava no chão. O treinamento entrou em ação quando Eponi atingiu o piso liso, rolando junto com a corrente sob o vidro e se levantando imediatamente.

O Grandalhão tinha uma mão se movendo em direção a uma arma de choque, algo que Eponi não queria na luta.

— Atire nele — disse Eponi na direção de Kashmal, olhando por cima do ombro do Grandalhão.

O segurança se assustou, olhou para um Kashmal confuso, e Eponi usou a distração para avançar com uma investida de ombro que atingiu o estômago. O Grandalhão aguentou o golpe melhor do que havia aguentado o tropeço de Kashmal momentos antes, mantendo o equilíbrio e seu coldre na cintura exatamente onde Eponi precisava.

Usando seu impulso, Eponi continuou avançando,

girando ao redor da massa do Grandalhão e usando sua mão esquerda para puxar a arma de choque. Ela a ergueu, desativando a trava de segurança e atirando em um único movimento com a mão esquerda. O Grandalhão dobrou-se, caindo com todo o chiado ofegante de um balão perdendo o ar.

Agarrando Kashmal, que olhava para o Grandalhão caído com uma expressão atordoada e quebrada, Eponi verificou como estava a manhã de Sai. O homem enfrentava um único guarda, que tinha no rosto aquele brilho carnudo que dizia que um sonho de combate corpo a corpo estava se realizando. Atrás do homem, outra guarda tinha sua arma de choque sacada e apontada, esperando, aparentemente, até que seu parceiro terminasse o jogo.

— Fique quieto, ou eu vou te eletrocutar também — disse Eponi, posicionando Kashmal como escudo humano, mirando e atirando.

Seu tiro atordoante atingiu a segunda guarda, nocauteando-a enquanto Sai desferia uma combinação de três golpes em seu próprio oponente. O guarda bloqueou todos, menos um, com os antebraços, recebendo o golpe que escapou nas costelas e ignorando-o. Contra-atacando com um pesado gancho, o guarda acertou de raspão o ombro de Sai quando o homem da Sever tentou se aproximar. O soco afastou Sai, e o tiro de Eponi entrou na abertura, arruinando as esperanças do guarda e derrubando-o no chão junto com seus amigos.

— Eu teria conseguido — disse Sai enquanto Eponi levantava Kashmal.

— Você estava demorando demais — respondeu Eponi. — Seja mais rápido da próxima vez.

— Vocês dois são pessoas terríveis, sabiam disso? — interrompeu Kashmal.

— Você não pode atordoá-lo? — disse Sai enquanto se dirigiam às portas de saída da Salinity, os outros no saguão tendo se escondido atrás de suas mesas ou se afastado bem de uma briga que não os envolvia.

— Você quer carregar esse cara?

— Eu posso andar — disse Kashmal. — Eu posso andar.

— Então ande mais rápido — disse Eponi.

Sai chegou às portas primeiro. As coisas deveriam ter se aberto quando Sai se aproximou, mas as barreiras de vidro permaneceram fechadas. Sai empurrou, usando o método ancestral de mover coisas para o lado, e não conseguiu absolutamente nada quando Eponi e Kashmal o alcançaram.

Porque, é claro. A Sever não poderia simplesmente vencer o dobro de seu número em combate corpo a corpo e escapar. Isso seria fácil demais.

— Fique parado — disse Eponi, então girou, apontando a arma de choque de volta para o caminho que haviam percorrido, em direção ao saguão e aos elevadores de cascata atrás dele.

A Salinity podia se mobilizar, Eponi tinha que admitir isso. Dois guardas levantavam o Grandalhão de membros borrachudos do chão, enquanto os outros feridos recuavam atrás de uma verdadeira falange corporativa, liderada por uma mulher composta cujos braços cruzados sobre seu uniforme azul-acinzentado da Salinity declaravam tolerância zero para besteiras.

Eponi teria acreditado naquela postura também, exceto que a pose perfeita combinava com um rosto perfeito, com cabelos sem nenhum dos sinais do tempo gasto na dureza. A mulher parecia uma professora, ou talvez uma executiva, alguém que pensava que sua presença, suas ordens seriam obedecidas porque a sociedade assim o exigia.

Boa sorte tentando se safar com essa bobagem em um tiroteio.

— Abaixe isso — disse a mulher, carregando todo o desprezo que um pai poderia ter com uma criança desobediente.

— Vou fazer uma proposta — disse Eponi. — Você quer que eu largue esse brinquedo? Eu faço, mas antes disso, você vai abrir essas portas e nos deixar sair. Eu jogo a arma de choque de volta, e ficamos todos felizes.

— Essa parte não é negociável — respondeu a mulher. — Estamos em um negócio. Você já atordoou dois dos meus homens. Largue a arma e podemos conversar.

Eponi verificou e viu que Sai segurava Kashmal firmemente. Os guardas da Salinity ainda não tinham sacado suas armas, confiando em sua líder para apaziguar a situação. Eponi poderia disparar duas, talvez três vezes antes que alguém revidasse, mas atordoar alguns guardas não abriria aquelas portas. Nem sacar sua pistola e adicionar assassinato à sua ficha pendente em Gillane Quatro.

— Confio em você — disse Sai, apertando Kashmal quando o homem tentou falar. — Faça sua escolha.

Cair lutando ou continuar conversando? Não era muita escolha.

— E então? — perguntou a mulher.

Eponi colocou a arma de choque aos seus pés, perto o suficiente para pegá-la novamente se as coisas dessem errado. Levantou-se e exibiu o sorriso confiante de piloto de kart: — Você queria conversar, vamos conversar.

— Podemos nos afastar e deixar este saguão voltar aos seus negócios? — A mulher disse, gesticulando para a esquerda de Eponi, onde uma pequena cafeteria vendia seus produtos quentes para visitantes sedentos. Várias mesas pequenas pareciam ser o terreno de negociação proposto. — Ou você precisa de um espetáculo?

— Tudo o que queremos são resultados — disse Eponi. — Se você fizer algo engraçado, meu garoto aqui vai quebrar o pescoço desse graveto antes que você possa fazer qualquer coisa. Só avisando.

— Eponi — rosnou Sai. — Não é hora.

— Ei — Eponi levantou um único dedo na direção de Sai. — Estou ocupada negociando. Fique quieto.

A mulher teve a graça de parecer divertida, uma rachadura na armadura que dizia que ela poderia não ser tão fria quanto Eponi pensava. Com a rodada inicial resolvida, o grupo se dirigiu para a esquerda, Sai e Kashmal caminhando devagar. Assim que Sai passou pela última porta, colocando uma parede sólida atrás dele e do refém em vez de uma saída, a mulher sinalizou para dois guardas cobrirem essas portas. Uma vez que estavam em posição, com Eponi, Sai e Kashmal nas mesas em forma de biscoito da cafeteria, alguém na Salinity destrancou a entrada, dando passagem a um fluxo constante e confuso de funcionários e visitantes.

— Conveniente — disse Eponi enquanto se sentava em frente à mulher, Sai e Kashmal atrás dela. — Vocês abrem as portas agora?

— A Salinity é uma empresa — disse a mulher. — Eles preferem que o fluxo de caixa continue. Dito isso, vocês estão em desvantagem numérica e agredindo um cientista empregado pela empresa que, efetivamente, é dona deste planeta. Não é uma boa posição.

— Ah, já estive em piores.

Isso rendeu a Eponi uma sobrancelha erguida.

— Vamos recomeçar, certo? — disse a mulher. — Sou Raquel, e vocês são?

— Eponi. Atrás de mim está Sai. Somos os dois membros

mais legais do Esquadrão Sever. — Eponi se inclinou para trás na cadeira, tentando ver se Sever significava algo para Raquel.

Tentando ver se Renard ou Vana já tinham estado aqui.

— Esquadrão Sever? — Raquel parecia tão confusa quanto Eponi esperava. — Isso deveria significar alguma coisa?

— Vai significar agora — respondeu Eponi. — Vou ser breve, Raquel, já que você parece ser uma pessoa legal e não merece se envolver em uma bagunça sangrenta e destrutiva.

— O que vai ser uma bagunça sangrenta e destrutiva?

Nos tempos da DefenseCorp, eles sentavam cada membro do esquadrão e os faziam assinar mil pequenos documentos antes de dar um bônus de contratação. Aquelas páginas diziam que você poderia perder todos os pagamentos se falasse sobre suas missões para pessoal não-DC ou, na verdade, para qualquer pessoa fora do esquadrão imediato.

Agora, Eponi não dava a mínima para o que a DefenseCorp queria. Ela podia falar sobre tudo para quem quisesse.

— Raquel, deixe-me ilustrar para você o nível de horrores em que esse homem se meteu — disse Eponi. — Ah, e enquanto estou falando, talvez um dos seus capangas possa nos trazer um café. Sai, você quer alguma coisa?

— Chá preto? — disse Sai.

— Eu gostaria de... — Kashmal começou, antes de Sai apertar um aperto desajeitado no braço do homem.

Raquel inclinou a cabeça, então acenou para o balcão. Um guarda atrás dela, que tinha o aspecto distinto de um assistente esperando por alguma promoção futura, correu para atender aos pedidos.

— Obrigada — disse Eponi. — Como eu estava dizendo, Kashmal aqui jogou um jogo com a DefenseCorp há um tempo. Não sei todos os detalhes, mas resumindo, ele emendou um DNA, fez um vírus sofisticado que transforma a pessoa infectada em uma bagunça invencível e assassina. Não funcionou muito bem, mas ele injetou na filha e encontrou sua combinação milagrosa. Então, graças a Sai e a mim, e aos outros Severs, Kashmal fugiu com sua filha e o prêmio no sangue dela.

Kashmal continuava tentando interromper, espremer uma palavra ou três, mas tudo o que saía eram guinchos e grunhidos enquanto Sai o mantinha sob controle. O capanga chegou com as bebidas, e Eponi deu um gole quente na sua enquanto Raquel processava o despejo de informações que Eponi acabara de entregar.

— E vocês estão aqui porque alguém quer esse prêmio? — disse Raquel.

— Ei, você pega rápido — respondeu Eponi. — Isso é um grande bingo. Tem umas pessoas desagradáveis que chegaram ao seu planeta recentemente e gostariam de um pedaço de Kaia - essa é a filha dele, uma garota doce - e estamos tentando obter a localização dela de Kashmal aqui para podermos protegê-la. Em vez disso, o cara decide chamar todos vocês para isso.

— Como posso saber que vocês não são os que estão tentando sequestrar Kaia? — disse Raquel. — É difícil acreditar em tudo o que vocês disseram.

— Kashmal, o que você acha, acertei? — Eponi inclinou-se na cadeira, dando a Kashmal um olhar açucarado que dizia que a dor seria iminente e infinita se ele ousasse objetar.

— Mais ou menos. — A resposta de Kashmal veio com o ranger de dentes de um adolescente pego fazendo algo estúpido.

— Viu? — disse Eponi, voltando-se para Raquel. — Nós somos os mocinhos aqui.

Raquel bateu um único dedo na mesa.

— A Salinity me colocou como chefe de segurança local — disse Raquel. — Dado que somos donos deste planeta, isso me torna responsável por seu bem-estar e segurança. Vocês estão me dizendo que alguma força está aqui para capturar uma garotinha sob minha vigilância?

— É isso que estamos dizendo.

— Então — Raquel afastou-se da mesa, levantou-se. — Acho que preciso ver essa garota e descobrir se vocês estão dizendo a verdade.

Eponi pulou de pé, o café aumentando sua energia: — Sabia que você entenderia.

— Vocês ainda agrediram quatro dos meus funcionários — disse Raquel. — Depois que isso acabar, vamos discutir como vocês planejam retificar isso.

— Raquel — disse Eponi, estendendo a mão para a mulher apertar. — Você poderia ter coisa muito pior do que ter o Esquadrão Sever em dívida com você.

Kashmal gemeu enquanto Raquel selava o acordo, mas quando a chefe de segurança da Salinity pediu que ele mostrasse o caminho até Kaia, o cientista não lutou contra isso. Juntos, eles marcharam para fora sob aquele céu azul.

Um acordo de trégua, nenhum inocente morto e o objetivo alcançado.

Nada mal para um rejeitado das corridas de kart.

CINCO

O OUTRO LADO

A maioria dos reféns não tinha tanta sorte.

Rovo devorava um almoço delicioso - peixe fresco, verduras viçosas e frutas colhidas dos próprios jardins e pisciculturas de Gillane Quatro - sob o céu límpido de um parque. As feridas já não doíam, cicatrizando-se, embora a cicatriz escura em seu peito só desaparecesse com um trabalho cosmético, uma cirurgia que exigiria dinheiro que Rovo só conseguiria se aceitasse o plano de Vana e Renard.

Mas ninguém que se preocupasse com aparências se juntaria à DefenseCorp, se submeteria a missões mortais e perigosas.

— Vejo que você odiou isso — disse Vana, aproximando-se e sentando-se ao lado de Rovo no longo banco verde-mar.

— Tive que comer rápido, para poupar os outros do sofrimento.

Vana deu aquele sorriso complacente que parecia exibir em todas as conversas. A agente lidava com Rovo como uma mãe paciente, distribuindo encorajamento e disciplina em igual medida, tentando transformar Rovo de um leal combatente do esquadrão Sever em um traidor.

Se ela soubesse o que Rovo realmente se importava.

— Eles pousaram — disse Vana. — Como você suspeitava, seu esquadrão seguiu sem esperar pelos reforços de Deepak. Estão sozinhos, vulneráveis.

— Não iria tão longe — respondeu Rovo, apoiando os cotovelos nos joelhos e inclinando-se para frente. O suéter e as calças de lã o mantinham aquecido o suficiente nos dias amenos de Gillane Quatro, mas pareciam errados. Feitos para o lazer, não para o combate. — Sever já é mais que suficiente para vocês sozinhos.

— Agora é você quem está nos subestimando — disse Vana. — Estivemos observando-os. Aurora e Gregor estão caçando você. Eles destruíram nosso local principal.

— Aquela loja de salvados?

— Completamente demolida.

— Ah, não.

Vana riu.

— É um bom começo. Eles estão se movendo rápido. Os outros dois estão com Kashmal agora.

— Viu só? E você queria entrar logo e pegar a Kaia. Agora você pode torrar o Sever, pegar a garota e resolver todos os seus problemas de uma só vez.

Rovo vinha elaborando a ideia nas semanas que antecederam o pouso em Gillane Quatro e nos dias seguintes, impedindo Renard e Vana de saltarem em seu plano com uma armadilha. Os dois queriam o sangue de Kaia para seus trajes, mas pegar a garota e deixar Sever vivo significaria apenas uma perseguição contínua e, pior, uma revelação amplamente divulgada por Sever sobre o que acontecera.

Aurora, de volta ao *Nautilus*, tinha tentado fazer com que o braço militar da DefenseCorp se levantasse contra sua metade clandestina. Renard e Vana insistiam que essa ideia não daria certo, mas os agentes não tinham o mesmo controle sobre o sentimento público. Jogar a ideia de que os agentes da DefenseCorp estavam roubando crianças e sugando seu DNA abertamente, com o desaparecimento de Kaia como evidência, e aqueles contratos suculentos desapareceriam.

Eliminar Sever, no entanto, e tudo mais cairia na perfeição.

— Renard ainda acha que estamos cometendo um erro — disse Vana. — Estou começando a acreditar nele.

— Não importa. Sever está aqui agora. É o nosso plano ou nada.

E, quando Vana e Renard fizessem algo estúpido, como enfrentar Sever em combate aberto, Rovo se deleitaria atirando nos agentes bem nas suas costas.

O esquife selado, uma embarcação curva do vale com um teto de vidro em forma de bolha, comportava cinco pessoas em assentos projetados para absorver um impacto forte na água. Ao longo da parte inferior, visível quando os suportes de pouso mantinham o esquife a cerca de um metro do chão, ripas emborrachadas revelavam flutuadores prontos para uso. Toda embarcação em Gillane Quatro tinha que estar pronta para um pouso no oceano.

O esquife mantinha seus segredos de outra forma. Sem marcas, sem esquema de cores marcante. Cinza claro e nada mais, uma monotonia que Rovo havia passado a aceitar com os agentes e seus dispositivos. Quem diria que manter um perfil baixo poderia ser tão tedioso?

Renard e outro agente, um homem bege e reluzente de limpeza, já ocupavam os assentos da frente. Os olhos envelhecidos de Renard acompanharam Rovo enquanto ele se aproximava ao lado de Vana, seu franzir de sobrancelhas caído cavando sulcos profundos naquele rosto plástico.

Enquanto Vana procurava transformar Rovo em um

traidor de seu esquadrão, Renard queria espremer o novato para obter informações e depois deixá-lo dessecado e morto em algum lugar. Os dois mantiveram uma dança feia por um tempo, até Renard perceber que não podia derrotar Vana nem com palavras nem com força física.

Rovo não falava com o homem há dias agora.

— Feliz em me ver? — disse Rovo, subindo no esquife. A embarcação se acomodou em uma pequena plataforma de pouso atrás de algum escritório da Salinity que Renard havia se apropriado por meio de algumas conexões para transformá-lo em um quartel-general improvisado. — Faz tempo.

— Vana achou que seria bom se você viesse junto. Eu achei que seria bom se ela atirasse em você, agora que seus amigos estão aqui.

— Não são meus amigos — disse Rovo, a mentira se tornando mais fácil de contar a cada repetição. — Ex-companheiros de esquadrão. Vocês estão me incluindo na grana, eu sou de vocês.

— Aparentemente.

— Vamos — Vana encerrou a conversa, o teto em forma de bolha se fechando sobre a embarcação enquanto se acomodavam. — Lembrem-se, o objetivo é pegar a garota primeiro. Matar a dupla do Sever em segundo lugar. Esta pode ser nossa melhor chance.

Rovo tentou dar uma olhada melhor no agente bronzeado, também piloto do esquife, enquanto o homem levantava a nave do chão. Ele parecia tranquilo, imperturbável ao entrar em batalha contra mercenários experientes da DefenseCorp, mas talvez todos os agentes parecessem assim.

Não que importasse: Rovo os tinha visto morrer bem rápido no *Nautilus*.

— Os outros estão prontos? — Vana perguntou a Renard

enquanto o esquife avançava lentamente pelo tráfego aéreo ameno de Gillane Quatro.

— Estão em posição — respondeu Renard. — Rovo, acredito que você não conheceu Abbad aqui, mas que isso sirva tanto como uma apresentação quanto como um aviso. Quando chegarmos, o foco dele será em você.

— Ah, que maravilha — disse Rovo. — Sempre quis um fã.

Abbad riu, e os olhos de Rovo se arregalaram. Um agente com senso de humor? O quê?

— Não se preocupe, Rovo, estarei ao seu lado a cada passo do caminho — disse Abbad, sua voz como mel alegre. — Renard estava me contando que você é do lado divertido da DefenseCorp. Você vai ter que me falar sobre isso alguma hora.

A boca de Rovo caiu. Ele se especializara em comunicações, lera inúmeras cartas, encontrara e negociara bastante entre todas as personalidades, mas isso, isso simplesmente não estava no mapa. Abbad soava como se estivesse uma hora após a orientação, mas a idade e a posição do homem, aqui na pequena nave com Renard e Vana, diziam o contrário.

— Ah, claro — disse Rovo. — Uma bebida.

— Beleza — respondeu Abbad. — Agora sente-se e relaxe. Não é um voo longo, mas tem que aproveitar os momentos quando pode, não é?

Rovo olhou para Vana, esperando ver alguma explicação em sua expressão, mas tudo o que encontrou foram olhos revirando acompanhados de um pequeno sorriso.

Com os tubos de cápsulas fornecendo a maior parte do trânsito ao redor do planeta, os passeios aéreos reais pareciam estar reservados para aqueles com dinheiro e sem tempo. Até mesmo Renard e Vana preferiam as cápsulas à notoriedade proporcionada pela pequena nave.

Nenhum dos dois, no entanto, queria entrar no transporte público carregado de armas. Rovo olhou para o arsenal de Vana, com pistolas em ambos os quadris e facas óbvias em ambos os braços. Pacotes de energia sobressalentes estavam no cinto da mulher, também, e seu casaco estava inchado com o colete protetor justo por baixo. Com o cabelo preso, Vana irradiava vida. O oposto da fachada sombria e decadente de Renard.

Rovo poderia estar sendo tendencioso.

O voo não durou muito, com Renard pousando a pequena nave em um telhado que, como a maioria em Gillane Quatro, coroava uma forma de gota d'água com uma ampla plataforma plana totalmente em desacordo com o design do edifício. Rovo imaginou que a bela arquitetura de algum coitado tinha sido arruinada pelas necessidades de eficiência: na galáxia de hoje, você tinha que ter um lugar para uma nave pousar, mesmo que ficasse feio.

O apartamento de Kashmal ficava em algum lugar abaixo de Rovo, e nele, presumivelmente, esperava Kaia. Ele não via a garota há um mês, não desde que ela desaparecera nas primeiras horas em Wexer. O novato nunca pensou que veria a pequena faísca novamente, então, apesar das circunstâncias, Rovo não podia ficar muito chateado.

O teto de bolha se abriu e Abbad saltou para fora, sacando uma pistola prateada reluzente no mesmo movimento. O homem atingiu o telhado em uma posição agachada, vasculhando o espaço aberto em busca de hostis que claramente não estavam lá. Além da pequena nave, a única coisa compartilhando a plataforma de pouso era uma abertura baixa para um elevador e suas escadas obrigatórias.

— Tudo limpo — disse Abbad, olhando de volta para a

pequena nave com um olhar duro, antes de desmanchar a fachada em um largo sorriso. — Ah, estou só brincando com vocês. Dá pra ver que não tem nada aqui em cima.

Renard saiu em segundo, Vana em terceiro, e Rovo veio por último, ainda tentando encaixar a peça do quebra-cabeça de Abbad em algo que fizesse sentido.

E falhando.

Na plataforma de pouso, Vana assumiu a liderança, dirigindo-se ao elevador e tocando seu bracelete. Edifícios como estes deveriam permitir apenas residentes ou, digamos, entregadores, mas o ID de Vana fez o truque. Com Abbad esperando por Rovo, o quarteto se amontoou no elevador e começou a descer.

— Vamos nos esconder ao lado do apartamento deles — disse Abbad enquanto o elevador descia. — O proprietário não se importou, especialmente depois que apontei a Princesa para ele.

— Princesa? — Rovo não pôde deixar de perguntar.

— A pistola dele — respondeu Renard. — Abbad pode ter uma energia peculiar, mas é, não obstante, eficaz. Eu não o subestimaria.

Subestimar? Rovo não tinha lidado com Abbad sendo uma pessoa real, muito menos dando ao cara alguma classificação de habilidade. Abbad parecia estar tão em desacordo com tudo que Renard e Vana, o casal calmo e conspirador, se importavam. O homem passou a viagem de elevador encostado na parede lateral, um pequeno sorriso nunca deixando seus lábios, e observando o trio como se todos fizessem parte de alguma vasta piada interna.

Toda vez que Rovo pensava que tinha controle sobre o universo, ele provava o contrário.

Eles saíram em fila para um corredor, um corredor salpicado de tapete azul e dourado, com lâmpadas náuticas falsamente cintilantes abrindo caminho. Um silêncio de dia de trabalho impregnava a cena, apartamentos esvaziados enquanto seus proprietários exerciam seus ofícios. Não era um mau momento para uma briga, ou um sequestro. Atrás deles, o elevador fechou rapidamente e partiu, com Renard comentando que sua próxima coleta seria a presa deles.

Abbad os levou até a metade do corredor, depois se virou e bateu seu bracelete contra uma porta branca como mármore. Uma fechadura clicou, e, com Vana fazendo a retaguarda, o quarteto se apressou para dentro. Abbad os fechou em silêncio, e Rovo se viu em um local encantador, dominado por fotos de família, com três pessoas planejando matar e roubar seus amigos.

Legal. Muito legal.

— Para recapitular — disse Vana, sussurrando. — Renard e eu lideramos o caminho. Lidaremos com qualquer resistência. Rovo, você pega Kaia quando ela entrar em pânico. Abbad, você cobre nossas costas.

— Entendido — afirmou Abbad.

Renard assentiu, e todos os olhos se voltaram para Rovo.

— Kaia. Sim, eu sei — disse Rovo. — Vocês todos estão pensando que eu não vou colaborar, mas eu só quero que ela fique segura.

Verdade o suficiente, e Rovo não tinha uma arma consigo de qualquer forma. Isso não seria tão simples quanto apenas se tornar um traidor, ele teria que ser esperto sobre isso. Talvez dar um tapa no rosto merecedor de Renard, depois pegar Kaia, enfiá-la de volta aqui, e-

— Aí vêm eles — disse Abbad, olhos brilhando. — Preparem-se, pessoal, porque isso vai ficar divertido.

Esse cara.

O aviso de Abbad se confirmou quando as vozes de Eponi e Sai, misturadas com os protestos constantes de

Kashmal, flutuaram através da porta. Outra pessoa falava também, autoridade presumida misturada com tentativas de moderação. Boa sorte com aquela turma.

Rovo respirou fundo enquanto o apartamento ao lado deles se abria com um clique, as pessoas começando a entrar. Vana deu o mais leve aceno para Abbad, e o homem alcançou a maçaneta da porta.

Na porta ao lado, Kaia riu.

SEIS

ASSALTO

O vento açoitava, cortando entre os edifícios e entrando no parque pontilhado de árvores à beira de Kaiyo. Margeado por aquelas barreiras translúcidas de um verde suave, o parque oferecia uma bela vista para o oceano sem fim de Gillane Quatro. Os pássaros esvoaçantes, os arranjos florais estratégicos e os tubos em cápsula formavam uma paisagem estranha e fascinante.

Assim como Gregor, segurando o Catador de Peças perto da barreira. O homem parecia positivamente em pânico a cada passo que Gregor o levava para mais perto do que seria uma longa queda e um duro mergulho. Aurora não era fã de tortura – a prática, em sua experiência, tendia a resultar em respostas desenfreadas na tentativa de preservar a vida e os membros – mas a vista e seus arredores davam à dupla Sever a chance de ficar de olho em qualquer possível perseguição.

O Catador de Peças havia mostrado a eles uma saída pelos fundos da loja de salvados destruída, através de um túnel de acesso exclusivo para funcionários que cortava o núcleo do edifício maior, por onde o lixo e os suprimentos podiam ser transportados sem perturbar o comércio diário. Enquanto a polícia de Kaiyo vasculhava a frente explodida, Aurora e Gregor seguiram seu amigo forçado para as ruas e, com os argumentos persuasivos de Gregor, até sua localização atual no parque.

— Tá, eu entendi — disse o Catador de Peças, sua voz oscilando com o pânico devido a alguém que sobreviveu a um tiroteio inesperado. — Renard não veio até nós, não importa o quanto vocês queiram ouvir algo diferente. O cara tá na nossa filial, certo, mas, tipo, vocês também têm grupos diferentes, eu acho?

Aurora colocou a mão no braço de Gregor. Só porque o Catador de Peças falava em fragmentos e parecia tão jovem quanto soava, não era motivo para aplicar alguma disciplina pesada.

— Você está dizendo que Renard não é seu chefe — Aurora ofereceu, encorajando o Catador de Peças a falar mais.

— É, definitivamente não. — O Catador de Peças olhou além dos dois Severs, vasculhando o parque em busca de possíveis espiões. — Ele tá num grupo de desenvolvimento, lidando com projetos que eu não sei nada a respeito. P&D, você pode chamar assim, exceto que é mais secreto que isso.

— Isso faz sentido — disse Gregor. — Sabemos que ele está em Gillane Quatro. Como podemos encontrá-lo?

— Esse cara escuta? Por que ele continua fazendo a mesma pergunta? — O Catador de Peças olhou para Aurora.

— Responda à pergunta — replicou Aurora.

— Tá bem, cara. Como eu disse, Renard não dança no nosso andar. Então eu não sei onde ele tá, mas acho que sei onde ele pode estar.

O Catador de Peças fez uma pausa novamente, seus olhos dançando entre Aurora e Gregor como se os dois fossem oferecer algum dinheiro, como em algum filme. Nenhum dos dois se moveu.

— Acho que devo falar de graça, então? — O Catador de Peças dobrou sua aposta na estratégia. — Sem bônus por eu estar apunhalando meu empregador pelas costas?

— Pense desta forma — disse Aurora. — Você nos ajuda, seu empregador não se torna totalmente maligno.

— Você acha que uma bússola moral vai me fazer mudar de ideia? Eu, um agente da DefenseCorp? Estou tão falido quanto possível nesse aspecto.

— O que você quer?

— Sair — disse o Catador de Peças, abrindo um sorriso e balançando a cabeça algumas vezes como se isso tornasse o pedido mais claro.

A paciência de Aurora havia chegado ao limite. Sai e Eponi haviam enviado uma mensagem há pouco dizendo que estavam a caminho de pegar Kaia. Sem Renard ou Rovo em mãos, esse movimento trazia riscos. Aurora e Gregor simplesmente não estavam cumprindo sua parte do acordo.

— Não, cara, sair da DefenseCorp — o Catador de Peças respondeu à óbvia pergunta de acompanhamento de Gregor. — Eu vi você acender meu amigo – descanse em paz, a propósito – lá dentro e fiquei pensando durante nossa corrida até aqui, talvez você possa fazer o mesmo comigo.

— Te matar? — disse Aurora. — Você nos dá a localização de Renard, eu faço isso. Com prazer.

— Ai, senhora. — O Catador de Peças ergueu as mãos diante do olhar fulminante que Aurora lhe lançou. — Não, estou dizendo que vocês fazem parecer que estou morto, entende. Aí, minha família recebe o dinheiro dos benefícios, e eu fico livre.

— Fraude — disse Gregor.

— Contra a DefenseCorp, no entanto — ponderou

Aurora. — Feito. Você nos dá a localização de Renard, então voltamos para nossa nave. Você pega o próximo transporte para fora do planeta quando começarmos a causar o inferno.

O Catador de Peças poderia descobrir os próximos passos por conta própria. Esperar um tempo fora do planeta, depois voltar para colher os benefícios em dinheiro. Se o plano realmente funcionaria, Aurora não sabia, nem se importava. O que importava era que o Catador de Peças, seguro de sua ilusão, digitou a localização potencial no bracelete de Aurora.

Com o alvo em mãos, Gregor e Aurora voltaram rapidamente para a *Prisa*, desfrutando de outro adorável passeio de cápsula lotado de pessoas, desta vez, saindo do planeta. Na nave, os dois vestiram seus novos trajes de armadura potencializada, que haviam sido pintados para combinar com os antigos. Aurora se equipou com seus rifles, enquanto Gregor, reunido com seu martelo maciço, pisou forte na rampa da *Prisa* parecendo um demônio metálico saído de algum pesadelo antigo.

— Pronto para esmagar algumas coisas? — disse Aurora, sua voz agora ressoando através das conexões de rádio entre os trajes.

— Já faz tempo demais.

Aurora não podia discordar de Gregor nesse ponto. Aquelas semanas gastas voando até aqui tinham sido longas e monótonas. A *Prisa* não tinha simuladores, não tinha muito além de filmes e exercícios. Os músculos coçavam, os instintos zumbiam.

Chegar ao local indicado pelo Catador de Peças sem causar um grande alvoroço exigiu a contratação de uma viagem de esquife ponto a ponto. Aurora cuidou da negociação, pedindo uma carona diretamente do ancoradouro da *Prisa*. A maioria dos esquifes não teria espaço para um casal de mercenários em armaduras potencializadas, então Aurora teve que conseguir um transportador de carga. Quaisquer problemas humanos em torno do transporte de duas armas monstruosas se resolveram quando o esquife apareceu com um piloto robô, esperando até que Aurora desse o sinal verde para o esquife começar a voar.

A viagem sem janelas deu a Aurora e Gregor a chance de discutir estratégias enquanto sentiam as peças e parafusos de suas armaduras, um intervalo tático que reduziu seu plano de assalto de "esmagar e resgatar" para apenas resgatar, com a parte do esmagar implícita.

— Tu ficas com o Rovo — concluiu Gregor. — Eu fico com todos os outros.

— Estás bem com isso?

— É tudo o que eu sempre quis.

Os dois bateram os punhos de suas armaduras energéticas enquanto o esquife tocava a plataforma de pouso escolhida, abrindo-se para um céu de tarde e pouco mais. Da plataforma, uma de várias ao longo do lado liso azul-esverdeado do edifício, cada uma conectada por andaimes pintados e suavizados, os dois saqueadores mecanizados avançaram ruidosamente em direção a uma entrada larga.

— Prédio grande para poucos agentes — disse Gregor.

O suposto esconderijo de Renard parecia estar em um grande espaço comercial, próximo à metade sul de Kaiyo. O edifício era muito maior que os ao redor, embora a razão pela qual Renard havia escolhido o espaço ficou clara após três passos: lá em cima, onde Aurora não tinha conseguido olhar devido ao transporte fechado do esquife de carga, havia metal exposto. Um esqueleto ainda não revestido com pele fabricada.

— Não está terminado — respondeu Aurora. — Ele está usando porque ninguém mais pode.

— Acho que devemos expulsá-lo, então.

As portas da plataforma de pouso, já em funcionamento para facilitar entregas de carga mais amigáveis do que esta, abriram-se com um zumbido quando Gregor e Aurora se aproximaram. Sem segurança para o local em construção, então.

Não que isso importasse: se a porta tivesse permanecido fechada, Aurora teria derrubado tudo de qualquer maneira.

Dentro, uma doca de carga limpa e clara dava lugar a um andar de escritórios vazio, com um vão no centro formando um núcleo oco que se estendia do teto à base. O edifício adotava uma estética suavizada e sem brilho. Linhas marcavam futuros arranjos de pisos, enquanto Aurora olhava diretamente para o banco de elevadores. Em funcionamento. A luz entrava pelas janelas empoeiradas pela construção, suas armaduras ruidosas perturbando nuvens de poeira a cada passo.

— Silêncio — disse Gregor. — Não estamos nos escondendo, então onde eles estão?

— Boa pergunta — respondeu Aurora. — Aquele transporte poderia ter comportado mil agentes. Quem sabe quantos podem estar aqui. Fique alerta.

— Sempre estou — Gregor, no entanto, soltou o martelo, empunhando-o com ambas as mãos enquanto eles se dirigiam aos elevadores.

— Começamos de baixo e subimos? — disse Aurora.

— Muitos andares pra isso.

— Tens uma ideia melhor?

— Destruímos nosso caminho para baixo?

Aurora deu mais um passo, imaginando uma maneira eficiente de limpar um prédio de trinta andares com duas pessoas. Talvez a ideia de Gregor não fosse tão ruim.

— Que tal nos encontrarmos no meio? — disse Aurora.

— Feito.

Aurora começou a correr, a armadura energética brincando com seus desejos e aumentando sua assistência cinética para entrar em movimento. Cada passo ecoava pelo chão pesado com um tremor, acabando com qualquer esperança de furtividade que restava. O elevador não foi feito pensando em armaduras energéticas, mas com um agachamento e uma amassada nas portas, Aurora coube dentro. Ela tocou, com força apenas suficiente para não rachar a tela, uma descida para o primeiro andar.

O elevador obedeceu, levando Aurora para baixo, passando por andar após andar de espaços vazios. Pelo menos, até os últimos. Pertences passaram rapidamente enquanto o elevador descia, camas improvisadas e mantimentos. Mesas montadas e algumas paredes pop-up para criar espaços privados. O catador de peças não estava totalmente errado, então. Alguém vivia aqui.

Mas onde estavam?

As portas do elevador se abriram para um saguão sem graça, paredes deixadas em branco fosco, esperando por uma nova camada de personalidade. As portas da frente, abrangendo uma dúzia de entradas, tinham papel colado sobre elas, escondendo quaisquer olhares potenciais do lado de fora. A luz que entrava agora chovia de cima em manchas, criando feixes dourados e fazendo pontos no chão aos pés de Aurora.

O silêncio morreu de repente. O martelo de Gregor bateu em algum lugar bem acima, um golpe tremendo seguido pelo colapso disperso enquanto o homem caía através do buraco recém-criado. A armadura energética pousou com a graça de uma bigorna, soando um estrondo sequencial. Aurora teria se sentido mal pelos danos, exceto que os objetivos de Renard trariam muito mais se não fossem impedidos.

O custo, ela supôs, de fazer negócios.

A pancada do martelo acionou um interruptor. Aurora, de pé logo fora de um daqueles feixes dourados, testemunhou uma agitação não diferente de um ninho de insetos perturbado. Agentes em todas as variedades de roupas surgiram ao redor das paredes, irromperam de seções fechadas e tomaram posições nos andares acima, usando o núcleo aberto para tentar encontrar ângulos de tiro.

— E eu pensando que vocês todos tinham fugido — disse Aurora, seu visor ficando vermelho por toda parte enquanto a armadura energética encontrava ameaças em todos os lugares. — Que bom que não fiquei desapontada.

Normalmente, estar tão em desvantagem numérica faria Aurora se apressar em busca de uma fuga. Armaduras energéticas podiam aguentar golpes, mas derreteriam sob fogo pesado e sustentado. Infelizmente para os agentes, eles haviam encontrado um lar secreto em um planeta povoado e controlado. Difícil conseguir rifles, canhões e o equipamento pesado necessário para enfrentar uma armadura energética.

Os agentes tinham pistolas em abundância. Alguns até pareciam confiantes, esperando para ver se Aurora se renderia.

Essa confiança? Terrivelmente mal colocada.

Aurora acionou os impulsores cinéticos em sua armadura energética e voou para frente, levantando uma enorme nuvem de poeira enquanto corria metros em um segundo. Atravessando o vão do meio, Aurora captou um flash, dois, enquanto os gatilhos mais rápidos tentavam responder. Eles erraram.

O pobre agente do outro lado de Aurora não errou. Seu

tiro de pistola atingiu bem no peito de Aurora, dissipando-se através da arquitetura absorvedora de energia do traje com apenas o mais leve formigamento chegando aos nervos de Aurora. O traje do agente não fez o mesmo com a investida de ombro dela, mas a parede externa distante parou o agente quando ele bateu nela, o chão aos seus pés fornecendo um local de descanso adequado para o homem esmagado.

Ficar parada em uma luta como essa significava morrer, então Aurora mudou seu movimento para a direita, atravessando algumas paredes divisórias finas que se partiram como papel. Agentes do outro lado, planejando tiros inclinados em direção a onde Aurora estava, encontraram seu alvo quebrando atrás de suas costas. Erguendo seu rifle, Aurora assou o da sua esquerda, então girou o rifle, com uma mão, para sua direita, apertando o gatilho enquanto ia.

Como um mapa do tesouro, a linha de marcas de explosão levava diretamente ao corpo fumegante do próximo agente.

Chamados por posição, por ajuda, por qualquer coisa, ecoavam por todo o prédio. Os sons de uma estratégia em colapso. O martelo de Gregor atingiu novamente, derrubando outro andar. O visor de Aurora captou novas ameaças, vindas de todos os lados. Renard tinha que estar em algum lugar aqui.

Ela o encontraria, não importa quantos agentes Aurora tivesse que atravessar.

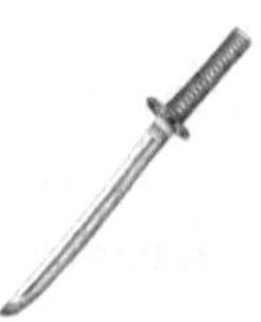

SETE

CONFUSÃO NO APARTAMENTO

Sai deixou Kashmal guiar o caminho até seu próprio apartamento. O movimento provocou um grito de alegria de Kaia assim que a porta deslizou para abrir, a menina de quatro anos pulando do sofá e correndo na direção de Kashmal. O pai, demonstrando mais humanidade do que Sai jamais vira nele, pegou a filha no colo e a cobriu de beijos.

O fato de Kashmal manter um olho atento voltado para Sai, Eponi e Raquel só diminuiu um pouco a demonstração de afeto.

— Bom ver que ela não está em um armário desta vez — disse Eponi enquanto o trio entrava no espaço vazio atrás de Kashmal.

O cientista havia dito que estava em Gillane Quatro há apenas algumas semanas, e o apartamento demonstrava isso. Não havia absolutamente nenhuma arte pendurada nas paredes azul-claras. A sala de estar tinha um sofá, uma tela fixa e uma varanda sem móveis. A cozinha, visível logo da porta, tinha o aspecto limpo de um espaço nunca usado.

Kaia, no entanto, parecia feliz. Ela deu um segundo gritinho para Sai e Eponi quando os reconheceu, Kashmal a colocando no chão para que ela pudesse correr e abraçar suas pernas. Nenhum dos membros do esquadrão Sever tinha a conexão protetora que Rovo tinha com a pequena, mas passar algumas semanas vagando em uma pequena nave espacial inevitavelmente criava algum afeto entre todos.

— Você deixa sua filha sozinha em casa nessa idade? — disse Raquel, quebrando o clima. — Sério mesmo?

— Não tive tempo de procurar uma creche — rebateu Kashmal, recuando em seu apartamento como um rato encurralado. — Tenho estado ocupado.

— A Salinity oferece...

Raquel não terminou a frase, interrompendo-se quando a porta se abriu violentamente atrás deles. Sai girou, a katana roçando na bainha contra as paredes do apartamento, para ver duas pessoas que não conhecia e duas que conhecia forçando a entrada atrás da oficial da Salinity.

O clima e a situação mudaram tão rápido que Sai sentiu uma espécie de choque. Reviravoltas repentinas eram um fato da vida Sever, mas o apartamento, Kaia e a caminhada ordeira até ali tinham colocado uma camada de segurança em tudo. Os nervos de combate de Sai haviam se acalmado desde a luta no saguão da Salinity, e ele lutava para reativá-los nos limites do apartamento.

Especialmente quando Rovo, o terceiro a entrar com um desconhecido atrás dele, parecia tão calmo.

Ver Rovo de qualquer forma tornava o momento ainda mais confuso. O novato havia sido refém por semanas, e com Aurora e Gregor fora na missão de resgate, encontrar Rovo aqui não fazia sentido. Por que Renard e seus agentes trariam Rovo junto para um sequestro? Não é como se precisassem da ajuda dele para pegar uma criança de quatro anos.

— Para trás! — ordenou a mulher que liderava o grupo, um rosto mais velho com as linhas gravadas de uma autoridade de longa data, para Kashmal, Raquel e a dupla Sever. — Não viemos por vocês, mas atiraremos se resistirem.

O rosto da mulher despertou um reconhecimento, e sua voz o confirmou. Ela havia entregado um drive a Sai na *Nautilus*, um que continha informações sobre uma cadeia de comando separada por trás da versão oficial da DefenseCorp. Ela estava naquele drive, assim como Renard.

Mas por que Vana ajudaria seus inimigos? Sai teria feito a pergunta se as armas apontadas não exigissem atenção mais imediata.

Kashmal pegou Kaia do chão e obedeceu. Sai puxou Raquel para trás dele, viu Eponi recuar um passo ou dois também. Esse movimento não era bem o recuo que parecia: Eponi sabia que precisava abrir espaço suficiente para Sai sacar sua katana, e a piloto havia movido a mão em direção à sua pistola. Não importavam as probabilidades, não haveria rendição aqui. Não com Kaia em jogo.

Não com Rovo de pé atrás de Renard, sem algemas e pronto.

— Meu nome é Sai — ele disse, levando a mão para o cabo da katana. — Se importa em se apresentar aos meus amigos aqui, e então podemos chegar à parte divertida?

Vana lhe deu um olhar que Sai não conseguiu decifrar completamente. Parecia uma mistura de respeito, pena e irritação.

— Vana — disse a mulher, gesticulando com sua pistola na direção da espada de Sai. — Mantenha sua mão longe disso, por favor. Estamos aqui por Kaia, e nada mais. Prometo que, se levarmos a menina, ela não será machucada.

— Não — disse Kashmal rapidamente. — Vocês não podem levá-la.

— Cara, fica quieto — disse Eponi para ele, sem tirar os olhos dos invasores. — Os adultos estão conversando.

Raquel, por sua vez, recuou para perto de Kashmal. Sai não podia se virar para ver mais nada, mas o cientista ficou quieto, o que foi uma bênção.

— Vocês estão encurralados — disse Vana. — Presos. Qualquer coisa além do que pedimos termina em uma morte trágica para todos vocês. A menina deveria ter seu pai de volta. Não nos façam tirar isso dela.

Sai lançou um olhar para Rovo. — Novato, qual é a sua opinião sobre isso? Eu sei que o Renard é um babaca, mas o que você acha? Deveríamos matar ele primeiro, ou ela?

O homem atrás de Rovo riu, uma gargalhada totalmente fora de contexto com a situação. O barulho chamou a atenção de Sai para a pistola que o homem tinha, um brinquedo grande modificado e reluzente com peças verdes e douradas. Qualquer coisa tão extravagante significava que o capanga era ou um tolo a ser ignorado, ou mais perigoso que qualquer um dos outros.

— Acho que você deveria fazer o que ela está pedindo — disse Rovo, mantendo as mãos ao lado do corpo, seus dedos se movendo.

Os sinais de mão de Sever davam à equipe uma vantagem em quase todas as missões, uma linguagem secreta que Aurora havia criado e ensinado com zelo implacável a qualquer novo recruta. Rovo, assim como Eponi, Gregor e Sai antes dele, passou seus primeiros dias no *Nautilus* sendo espremido em uma missão simulada após a outra, com cada hora entre elas dedicada a aprender esses sinais de mão.

O novato ainda não os tinha aperfeiçoado, mas o significado era claro o suficiente: Rovo faria um movimento. Sai e Eponi deveriam seguir. Manter a garota afastada.

— Kashmal — disse Sai. — Se Kaia vai a algum lugar, por que você não vai ajudá-la a fazer uma mala? — Os olhos de Vana se estreitaram, e Renard começou a protestar. Sai os interrompeu: — Sem ofensa, mas nenhum de vocês parece ter filhos. Eu tenho, e se você tentar levar essa garota sem as coisas favoritas dela, você vai ter um tempo miserável. Este apartamento tem uma saída, a que está atrás de vocês. Ninguém vai sair a menos que vocês deixem.

Vana manteve a careta exagerada, mas assentiu. — Tudo bem, façam rápido.

Kashmal, Raquel e Kaia se apressaram, dirigindo-se aos quartos e deixando Eponi e Sai com uma sala de estar cheia de sofás. Mais importante, os civis não estavam mais na linha de tiro.

O que significava que era hora de destruir o apartamento de Kashmal.

Rovo atacou primeiro, dando uma cotovelada para trás em direção ao homem rindo atrás dele. O cara recebeu o golpe sem se abalar, e a maneira como o sorriso do homem apenas cresceu fez o olho de Sai tremer por um microssegundo. Rovo, no entanto, seguiu a cotovelada com um arremesso giratório que enviou o homem risonho para frente, colidindo com um Renard rodopiante.

Um clarão disparou quando Eponi sacou e atirou com sua pistola, movendo-se com o movimento para se esconder atrás do sofá e obter alguma cobertura. O laser acertou em cheio, fumegando no peito de Vana, revelando - é claro - um colete protetor. Os agentes não haviam contado apenas com sua diplomacia, então.

Vana, no entanto, encolheu-se o suficiente com o impacto, sua própria reação atrapalhada, para que Sai tivesse tempo de sacar a katana. Com o peso suave em suas palmas, o único espadachim de Sever definiu seu ângulo e pôs-se a trabalhar.

Três alvos, todos presos juntos, apresentavam uma escolha tentadora: quem fatiar e picar na primeira investida?

Renard, obviamente. O agente mais velho devia ser o comandante aqui, e Sai não podia contar com golpes infinitos. Melhor remover o perigo para Kaia e causar confusão entre os outros dois.

Sai foi para um golpe por cima, rápido e pronto para separar a cabeça irritante de Renard de seu corpo irritante. A lâmina entrou, e o maldito homem risonho a bloqueou. Aquela pistola verde-dourada subiu e pegou o golpe de Sai enquanto o homem, rolando com o arremesso de Rovo, empurrava Renard contra o novato.

Espada encontrou arma em um choque faiscante. A katana de Sai deveria ter cortado a pistola ao meio, mas o homem aparentemente jogava com qualidade superior ao padrão da DefenseCorp. O homem empurrou o bloqueio para cima, fazendo a katana de Sai deixar um sulco no teto.

— Abbad — disse o homem, chegando perto o suficiente para Sai sentir a saliva do discurso. — Prazer em conhecê-lo!

— O prazer é todo meu — disse Sai, chutando o tornozelo de Abbad.

Abbad recuou do chute, libertando a katana de Sai, mas nivelando a pistola com o rosto do espadachim. Uma morte certa. Pelo menos, até Eponi atirar nele.

A piloto provou seu valor pela segunda vez na luta, acertando um tiro sólido no ombro de Abbad enquanto Eponi usava o sofá para absorver o contra-ataque de Vana. Abbad se contorceu, seu braço direito com a pistola pendurado. Sai

inverteu seu aperto, cortou a katana na horizontal, planejando acertar o lado de Vana.

Vana deve ter sentido algo, porque ela mergulhou para
frente enquanto Sai balançava, interrompendo sua sarai-
vada em direção a Eponi e dando um caminho claro para a
katana de Sai cortar um pedaço da parede do apartamento.
Uma boa esquiva, uma difícil.

Sai tentou calibrar o campo de batalha. Vana agora se
movia atrás e à sua esquerda, enquanto Abbad lutava para
voltar à porta do apartamento. Renard e Rovo brigavam, o
velho agente aparentemente capaz de se defender quando
as coisas ficavam próximas.

— Pegue Vana! — gritou Sai, avançando em direção a
Abbad e à confusão na porta do apartamento.

Se Abbad mostrou algum medo de ser atacado em
espaço confinado por um soldado empunhando uma katana,
o homem não demonstrou. Em vez disso, a mão esquerda de
Abbad agarrou sua pistola de sua mão direita inútil, levan-
tou-a até a altura do tornozelo e disparou. O raio verde-
floresta brilhou e Sai sentiu sua perna esquerda queimar,
depois adormecer. O que era uma investida se transformou
em uma queda.

Sai atingiu o chão de azulejos, balançando a katana para
o lado para evitar se esfaquear. Ele viu Renard passar,
seguido por Rovo. Os dois trocaram socos, com Renard
levando a pior em um confronto que acabou pendendo para
a força bruta. Abbad seguiu, pisando na lâmina da katana de
Sai para prendê-la ao chão, mirando aquela pistola nas
costas de Rovo.

Atire no tornozelo de um homem, e ele não pode andar.
Não significa que ele não possa lutar.

Largando o cabo da katana, Sai estendeu a mão e puxou
a perna de Abbad, derrubando o homem no chão. Abbad

caiu de bunda na katana plana, e o homem riu novamente. Simplesmente gargalhou com o que parecia pura alegria enquanto aquela pistola verde-dourada apontava seu cano para o crânio de Sai.

— Que movimento brilhante, cara — disse Abbad. — Tenho que respeitar isso.

— Certo — respondeu Sai, rolando sobre sua própria espada.

Outro clarão, e Sai sentiu o cheiro de seu cabelo queimando, mas o movimento quebrou a mira de Abbad o suficiente para que o tiro passasse por cima da cabeça de Sai. Vidro estilhaçou-se à direita, em direção à varanda. O choro de Kaia também se fez ouvir, junto com pés batendo forte no chão.

Vana xingou, alto. Eponi gritou para que corressem.

Abbad empurrou Sai para longe, chutou o espadachim no lado para ganhar mais alguns centímetros. Sai tentou se apoiar em um joelho, pegar sua pistola do coldre no tornozelo. Sentiu um cano duro e quente em seu crânio.

Então sentiu-o desaparecer quando Renard se chocou contra Abbad, jogando ambos em um pacote em direção à porta. Sai lançou um olhar rápido para trás, viu Rovo começar a vir em sua direção. Atrás do novato, Raquel parecia estar seguindo Kashmal por uma janela quebrada da varanda e sobre a borda.

Eles estavam simplesmente caindo para suas mortes para impedir que Renard pegasse Kaia? E onde estava Eponi?

Vana se levantou atrás de Rovo, parecendo frustrada e sangrando por um belo corte ao longo do rosto.

— Atrás de você! — gritou Sai, finalmente libertando sua pistola.

Rovo girou para o lado e Sai disparou rapidamente, atingindo Vana pelo que parecia ser a terceira vez naquele colete protetor. Aquelas coisas não podiam aguentar golpes para sempre, e o tropeço de Vana mostrou que ela sentiu o calor daquela vez.

— Vamos! — a voz de Eponi ecoou pela janela da varanda. — Temos que sair!

O objetivo. Kaia. Tirar a garota desses bastardos importava mais do que qualquer outra coisa.

— Rovo, corra! — disse Sai. — É uma ordem!

Quem sabia se as palavras teriam algum significado para o novato, mas Sever ensinava seus membros de esquadrão a ler a situação. Rovo saberia que não tinha chance de pegar Sai, saberia que a única opção-

O novato correu, disparou pela sala de estar, através da janela aberta da varanda e sobre a beirada. Ninguém sequer se incomodou em atirar nele. Sai, ainda segurando sua pistola com um joelho no chão, mirou de volta para a porta.

O chute de Abbad acertou novamente, adormecendo a mão direita de Sai e derrubando sua pistola.

— Uma boa luta, meu amigo — disse Abbad. — Mas acho que esta acabou agora.

— E não foi uma perda total — acrescentou Renard, se aproximando. O olhar cansado, machucado e irritado do homem disse a Sai tudo o que ele precisava saber. — Hora de pegar nosso prêmio e ir.

Um refém por outro.

OITO

DESCENDO E SUBINDO E DESCENDO

O martelo assobiava enquanto Gregor o balançava repetidamente, esmagando paredes, pisos e agentes. Gregor descia em meio ao desastre, atrasando a construção do edifício por meses através da pura devastação. Uma ofensiva mais limpa poderia ter funcionado se Sever tivesse atacado a torre com toda a força, mas com apenas dois, Gregor contava com o caos para lhe dar cobertura.

Nuvens de poeira levantadas pelos golpes do martelo mascaravam o próximo balanço de Gregor e desviavam o fogo laser pelos micrômetros necessários para manter sua armadura potencializada resfriada. Destruir os andares para chegar ao próximo mantinha os movimentos de Gregor imprevisíveis, impedindo emboscadas e evitando que atiradores de elite tivessem uma mira definida. E os saltos ocasionais, usando os propulsores da armadura potencializada, diretamente através do piso acima, derrubavam esquadrões inteiros.

Gregor não podia ter certeza de quando os agentes decidiram que fugir era melhor do que lutar, mas o fogo recebido diminuiu quando Gregor acertou um agente desafortunado no eixo central da torre. Como se o grito de queda sinalizasse uma manobra pré-planejada, os agentes que apareciam nos cantos fugiram. Sons de vidros estilhaçando ecoaram por todo o lugar enquanto os fugitivos escapavam por qualquer meio necessário, deixando Gregor ofegante sobre aquele eixo, olhando através da luz do dia enevoada pela poeira para sua parceira abaixo.

Aurora, lá embaixo, continuava atirando. Seu rifle zumbia com rajadas precisas contra os agentes em fuga. Uma dedicação admirável à destruição deles. O visor de Gregor mostrava que sua área imediata não tinha ameaças, e o homem confirmou isso com um olhar panorâmico. Sim, as paredes desmoronando, os fios expostos soltando faíscas e alguns canos estourados jorrando água criavam uma cena agitada, mas nenhum perigo real permanecia.

Nenhum dos dois confiava nos elevadores após o tumulto na torre, então Gregor desceu até o primeiro andar por uma escadaria muito apertada ao lado do prédio. Pulando de um patamar para o outro e deixando rachaduras nos azulejos conforme avançava, Gregor fez bom tempo, entrando no saguão para encontrar Aurora, com o rifle no coldre, parada.

— Eles pegaram a garota? — disse Gregor.

Uma pose como a de Aurora geralmente significava que a piloto da armadura potencializada tinha sua atenção voltada para o mundo digital, brincando com a conexão do bracelete da armadura para enviar e ver mensagens.

— Sim, mas há um problema — respondeu Aurora, sua voz indicando que ela ainda estava lendo enquanto respondia. — Eponi está enviando mensagens rapidamente. Eles estão lidando com mais agentes. E Sai foi capturado.

— Capturado? Como Rovo?

— Uma troca acidental — respondeu Aurora. — Rovo

está com eles agora. Junto com Kashmal e Kaia. Alguém chamada Raquel também?

Gregor deu de ombros, a armadura zumbindo enquanto seus ombros metálicos obedeciam. Ele não conhecia nenhuma Raquel, neste sistema ou em qualquer outro.

— O que fazemos? — disse Gregor. — Alguém vai contar a Renard o que aconteceu aqui.

— Se eles encontrarem outro lugar para se esconder, voltamos à estaca zero. — A frustração de Aurora transparecia. — Deveríamos ter confirmado que Renard estava aqui antes de atacarmos.

— Difícil saber.

— Nos movemos rápido demais — disse Aurora. — Agora temos que mudar o jogo.

— Como?

— Eponi e os outros estão indo para a *Prisa*. Podemos levar Kaia para a órbita, garantir que ela esteja segura enquanto procuramos por Sai — disse Aurora. — Sabemos que Renard quer a garota, então é isso que usaremos.

Usar uma criança como isca não parecia o melhor plano para Gregor, mas ele não tinha um melhor. Gillane Quatro tinha muitos possíveis esconderijos para Renard, e o homem provavelmente enviaria tudo o que tinha atrás da garota.

É o que Gregor faria. Enterrar o inimigo em seus números até conseguir o que queria.

— Então, recuar? — disse Gregor.

— Recuar.

Correr pelas ruas na armadura potencializada, particularmente com o martelo gigante de Gregor, continuava parecendo uma má ideia. Juntos, a dupla subiu novamente os demasiados degraus até a plataforma de pouso mais baixa. Aurora mais uma vez convocou um transporte de carga, e os dois saíram pesadamente em direção à plataforma prateada na cintilante tarde dourada para esperar por sua carona.

— Isso foi divertido — ofereceu Gregor, olhando para além da borda de Kaiyo em direção ao horizonte do oceano.

— Foi um massacre — respondeu Aurora. — Eles não estavam equipados para nos enfrentar.

— Ainda bem.

— Significa que Renard não está tão avançado em sua revolução como eu pensava que estaria — disse Aurora. — O homem tem que saber que a maioria dos esquadrões da DefenseCorp terá acesso a armaduras potencializadas. Aqueles agentes não tinham picos de PEM, não conheciam nossos pontos cegos. A equipe de Tarla fez um trabalho melhor em Wexer.

— A confiança pode criar fraqueza.

Uma declaração concisa, mas na experiência de Gregor, os mais propensos a cair duramente eram aqueles muito envolvidos em seu próprio sucesso presumido. De oficiais corruptos acreditando que ninguém ousaria vasculhar seus registros a alvos da DefenseCorp vaidosos demais para pensar que seus mundos poderiam ser varridos, a vida de Gregor tinha sido repleta de idiotas relutantes em ver o fracasso e, portanto, condenados a ele.

Do lado de fora, a segurança de Salinity começou a chegar. Motos de resposta rápida, feitas para deslizar a um metro acima do nível da rua, transportavam duplas armadas para a entrada destruída do edifício. Aparentemente, alguém tinha visto ou ouvido a batalha lá dentro e feito uma ligação. Lá do alto, Gregor achou divertido observar a força policial, pontos correndo de um lado para o outro, tentando estabelecer um perímetro.

— O esquife de carga foi cancelado — disse Aurora,

começando a frase com um palavrão. — Aparentemente, Salinity cortou o espaço aéreo sobre o edifício.

— Um novo plano, então.

— Não quero arrastar a segurança de Salinity até a *Prisa* conosco — disse Aurora. — Se é isso que você está pensando.

— Não — respondeu Gregor. — Só que precisamos chegar a um edifício diferente. Um que eles não estejam vigiando.

Da plataforma de pouso, com Kaiyo espalhada ao redor deles, várias opções se curvavam perto o suficiente nos andares abaixo. Um salto impulsionado cineticamente poderia levar a armadura de poder de uma estrutura para outra. Uma jogada ousada, e uma que precisaria de alguma ajuda.

Grandes trajes blindados voando pelo ar tendiam a atrair atenção.

Voltando para dentro, os dois ouviram os gritos das forças de Salinity subindo a torre. Gregor calculou que precisavam descer cinco níveis para chegar a uma distância onde pudessem fazer o salto. As escadas funcionaram bem o suficiente para isso, embora desde o primeiro salto baru-lhento, as forças de Salinity tenham dado o alarme.

— De qualquer forma, não íamos ficar escondidos — disse Aurora enquanto aceleravam o passo, agora chutando os patamares assim que tocavam o chão. — Continue se movendo, ignore-os.

Isso ficaria mais difícil quando eles começassem a atirar, mas Gregor manteve a boca fechada, sua concentração nos saltos. Além da fuga, isso ainda parecia mais divertido do que qualquer coisa que ele tivesse feito desde que lutou contra aqueles trajes invisíveis na *Nautilus*.

Eles irromperam no nível alvo, um que Gregor já havia

arrasado na luta anterior. Aurora assobiou enquanto eles marchavam para o lado das janelas, olhando através de um vão considerável, com uma queda de vários andares, para o próximo edifício.

— Você fez um estrago aqui em cima — disse Aurora.

— Eu me diverti.

Agora vinha a parte difícil. Ambos os Severs observaram o vão. As forças de Salinity estavam se aproximando, e com o barulho que tinham feito, quaisquer olhos do lado de fora estariam olhando para cima. Eles precisavam de uma distração.

Gregor tirou uma granada de fratura do compartimento em sua armadura de poder. Embora ele preferisse chegar perto com seu martelo a jogar bombas, Sai há muito tempo havia tornado essas coisas um item padrão para Sever.

— Você primeiro — disse Gregor. — Depois que eu jogar.

Aurora assentiu, foi até a janela do chão ao teto e agarrou a moldura. Puxando as linhas escuras entre o vidro, a capitã quebrou o painel de sua ranhura. A janela caiu sobre Aurora, estilhaçando-se ao atingir seu capacete e espalhando cacos pelo chão. Nada, porém, caiu para fora. Nenhuma pista derramando-se na rua.

Gregor jogou a granada, temperando o arremesso com energia cinética. Seus esforços de limpeza com o martelo compensaram novamente, dando-lhe uma linha direta através do poço até o lado oposto do edifício. Uma explosão crepitante veio um fôlego depois, destruindo janelas e os espaços imediatamente acima e abaixo, danos esperançosamente longe das forças de Salinity que subiam.

A capitã de Sever não esperou pelo sinal de Gregor, mas saltou enquanto a explosão ondulante crescia. Aurora voou pela janela, encolhendo-se, mas mantendo os pés para baixo, onde os impulsores cinéticos fariam seu trabalho e absorveriam a energia da queda. Gregor começou a seguir em seguida, quando uma segunda explosão rasgou o edifício, seguida por mais estalos, explosões e estrondos. Como se ele de repente se encontrasse em um show de fogos de artifício.

A armadura de poder se ajustou à trepidação, as botas nivelando Gregor enquanto ele dava um passo após o outro em direção à janela. Não que ele precisasse de muitos, mas, conforme seu visor começou a soar, o chão ao seu redor estava desmoronando. Isso não fazia sentido: a granada de Gregor não era tão poderosa.

À esquerda de Gregor, um cano exposto tremeu, com porcas e parafusos saltando como pequenas balas. O cano se expandiu e então explodiu, com fogo verde e laranja correndo para dentro do escritório. A resposta inundou Gregor junto com as chamas: a luta anterior deve ter rompido as linhas de utilidades, empurrado gases explosivos para o espaço aberto. Ele havia jogado um grande fósforo em um edifício reduzido a gravetos.

Hora de ir.

Dando um longo passo, plantando o pé direito na borda da janela, Gregor acionou os impulsores cinéticos da armadura de poder e voou para o espaço, com fumaça e chamas explodindo atrás dele. Por um breve momento, o estômago de Gregor subiu enquanto ele despencava no belo céu de Gillane Quatro. Por um breve momento, Gregor viveu aquele sonho delirante de voo livre que nenhum humano deveria ter.

Ele atingiu o alvo e conseguiu pousar, esmagando painéis solares e rasgando o silício preto com sua armadura espessa. Aurora o pegou com uma mão firme, mantendo Gregor em pé. Seu visor, no entanto, olhava de volta para de onde vieram. Gregor seguiu o olhar, viu vários níveis engolfados em chamas. O edifício tremeu, mas Gregor não achava que ele cairia. Não achava que haveria milhares de vítimas.

Ele esperava.

— Temos que nos mover — disse Aurora. — Esquifes virão para apagar esse incêndio, e não podemos deixar que nos vejam.

A capitã estava certa, como sempre.

Os dois correram pelo telhado, fazendo o possível para evitar pisar em mais painéis. Este edifício, mais baixo e não chegando exatamente a seus objetivos de gota, terminava do lado oposto com outra descida de vidro inclinada. Sem plataforma de pouso, sem uma maneira fácil de descer.

E nenhum outro edifício ao alcance de um salto.

— Nenhum esquife virá nos pegar aqui — disse Aurora, olhando para o chão abaixo. — Talvez tenhamos que abandonar as armaduras.

Fazer uma caminhada à paisana de volta à *Prisa*, voltar mais tarde e pegar as armaduras de poder? Se ainda estivessem lá?

— Eles vão notar os painéis quebrados — respondeu Gregor. — Não podemos abandonar nossas armaduras aqui.

— Então o quê? Você quer pular uma dúzia de andares até o chão, ter uma força inteira atrás de nós?

— Não, vamos usar aquilo — disse Gregor, apontando para o edifício à direita. Ele se erguia acima do telhado deles e tinha plataformas de pouso, incluindo uma um pouco abaixo do nível deles. — Pegaremos nossa carona lá.

— Você é louco.

— Não vou negar isso.

Aurora acessou a lista e se conectou com outro skiff de carga pilotado por IA. Desta vez, porém, ela especificou que deveria ser aberto nas laterais. Aberto em cima. Uma barcaça aérea plana destinada a mercadorias superdimensionadas. A chamada foi completada e os dois esperaram, agachados sob os painéis solares enquanto um pequeno exército de Salinity descia sobre o prédio em chamas.

— Isso não se desenrolou como eu pensava — disse Aurora enquanto esperavam.

— As coisas raramente se desenrolam como pensamos.

— Você está me insultando ou falando no geral?

— O último — disse Gregor. — Embora seja por isso que eu não faço previsões.

— Difícil evitar se você é o capitão.

— É por isso que não sou o capitão.

Aurora riu e depois ficou em silêncio. Gregor verificou sua carga cinética, constatando que a longa queda até o telhado havia recarregado tudo o que ele gastara no salto. Pronto para outro salto, desta vez com um alvo menor.

— Está aqui — disse Aurora. — Ou melhor, ali.

— Então vamos.

— Lidere o caminho, grandão. Esta é a sua ideia.

Gregor não discutiu. Ele se levantou, ultrapassando os painéis e colocando sua armadura potencializada à vista de qualquer um que estivesse prestando atenção. O que, considerando o desastre que se desenrolava a um quarteirão de distância, ele imaginou que ninguém estivesse.

Três passos depois, Gregor acionou seus propulsores, lançou-se no ar e voou em direção a um skiff de carga desavisado.

NOVE

RETIRADA TÁTICA

O pobre sofá não merecia isso. Eponi se abaixou atrás do móvel azul e rígido quando o quarteto de Renard e Rovo deixou claro que não tinha vindo em busca de uma xícara de açúcar emprestada. Sua líder, uma mulher que Eponi não conhecia, mas que, baseada nas descrições de Aurora, parecia ser a agente da DefenseCorp, Vana, escolheu a piloto como alvo e as duas entraram em um duelo espetacular em uma sala de estar feita para momentos de descontração e não muito mais.

Sai e sua katana mantinham a saída do apartamento bloqueada, e com Rovo mostrando que não tinha se tornado completamente mau, o primeiro olhar de Eponi sugeriu que a luta deveria ser uma vitória fácil. Não havia como Renard acompanhar a novata, e se Sai pudesse derrubar o maníaco risonho no fundo, então eles poderiam flanquear Vana.

Fácil.

Até que os malditos tiros começaram a vir de trás. Eponi girou para esquivar de um disparo de Vana, gravando outra marca preta nas paredes do apartamento, e recebeu outra queimadura de laser sobre o ombro em movimento. O sofá fumegou quando sua almofada levou o tiro, e um olhar rápido para a janela da sacada às costas de Eponi revelou um buraco derretido. Atiradores do outro lado.

O olhar para trás custou a consciência de Eponi: Vana aproveitou a vantagem, correndo ao longo do sofá para atacar Eponi, empurrando a piloto contra a parede do apartamento. Eponi ricocheteou, deixando um pedaço caindo no chão em seu rastro, a dor latejante, e apenas isso, em seu ombro, um sinal reconfortante de que o golpe não havia quebrado nada. Girando para encarar Vana, Eponi balançou sua pistola como um tapa de revés, afastando o tiro fatal de Vana antes que a agente pudesse puxar o gatilho.

O golpe comprou um segundo extra, as duas se encarando. Agente experiente, piloto de kart experiente. Uma, mestra mortal em furtividade e vários meios de assassinato, a outra, uma bola de tempero atrevida disposta a ultrapassar os limites.

— Você não vai ganhar — disse Vana. — Renda-se, e eu garanto que você viverá.

— Desculpe, tenho problemas de confiança — respondeu Eponi, levantando o pé num chute em direção ao estômago de Vana.

A agente viu o movimento chegando, desviou o golpe com a mão da pistola. Eponi tentou usar a brecha para apontar sua própria pistola em um contra-ataque desequilibrado. Ela puxou o gatilho enquanto Vana avançava, o tiro de Eponi voando alto e derretendo um dos armários da cozinha de Kashmal. Vana atingiu Eponi em cheio, esta última deixando cair sua pistola em uma tentativa frenética de impedir que a arma de Vana conseguisse um ângulo perigoso em seu lado.

Renard caiu pesadamente no chão à esquerda delas, os banquinhos do bar trepidando, o velho agente praguejando enquanto Rovo o perseguia. Eponi aproveitou a distração para girar e derrubar Vana, puxando ambas para a sala de estar propriamente dita, bem à vista daquelas malditas janelas.

Vana, de costas no carpete, deveria estar em apuros. Deveria estar dizendo a Eponi para parar enquanto a piloto preparava um soco. Em vez disso, a agente reagiu com mais força do que Eponi esperava, rolando Eponi para a direita e saindo de cima dela. As costas de Eponi bateram no carpete — fios creme de baixa qualidade e firmes, combinando com o péssimo senso de estilo de Kashmal — e ela esperava que Vana a seguisse, até que outro tiro de laser atravessou a janela, passando bem em cima do peito de Vana.

Exatamente onde Eponi estivera.

— Obrigada por me salvar — disse Eponi, levantando-se.

— Não tem de quê — respondeu Vana, imitando o movimento de Eponi e vindo direto para cima da piloto, empurrando-a contra a porta de vidro da sacada.

O atirador tinha uma linha de tiro clara, e Vana mantinha os braços de Eponi presos, suas costas coladas ao vidro. Eponi viu os outros lutadores à sua direita, com Sai no chão e o homem risonho com ele. Rovo lançou Renard de volta para a porta do apartamento, mas o novato não se moveria rápido o suficiente para alcançá-la.

Raquel, no entanto, conseguiu.

A chefe de segurança da Salinity atingiu Vana por trás, uma investida com o ombro que pressionou Eponi contra a porta já enfraquecida pela explosão e a estilhaçou. Eponi caiu para trás na sacada, o vidro ficando preso em suas roupas. Vana, porém, levou a pior: sua cabeça mais alta pegou em um estilhaço pendurado, fazendo um longo corte. Raquel cambaleou para trás com o impulso, sacando uma pistola, olhando para fora e disparando um tiro sobre a cabeça de Eponi.

Aparentemente, todos tinham suas próprias ameaças para lidar.

Eponi acertou um joelhada no estômago de Vana e a agente grunhiu, deu um soco no rosto de Eponi e então rolou de volta para dentro do apartamento. Em direção às pistolas. Eponi esperava que o atirador a atingisse a qualquer momento, mas Raquel continuava atirando, cada disparo laranja queimado zunindo sobre sua cabeça em direção ao atirador distante.

Àquela distância, Eponi duvidava que os disparos pudessem causar danos sérios, mas não estava prestes a dizer à agente da Salinity para parar de atirar. Em vez disso, ela se levantou e viu uma saída. Recuar não era uma tática que vinha facilmente para Sever, mas com o reaparecimento de Raquel lembrando Eponi do objetivo, tirar Kaia dali vinha em primeiro lugar.

A arquitetura em forma de gota de Gillane Quatro fazia muito pela estética, mas pouco pela funcionalidade. Os prédios de apartamentos, como a maioria dos outros no planeta, iam de estreitos no topo a largos na base, um design que engordava as laterais conforme desciam. O apartamento de Kashmal não era exatamente uma cobertura, e abaixo da sacada, o prédio se espalhava, criando um escorregador curvo e um tanto íngreme para o apartamento — e sua própria sacada — abaixo.

Eponi levantou os olhos rapidamente, seguindo outro tiro de Raquel, e traçou a linha até um edifício do outro lado da rua. O atirador tinha aberto uma janela de escritório, agora cheia de buracos fumegantes devido aos disparos de Raquel. Quer Raquel tivesse liquidado o atirador ou o suprimido, os disparos não estavam mais vindo em sua direção.

— Corram! — gritou Eponi. — Kashmal, tire Kaia daqui!

Ao ouvir seu nome, o pai da menina provou que era capaz de agir decisivamente, virando a esquina com Kaia nos braços e se juntando a Eponi e Raquel, que agora se cobriam na varanda. Vana, que devia estar com as pistolas, permaneceu dentro e não tentou disparar nenhum tiro quando Kaia entrou em cena. Em vez disso, a agente tentou novamente fazer o grupo se render.

Nem pensar.

— Correr para onde? — disse Kashmal, ignorando as ordens de Vana.

— Pela borda — respondeu Eponi. — Como um escorregador. Ela vai adorar.

Kashmal olhou para Eponi como se ela fosse louca, até que Raquel repetiu a ideia:

— Faça isso, Kashmal. Mire na próxima varanda abaixo.

— Vocês duas são loucas — disse Kashmal, sem se mover.

Eponi teria xingado o homem, teria o declarado um idiota custando a vida de sua filha, quando o atirador voltou. O tiro acertou direto no ombro de Kashmal. O impacto o fez gritar, fez com que ele desabasse na borda da varanda, com Kaia gritando junto com ele. Raquel virou-se rapidamente, devolvendo o fogo com a pistola. Rovo, mostrando que pelo menos alguém da Sever poderia vencer hoje, veio correndo para a varanda com eles.

— Pegue Kaia e pule — disse Eponi, já se movendo para ajudar o pai da menina.

Rovo, como um bom novato, não questionou a ordem. Ele continuou se movendo, passou por Raquel e levantou Kaia dos braços enfraquecidos de seu pai. Com um braço segurando Kaia, Rovo saltou a borda da varanda e caiu.

Kashmal gritou atrás deles, uma combinação de pânico e dor, um som que Eponi interrompeu quando agarrou o homem, começando a levantar os dois sobre o corrimão da varanda.

— Ela vai ficar bem — Eponi disse bruscamente. — Concentre-se, por favor.

Kashmal respondeu com um gemido, mas encontrou forças para levantar as pernas. Enquanto passavam por cima juntos, Eponi lançou um olhar para o apartamento destruído. Raquel pulou o corrimão ao lado deles, deixando Sai como o último do grupo lá dentro. Eponi não conseguia vê-lo. Em vez disso, Eponi captou o olhar sombrio de Vana quando ela se virou na varanda, sua presa fugindo sem chance de um tiro.

Qualquer preocupação com Sai teria que esperar um minuto, porque Eponi bateu na lateral de vidro do prédio e escorregou. O volume de Kashmal o afastou dela enquanto eles deslizavam os poucos metros de uma varanda para a outra, aterrissando em um monte sobre um conjunto de pátio já arruinado por Rovo. O novato e Kaia já estavam se movendo quando Eponi aterrissou, pulando o corrimão e continuando o deslize.

— Este é o pior dia — Kashmal murmurou enquanto Eponi o ajudava a se levantar e passar pela borda.

— Você está vivo. Poderia ser pior — disse Raquel, com a pistola erguida e mantendo a cobertura.

— Não tenho tanta certeza — respondeu Kashmal, então Eponi o empurrou adiante e o observou cair.

— Você sabe o que está fazendo com essa coisa — Eponi disse a Raquel. — Obrigada pela ajuda.

— Tecnicamente, Kashmal é um funcionário da Salinity. — Os olhos de Rachel se estreitaram de volta para a varanda da qual tinham acabado de pular, e ela disparou um tiro. A cabeça de Vana desapareceu de volta atrás da cobertura. — É meu trabalho garantir que ele fique bem.

Eponi queria perguntar se garantir que um funcionário sobrevivesse realmente incluía contra-atacar assaltos de agentes da DefenseCorp, mas debater minúcias do trabalho não era a prioridade. Eponi pulou o corrimão, deslizou no vidro novamente - uma sensação incrível, como um herói de ação - e aterrissou na próxima varanda. Outro salto os levaria ao nível do chão, e significaria uma queda de quatro metros em pedra dura. Rovo percebeu o resultado ruim ali e cumprimentou Eponi de dentro do apartamento da última varanda.

O novato, ainda com Kaia em um braço, e com arranhões no cotovelo, tinha quebrado as portas de vidro. O apartamento não gostou do movimento, seus próprios alarmes de segurança apitando em uma trilha sonora horrível para o momento. Pelo menos alguém tinha abastecido o lugar com flores, que cheiravam muito melhor do que o tecido queimado no apartamento de Kashmal.

O pai de Kaia finalmente reconheceu a coisa certa a fazer e avançou, passando por Rovo e se dirigindo para a saída do novo apartamento.

— Achei que não deveria dar esse último salto sem armadura — disse Rovo. — Você está bem?

— Tá brincando? Isso foi demais — respondeu Eponi. — Estou bem, mas acho que Sai pode estar em apuros.

Rovo fez uma careta, olhando para o teto do apartamento como se fosse formar uma janela mágica direto para a localização de Sai. Raquel caiu ao lado de Eponi e apressou a piloto para dentro.

— Temos que continuar nos movendo — disse Raquel enquanto seguiam Kashmal até a porta do apartamento. — Não sei quantas pessoas eles têm vindo atrás de nós.

— Muitas, eu diria — disse Eponi. — Me diga que você tem algumas maneiras sorrateiras de se movimentar por essa cidade.

— Sorrateiras? — disse Raquel enquanto entravam no corredor do apartamento e se viravam para as escadas.

Kashmal parecia um pouco abatido, mas quando ele não estava? De qualquer forma, Eponi achou que o grupo tinha escapado sem muitos problemas. Enquanto caminhavam, Rovo insistia que Vana e Renard não matariam Sai, não se não precisassem.

— Eles são grandes fãs dessa coisa toda de reféns — disse Rovo. — Eles verão Sai como alguém para usar.

— Ele não vai contar nada a eles. — Eponi encontrou as escadas, viu que elas levariam ao saguão do prédio, um lugar com pessoas e muitos pontos para um atirador se posicionar. — Raquel, precisamos de uma saída diferente daqui.

— A entrada de serviço, talvez — disse Raquel. — Mas eu não tenho acesso a ela.

— Por que não?

— Porque eu não trabalho aqui?

Eponi a encarou, — A Salinity não é tipo, dona deste planeta?

Kashmal tossiu, e algo vermelho respingou no tapete azul macio. Aquele tiro no ombro do homem deve ter sido pior do que Eponi pensou. Rovo tinha Kaia virada para o outro lado para que a menina não visse, mas Kashmal precisava de cuidados médicos melhores do que um corredor de apartamento poderia fornecer.

— Nós somos donos da terra, não de todas as estruturas nela — disse Raquel. — Temos um escritório perto daqui. Um que pode ajudá-lo. — Raquel acenou com a pistola, franzindo a testa. — Mas não vou levar um tiroteio para um de nossos prédios.

Eponi assentiu, considerou Rovo segurando Kaia, e chegou a um plano. Um plano estúpido, mas um plano, mesmo assim.

— Você não vai precisar — disse Eponi, odiando o que estava prestes a dizer antes de dizê-lo. — Eu vou atraí-los, então vocês vão para o outro lado.

— Eponi — disse Rovo. — Por que eles seguiriam você quando estão atrás de Kaia?

— Você acabou de dizer. Eles querem reféns. Posso não pegar todos, mas deve comprar algum tempo para vocês.

— Mas-

— Novata, fique na sua — disse Eponi. — Raquel, desculpe deixar você com esses dois, mas você sabe como é.

— Na verdade, não sei — respondeu Raquel.

— Então, surpresa? — disse Eponi. — Me dê vinte. Quando ouvir o estrondo, façam sua fuga.

A piloto desceu as escadas com pressa controlada, tocando cada degrau e passando para o próximo, os olhos vasculhando a multidão no saguão. Alguns curiosos, falando sobre o fogo laser lá fora, misturavam-se a um robô de limpeza e um guarda de segurança de olhos arregalados gritando loucamente em seu comunicador de pulso. Ninguém se importava com a mulher atravessando o saguão, mesmo que um olhar mais atento revelasse os estilhaços de vidro presos, os rasgos em suas roupas e uma postura confiante o suficiente para sugerir que ela não pertencia a esses apartamentos.

Eponi procurou e encontrou, em um segundo, sua opção. As ruas de Kaiyo não tinham veículos — as naves ficavam no ar, as calçadas eram apenas para pessoas — mas havia robôs em abundância. As máquinas realizavam o trabalho pesado da cidade, movendo-se sem perceber o tiroteio acima. Um deles, aparentemente limpando os paralelepípedos cremosos que compunham esta seção de Kaiyo, deu a Eponi a abertura que ela precisava.

Qualquer atirador de elite observando de cima conteve o fogo. Talvez ainda não tivessem pensado em olhar para baixo. Mas eventualmente o fariam. Eponi tinha que forçar a situação. Tinha que fazer com que eles se concentrassem nela.

Eponi se aproximou do robô, uma coisa cilíndrica verde-escura com uma base larga coberta de escovas que zumbiam sobre os paralelepípedos. Eponi respirou fundo e empurrou a máquina. A coisa tinha peso, mas Eponi tinha alavancagem e força suficiente para realizar a tarefa.

O robô de limpeza atingiu as pedras com um estrondo metálico, um som que fez o que os sons fazem desde que os humanos ergueram grandes edifícios em corredores de vidro e aço: ecoou. Juntando-se ao rescaldo da pancada, o robô adicionou seu próprio alarme, destinado a trazer a segurança para pegar o intrometido que acabara de declarar guerra robótica ao limpador de paralelepípedos. Esse ruído também ricocheteou nos prédios de vidro.

Cabeças já atraídas pelos sons anteriores do tiroteio se debruçaram sobre as sacadas, colaram os olhos às janelas para ver se o dia traria ainda mais caos à existência pacata e sufocante de Gillane Quatro. Eponi pensou que um pouco de ação poderia fazer bem ao planeta, fazer alguns corações baterem mais forte, e teve que lutar contra um sorriso ameaçador quando viu aqueles olhares sobre ela.

Como ser famosa novamente.

Então ela correu, esperando que a morte a seguisse.

DEZ

O LONGO CAMINHO DE VOLTA

A explosão proposta por Eponi não foi exatamente estrondosa - o som filtrado pelo saguão do prédio soou como um fraco baque - mas o quarteto aproveitou a abertura que tinham. Com Rovo carregando Kaia e Raquel ajudando Kashmal a andar na frente, eles desviaram do saguão e continuaram pelo corredor até o lado oposto do prédio. A última escada ali levava a uma saída de emergência designada, com avisos de alarmes que seriam acionados ao abrir a porta.

— É melhor assim, na verdade — disse Rovo quando Raquel hesitou. — Há um tiroteio acontecendo lá em cima, Eponi provavelmente está sendo alvejada na rua. Quanto mais confusão, melhor.

— Pessoas podem se machucar — disse Raquel enquanto Kashmal, não fornecendo nenhuma contribuição útil, continuava a gemer sobre o tiro em seu ombro. — Meu trabalho é manter as pessoas deste planeta seguras.

— A longo prazo, você está fazendo isso ao nos manter vivos — sugeriu Rovo. O olhar de dúvida de Raquel matou esse argumento, então Rovo mudou de tática. — Que tal isso, então? Se não abrirmos esta porta, ficaremos presos voltando para aquele saguão, onde seremos pegos, Kaia ficará em apuros e você provavelmente vai morrer de qualquer jeito.

Isso, pelo menos, provou ser mais persuasivo. Raquel, fazendo careta o tempo todo, empurrou a pesada porta para abri-la. Eles se derramaram em uma rua lateral, as pedras de paralelepípedo cor de creme proporcionando alguns metros entre torres em forma de gota imponentes. Enquanto as avenidas principais tinham suas laterais repletas de lojas e cafés, as latas de lixo aqui denunciavam um espaço que não era para ser visto, ouvido ou explorado.

— Eca — disse Kaia, apertando o nariz em uma reação sensata ao cheiro de mofo que pairava no ar.

— Não é meu melhor atalho — concordou Rovo.

Atrás deles, o alarme do prédio disparou em uma cadência estridente, um som irritante que Rovo ficou mais do que feliz em deixar para trás. A rua estreita, não muito movimentada, ficou ainda menos à medida que as pessoas notavam o ferimento sangrento de Kashmal e decidiam que aquele não era o momento de bancar o herói, o médico ou mesmo o estranho curioso. Rovo percebeu as pessoas se esquivando, se escondendo.

— O que há com este lugar? — ele perguntou a Raquel enquanto andavam, abraçando o prédio oposto o máximo possível. — Ninguém quer ajudar?

— Não é trabalho deles — respondeu Raquel. — Você sabe tão bem quanto eu que se alguém está ferido como Kashmal, há dinheiro envolvido. Ninguém leva um tiro assim por acidente.

E ninguém quer se envolver em problemas que não são

seus. Rovo engoliu o gosto amargo que isso deixou em sua boca. A galáxia tinha tanto cinismo, tantos valores morais baseados no dinheiro a ser ganho. O Esquadrão Sever tinha ajudado Kaia a sair de Dynas, tinha ajudado os Talpa sem a promessa de pagamento, mas, se Rovo fosse honesto consigo mesmo, ele havia defendido ambas as coisas.

Um novato ingênuo? Talvez, mas Rovo não estava disposto a vender sua alma apenas por dinheiro.

Ainda não.

— O escritório é logo ali — disse Raquel quando passaram por um quarteirão sem perseguição aparente. — Poderemos pegar uma nave da Salinity lá.

— Para ir aonde?

— Para um lugar que cheire um pouco melhor — respondeu Raquel. — Que não seja tão fácil para seus inimigos encontrarem.

— E depois?

— É só isso que você faz? — disse Raquel, lançando um olhar para Rovo enquanto saíam da rua estreita e entravam em uma praça dominada por uma fonte tripla, atravessando-a em direção a uma janela do térreo que exibia o logotipo da Salinity em néon azul. — Fazer perguntas?

— No momento? Sim.

Apesar da resposta, Kaia impediu Rovo de fazer mais perguntas. A garotinha, ainda agitada desde o apartamento, aparentemente sentiu que o perigo imediato havia passado e aproveitou a oportunidade para bombardear Rovo com suas próprias exclamações e perguntas. O mais importante, para Kaia, era como Rovo tinha chegado ao apartamento dela em primeiro lugar.

Havia mil explicações que Rovo poderia ter inventado para responder a essa pergunta, mas mentir para uma criança, especialmente uma listada como alvo principal de um grupo grande e mortal, parecia errado. Então Rovo desenrolou a história enquanto atravessavam a praça, enquanto Raquel os levava por um escritório pouco movimentado e os sentava em uma sala de conferências vazia enquanto ela ia procurar algum transporte.

Rovo concluiu a aventura quando um robô gentil trouxe água para o grupo, junto com bandagens leves para Kashmal. Deixando Kaia brincar com sua própria hidratação, Rovo foi trabalhar no pai dela.

— Obrigado — disse Kashmal enquanto Rovo terminava de aplicar os unguentos e bandagens para queimaduras. O tiro parecia feio, a pele ao redor do impacto enegrecida pelo calor, mas comparado ao tiro no pulmão que Rovo havia levado de volta na *Nautilus*, Kashmal não deveria ter muito problema. — Sei que te dei muito trabalho lá atrás, mas...

— Não se preocupe com isso — Rovo interrompeu Kashmal, não querendo ouvir o homem fazer algum pedido de desculpas. Nada que Kashmal pudesse dizer compensaria ter trancado Kaia em um quarto minúsculo por anos, e Rovo não tinha energia para se importar. — Mantenha pressão sobre o ferimento. Este não é exatamente um tratamento médico de alto nível.

Kashmal entendeu a dica e manteve a mão ali. O homem então chamou sua filha, que saltitou para mostrar o copo com a marca da Salinity que ela estava usando para beber água. Equilibrando a menina em seu colo, Kashmal começou a cantar uma canção suave, que Kaia acompanhou depois de um verso. O momento passou rapidamente de fofo para constrangedor, com Rovo se sentindo como um intruso em uma família da qual ele definitivamente não fazia parte.

O banheiro provou ser um escape digno, e Rovo passou um tempo na pia, atraindo olhares ocasionais da multidão do escritório da Salinity que entrava e saía ao seu redor. Lavando o sangue de Kashmal de suas mãos, tirando vidro de seu cabelo e ensaboando as queimaduras na pele por ter escorregado pelo prédio de vidro, Rovo se transformou de figurante de filme de desastre em um ser humano de verdade, embora desesperadamente precisando de roupas novas.

— Olhe para eles — disse Raquel quando Rovo a encontrou do lado de fora da sala de conferência, observando Kashmal e Kaia brincarem - o primeiro rígido, mas sorrindo, a última usando a mesa e as cadeiras da conferência como um circuito de obstáculos a ser conquistado. — É quase como se eles não tivessem sido atacados há uma hora.

Rovo tentou avaliar o tom das palavras. Raquel estava dizendo que eles não estavam levando as coisas a sério, ou admirando a capacidade deles de ignorar a realidade em favor de um pouco de diversão?

— Não sou especialista — Rovo tentou a linha do meio —, mas não acho que uma criança como Kaia vá lidar bem com o pânico.

— Não é especialista? — Raquel olhou para Rovo. — Você certamente a pegou rápido. Segurou-a perto durante a fuga.

— Ela é uma menina de quatro anos. O que mais eu deveria fazer?

— Não precisa ficar na defensiva — Raquel ligou um sorriso desviante. — Estou dizendo que você se saiu bem, só isso.

— Obrigado?

Raquel assentiu, virou-se da janela e acenou em direção à sala de descanso do escritório. — Sei que é tarde, mas considerando o que acabamos de ver, você gostaria de um café?

Rovo imaginou que ele e o sono teriam uma relação distante até que Vana, Renard e seus agentes fossem resolvidos, então aceitou a oferta de Raquel. Entrando no espaço corporativo achatado, enfeitado com avisos de esportes em equipe e cronogramas de limpeza da geladeira, Rovo percebeu que a última vez que estivera em uma sala de descanso como essa, ele estava flutuando sobre seu mundo natal, preenchendo formulários e observando as horas se arrastarem.

Pegando a xícara oferecida e dando um bom gole, Rovo se lembrou por que não sentia tanta falta das salas de descanso: o café, apesar da água perfeita da Salinity, tinha um gosto fraco e sem graça.

— Não é do seu agrado? — Raquel notou a careta de Rovo.

— Normalmente tomo mais forte — disse Rovo, e quando Raquel se virou para a máquina borbulhante, ele colocou a mão em seu braço. — Por favor, está bom. Vamos voltar.

Raquel olhou para aquela mão ofensiva, que Rovo removeu, e juntos os dois retornaram à sala de conferência. O bracelete de Raquel havia vibrado durante a ida ao café, avisando-a que o esquife designado havia chegado, então o quarteto se apressou para o elevador do escritório, subiu até um nível marcado para embarques e saltou para a nave de bolhas agradáveis, com a marca da Salinity.

Kaia transformou uma viagem que teria sido entediante em um festival de sorrisos, apontando para cada pequena torre que o esquife passava enquanto seu piloto robótico os levava ao destino. Quanto a onde era, Raquel não diria. Não queria arriscar que alguém estivesse ouvindo.

— Você acha que é possível? — disse Kashmal.

— Você esteve em Dynas, com a Helix observando cada movimento seu — respondeu Rovo. — Sabe que é possível.

— Ah, verdade.

Abaixo deles, a paisagem urbana de Kaiyo deu lugar ao oceano profundo enquanto o esquife se lançava em direção ao alvo de Raquel. O céu azul acima, com suas nuvens fofas, escureceu à medida que a tarde se inclinava para o crepúsculo, a estrela branca de Gillane Quatro mergulhando no horizonte atrás deles. Sem os edifícios prendendo sua atenção, os olhos de Kaia ficaram pesados e ela se aconchegou ao pai, que se juntou a ela em um cochilo assim que Raquel confirmou que o voo demoraria um pouco.

O café e a preocupação persistente com Eponi e Sai mantiveram Rovo acordado, e ele imaginou que poderia enlouquecer se tivesse que ficar sentado em silêncio, então se virou para Raquel, que observava o progresso do esquife no console central, e foi com a única pergunta que conseguiu encontrar: — Então, como alguém se torna chefe de segurança da Salinity?

— Muitas horas e semanas ainda mais longas — respondeu Raquel. — Pode ser difícil de acreditar, mas a maioria dos meus dias não envolve tiroteios pela cidade. Em vez disso, há formulários para preencher. Visitantes e funcionários para verificar antecedentes.

— E você não encontrou nada com esse cara? — Rovo acenou para trás.

— Kashmal tem ótimas qualificações — disse Raquel. — Eu me lembro porque não recebemos muitos ex-pesquisadores da DefenseCorp. Ligamos para sua principal referência, uma mulher, eu acho, que disse que Kashmal salvou todo o projeto deles. Difícil dizer não a isso.

— Salvou sacrificando a filha.

Os olhos de Raquel brilharam. — Isso não surgiu na entrevista.

— Tão surpreendente.

— Você está jogando muito calor para alguém que entrou com as pessoas tentando machucar aquela criança.

— Não tive muita escolha — respondeu Rovo. — Eles iam entrar de qualquer jeito. Pelo menos assim eu ajudei. Um pouco.

Enquanto falava, Rovo se viu perdido no momento. Fazia tanto tempo desde que ele tivera uma conversa com alguém que não estava tentando usá-lo, matá-lo ou trabalhar com ele para usar ou matar outra pessoa. Seu instinto o empurrava para encontrar um ângulo com Raquel, incliná-la para algum objetivo, mas o que seria isso?

Ela os estava levando para um lugar seguro, e uma vez que pousassem, Rovo tentaria encontrar a *Prisa*, entrar em contato com Aurora e Gregor. Elaborar um plano. Sever continuaria a luta.

Mas agora?

— Então, vocês da DefenseCorp são realmente de algum lugar, ou vocês saem, totalmente formados com um rifle nas mãos, de algum tanque? — perguntou Raquel.

— Definitivamente o tanque. — Rovo riu, suave para não acordar Kaia. — Na verdade, a DefenseCorp adoraria isso.

— Não duvido — disse Raquel. — Não estou mentindo quando digo que não vemos muitos ex-DefenseCorp. Aquela organização, ela mata você. A Salinity queria fazer um contrato com eles quando assumi, disse que seria mais barato. Sabe por que não fizemos?

— Porque você ficaria sem emprego?

Raquel revirou os olhos. — Não, porque se fizéssemos isso, este planeta não seria mais nosso. — Vendo a confusão de Rovo, Raquel continuou: — Rovo, a DefenseCorp continua dizendo que está fornecendo proteção neutra para a galáxia. O que eles estão fazendo é prender todos sob suas armas. O que acontece quando não houver mais ninguém disposto a se defender sozinho?

— Então você e uma empresa de água são a resistência?

— Alguém tem que ser.

Rovo, pelo menos, não podia discutir com isso.

ONZE

SHOW DE FOGOS DE ARTIFÍCIO

O esquife de carga os deixou na *Prisa*, sob céus roxo-escuros, com um frio mais intenso vindo da borda de Kaiyo. Aurora não havia captado nenhuma mensagem na frequência do esquadrão, nada de Sai e Eponi sobre a perseguição à garota. Esse silêncio crescia enquanto os dois inspecionavam a baía ao redor de sua nave, fazendo varreduras com os visores de suas armaduras potencializadas para garantir que os agentes não tivessem plantado bombas ou outras formas mais sutis de sabotagem.

— Tudo limpo — disse Gregor, tocando a trava na escora frontal da *Prisa* para abaixar sua rampa de embarque. — Boa luta lá atrás.

— Igualmente — disse Aurora. — Você quer desacoplar, eu cubro aqui fora.

A *Prisa* mal cabia um membro do esquadrão com armadura potencializada em seus corredores, muito menos dois. Se ambos entrassem, e alguma força de agentes os seguisse, Aurora e Gregor ficariam presos sem muito espaço para manobrar.

— Paranoia? — brincou Gregor enquanto a rampa atingia o chão da baía com um leve baque.

— Com agentes? Sempre.

A baía da *Prisa* mantinha o tradicional topo aberto ao redor de um confinamento circular destinado a naves pequenas como a deles. Paredes arqueadas circundavam a nave, prontas para implantar uma cúpula em caso de mau tempo, desastre, ou para impedir que a *Prisa* partisse após fazer os inimigos errados. Espalhados ao redor do círculo estavam os tradicionais robôs de reparo, mecanismos de abastecimento - para naves que não dependiam exclusivamente de energia solar - e armários pré-pagos cheios de equipamentos e refrescos. Ao contrário de Wexer, Gillane Quatro tinha dinheiro e motivação para tratar bem seus visitantes.

Infelizmente para Gillane Quatro, o Esquadrão Sever não era composto por hóspedes civilizados.

Gregor mal tinha subido a rampa de embarque quando o canal do Sever crepitou e a voz de Eponi irrompeu no ouvido de Aurora:

— Ei, ei, tem alguém em casa? Esta garota podia usar uma ajudinha!

Aurora virou rapidamente o olhar para a porta da doca, mas não viu nada.

— Gregor e eu estamos na *Prisa*. Onde você está?

— Indo na direção de vocês! — A respiração ofegante de Eponi era audível entre as palavras. Ela devia estar correndo. — Adivinha o que é uma droga?

Aurora piscou. Não sabia como responder a isso.

— Correr por uma cidade inteira com pessoas atirando em você!

— Você tentou atirar de volta? — disse Gregor, sua voz entrando na transmissão. Um baque atrás de Aurora anunciou que o homem do martelo também não tinha se livrado de sua armadura potencializada ainda. — Eu acho que isso ajuda.

— Se você quiser vir atirar, não vou reclamar — respondeu Eponi. — Estou prestes a entrar na cápsula, e seria ótimo se eu não levasse um laser entre os olhos quando sair.

— Não vai levar — disse Aurora.

Gregor não precisou de ordem para se mexer. Abandonando qualquer pretensão de manter as coisas quietas, os dois membros do Sever correram da baía da *Prisa*, apressando-se em suas armaduras potencializadas pela grande plataforma de atracação em direção às cápsulas para Kaiyo na extremidade distante. As coisas não estavam tão movimentadas quanto mais cedo no dia, com as pessoas se acomodando em suas naves ou saindo pela cidade, deixando robôs e os últimos carregadores de carga para olhar boquiabertos para o par fortemente armado que batia nas pedras do calçamento.

Ninguém em sã consciência faria qualquer coisa além de observar a perigosa dupla.

Ninguém exceto a segurança da Salinity e seu esquadrão estúpido demais.

Aurora não podia culpar os dez guardas que se orientavam em sua direção, com pelo menos dois gritando para que parassem. Eles ganhavam dinheiro para manter as docas seguras, para garantir que os mercadores pudessem fazer seu dinheiro sem serem iluminados por lasers. A força da Salinity provavelmente passava seus dias lidando com pequenas brigas, com recomendações de restaurantes, ou a ocasional barganha sobre alguma taxa de atracação.

Embora carregassem pistolas e algemas de choque, os dez que convergiam para Aurora e Gregor não tinham nada que os visores das armaduras potencializadas classificassem sequer como uma ameaça. Em vez disso, com os civis se dispersando à sua aproximação, Aurora e Gregor se posicionaram no ponto de desembarque da cápsula e se viraram para cumprimentar aqueles guardiões da lei.

— Eu sugiro que você se retire — disse Aurora ao primeiro patrulheiro que se aproximou dela. O homem tinha sido esperto até agora, não sacando sua pistola apesar do grande rifle de Aurora. Isso dizia que ele sabia que qualquer luta real aqui não terminaria bem. — Tentaremos minimizar os danos, mas este é um assunto da DefenseCorp.

— Não me importa de quem seja o assunto — respondeu o patrulheiro enquanto seus colegas oficiais cercavam a plataforma da cápsula. Alguns, inteligentemente, continuavam instando os espectadores a se afastarem cada vez mais. — Este é território da Salinity, e Kaiyo está sob as regulamentações da Salinity, o que significa que você não pode ter uma arma como essa à mostra.

Aurora tentou pensar em uma maneira de dizer ao oficial que ele não conseguiria o que queria sem iniciar uma briga. Se Eponi tinha pessoas em seu encalço, a última coisa que Aurora precisava era estar batendo na segurança local enquanto o verdadeiro inimigo atirava livremente em seu esquadrão.

— Oi, pessoal — a voz de Eponi crepitou na frequência do esquadrão, mais clara agora que ela se aproximava. — Parece que os capangas de Renard não querem atirar em pessoas aleatórias, mas estão entrando na cápsula comigo. Acho que alguns estão em esquifes também. Eu estou, ahn, desarmada.

É claro que ela estava.

— É isso que vai acontecer — disse Aurora ao patrulheiro. — Tem uma cápsula vindo para cá que está cheia de problemas. Quando ela chegar, as coisas vão ficar tensas aqui. Seus oficiais e todas essas pessoas estão em risco. Mande-os de volta para suas baías, diga para fecharem as portas. A luta não vai durar muito, prometo.

— Não vai mesmo — acrescentou Gregor, desembainhando o martelo gigante do suporte nas costas.

O martelo, talvez, tenha feito mais sentido para as forças da Salinity do que as palavras de Aurora. Você simplesmente não via uma arma como aquela e presumia que o que estava acontecendo se encaixava na narrativa usual. Aurora podia ver o patrulheiro tentando encontrar uma saída, tentando descobrir como ele poderia preservar a autoridade sem que ele e seu pessoal fossem massacrados.

— Você está superado — disse Aurora. — Vá, procure cobertura e chame reforços. Essa é a jogada inteligente. Mantenha seus homens seguros.

Os olhos do patrulheiro passaram por seus companheiros, que olhavam diretamente para ele. Se Aurora tivesse que avaliar suas atitudes, ela classificaria todo o grupo como *propenso a fugir*. — Eu não posso simplesmente...

— Você pode e vai — Aurora interrompeu o patrulheiro, não deixando que ele ganhasse fôlego. — Eu já fiz isso. Várias vezes. Não há nada de errado em buscar uma posição tática melhor.

Essa última frase acertou o alvo. Aurora conseguiu se conectar com o patrulheiro em um nível que ele desejava: colegas em um conflito acima da monotonia diária que dominava sua carreira. Depois disso, se Aurora ainda trabalhasse para a DefenseCorp, ela teria recomendado que o patrulheiro se alistasse. Largasse os deveres entediantes por algo mais empolgante.

Mas não agora. A cápsula havia deixado Kaiyo, suas luzes se aproximando, ladeadas por várias outras. Skiffs voando nas proximidades, acompanhando o carro. O patrulheiro finalmente seguiu o conselho de Aurora, ordenando que seu grupo recuasse e levasse a multidão curiosa com eles. Felizmente, não havia muitos curiosos por ali, e diante da perspectiva de violência real, os espectadores se dispersaram junto com os oficiais.

Deixando Gregor e Aurora para observar a aproximação sozinhos.

— Estamos prontos para você — Aurora enviou de volta para Eponi. — Alguma ideia sobre os números?

— Muitos, e estão furiosos — respondeu Eponi. — Espero que vocês estejam prontos para se divertir hoje.

— Já nos divertimos um pouco — disse Gregor. — Mas estou sempre em busca de mais.

Com a declaração casual de Gregor sobre seu desejo por violência, a dupla Sever se afastou das luzes da plataforma e entrou nas relativas sombras. Gregor tinha seu martelo pronto, enquanto Aurora ergueu seu rifle, mirando em um dos skiffs.

— Você tem certeza de que todos os skiffs lá fora são inimigos? — perguntou Aurora.

— Estou desviando dos tiros deles há uma hora — disse Eponi. — Seria ótimo se alguém revidasse.

Aurora se perguntou, diante desse comentário, por que as forças de segurança de Salinity não haviam feito nenhuma tentativa de eliminar os agentes. Você pensaria que eles gostariam de destruir uma força hostil causando estragos em Kaiyo, mas Renard tendia a ter seus dedos pegajosos em tudo. Talvez ele tivesse subornado Salinity, ou os ameaçado com algo pior.

De qualquer forma, Aurora apertou o gatilho. Repetidamente.

Raios de safira dispararam do rifle, ajustados por Aurora

para atirar mais quente. Ela obteria menos tiros por pacote de energia, mas os lasers teriam uma chance melhor de perfurar o casco de um skiff.

O que esses lasers fizeram com maestria. A cem metros de distância — de acordo com o alcance exibido no visor de Aurora — os skiffs, se aproximando rapidamente da cápsula, colidiram diretamente com os tiros de Aurora. Os disparos atingiram o skiff da frente, uma coisa oval que, embora difícil de distinguir no escuro, parecia ter meia dúzia de assentos dentro, e o enviaram em espiral para baixo e para longe. Fumaça saía de sua frente enquanto os pilotos lutavam para recuperar o controle.

Aurora não observou a descida, mas elevou seu rifle ligeiramente para pegar o próximo. Os skiffs perceberam o ataque e começaram a dançar, desviando-se para os lados enquanto Aurora continuava disparando. Uma torre, com seus ajustes mais lentos e mira mais complicada, teria dificuldade em acertar os skiffs. Aurora, com sua armadura potencializada ajudando a ajustar sua mira, mirou no skiff da esquerda e o fez dançar entre seus disparos, cada tiro dando ao skiff menos tempo para desviar à medida que se aproximava da cápsula. Costurando o fogo entre dois lados que se estreitavam forçou o skiff a subir ou descer.

— Escolha — murmurou Aurora, disparando um tiro bem no centro.

O skiff subiu, quebrando sua linha com a cápsula e expondo seu ventre para Aurora atingir. Sem o caminho reto, o skiff não podia desviar-se tão apertadamente de lado a lado, e Aurora traçou a ascensão com fogo suficiente para acertar dois golpes sólidos no centro do skiff. A nave estremeceu, como um pássaro tentando ajustar seu ângulo no meio do voo, então mergulhou em um mergulho direto para o centro da plataforma de ancoragem.

— Gregor? — chamou Aurora.

— Estou nessa.

Usando seus propulsores cinéticos, Gregor deu um salto correndo no ar, indo direto para o skiff em queda. Enquanto voava, Gregor balançou seu martelo, cronometrando o balanço para atingir o skiff mergulhante. Com um estrondo estridente e dilacerante, o martelo atingiu, talvez a dez metros acima. O casco do skiff, se fraturando, partiu-se com o impacto, explodindo e espalhando pedaços no chão. Suas baterias, com sua estrutura cuidadosa estilhaçada, explodiram em um fogo verde crepitante que iluminou o espaço como um fogo de artifício ácido.

A explosão lançou Gregor de volta ao chão, onde ele quicou nas pedras com um grunhido pesado. A explosão, no entanto, não estilhaçou janelas. Não explodiu combustível sobressalente pendurado ao redor das baías ou arruinou barracas de comerciantes fechadas até a manhã seguinte. Uma bagunça, sim, mas não uma desastrosa.

Aurora voltou sua atenção para o último skiff, fácil de fazer já que a coisa tinha abaixado seu topo, liberando os agentes dentro para soltar fogo de rifle e — droga — de foguete. A capitã Sever mergulhou para a esquerda, perto de um centro de boas-vindas fechado e sua escuridão protetora, enquanto um míssil explodia o local onde ela estava, espalhando paralelepípedos por toda parte.

O fato de Renard ter liberado artilharia para esses agentes significava que o homem havia mudado as apostas. Não era mais uma luta nas sombras. Vana e Renard queriam uma guerra aberta, com Gillane Four como campo de batalha.

Aurora não gostava da ideia, mas se os dois queriam uma briga, eles a teriam.

Ejetando seu pacote de energia gasto, Aurora continuou

se movendo enquanto o skiff a seguia. Tiros de rifle pontilhavam seus passos pesados, e dois disparos a atingiram, queimando seu braço e ombro direitos. As defesas da armadura potencializada mantiveram qualquer coisa séria à distância, mas cada acerto diminuía suas capacidades deflexivas. Eventualmente, um tiro derreteria através, queimando a pele e os ossos de Aurora.

Aurora fingiu ir para a esquerda, em direção à cápsula e seus ocupantes em fuga, então rolou para a direita quando outro foguete atingiu onde ela teria estado. Deslizando o novo pacote de energia enquanto saía do rolamento, um movimento que a armadura potencializada tornou profundamente sem graça, mas ainda eficaz, Aurora mirou o skiff e disparou novos tiros.

Renard tinha um bom piloto para este, no entanto. O skiff acelerou seus motores e passou por cima de Aurora, forçando-a a girar com ele, então mergulhar para longe quando sua volta revelou o lançador de foguetes dentro mirando outra rodada.

— Alguma ajuda aqui? — chamou Eponi. — Estou um pouco em desvantagem numérica!

Gregor gemeu, ainda se recuperando da explosão do skiff, o que deixou Aurora. Um olhar duro à esquerda em direção à cápsula mostrou Eponi enfrentando um trio de agentes. O piloto se movia como uma abelha, saltando de um para o outro em um esforço para impedir que qualquer um deles encontrasse um tiro com suas pistolas. Os agentes estavam percebendo, no entanto, recuando enquanto desviavam dos golpes dançantes de Eponi e ganhando espaço. Logo eles teriam Eponi presa no centro deles, encurralada e pronta para ser abatida.

Ativando os propulsores cinéticos da armadura potencializada, Aurora saltou enquanto o skiff despejava mais fogo ao seu redor. O salto a levou quatro metros para cima, carregou Aurora até a plataforma e deu tempo para seu rifle mirar um tiro. Ela puxou o gatilho ao pousar, queimando o agente mais próximo com um raio azul e enviando-o fumegante ao chão.

Eponi aproveitou a oportunidade, agarrando o agente mais próximo e derrubando-o ofegante na grama com uma cotovelada forte na garganta. O terceiro, vendo Aurora se aproximar, fugiu para as sombras.

— Corra! — disse Aurora para a piloto.

— Com prazer! — respondeu Eponi, correndo em direção à baía da *Prisa*.

Tiros de laser perfuraram as costas de Aurora, explodindo algo e fazendo-a cair de joelhos quando o assistente que mantinha o peso da armadura fora de seus músculos falhou. Não era bom, mas ela ainda tinha seu rifle. Ainda tinha uma chance. Caindo para frente, Aurora rolou, erguendo o rifle e dando a si mesma a oportunidade de atirar.

Mas a maldita nave de patrulha jogou esperto novamente. Tinha visto ela levar o tiro, visto Aurora cair, e em vez de atirar, a nave voou sobre a cabeça de Aurora, girando para onde ela não podia mirar. Aurora nem conseguia ver mais a nave, ela havia desaparecido sobre o topo de seu visor, que continuava mostrando o vermelho furioso de uma ameaça naquela direção.

Sabendo que um disparo de foguete estaria chegando, Aurora pensou em evacuar, mas pular para fora da armadura enquanto um foguete se aproximava não ajudaria. Ela teria mais chances aninhada em sua armadura, esperando o ataque passar sob sua proteção.

— Levante-se! — rugiu Gregor, o homem encontrando

sua força vital e puxando sua armadura, visível na borda inferior de Aurora, para ficar de pé.

Largando seu martelo, Gregor ergueu seu próprio rifle e disparou uma rajada de raios vermelhos de baixa potência em direção à nave. O fogo deve ter feito a nave abandonar seu ataque final contra Aurora, já que as linhas vermelhas de Gregor seguiram a nave para a direita. Gregor deveria estar correndo junto com a nave, deveria estar pulando para evitar ser um alvo fácil.

— Mova-se — disse Aurora. — Mova-se, seu idiota.

— Não posso — respondeu Gregor. — Aquela explosão danificou meus motores.

Aurora não queria pensar em quanto esforço Gregor deve ter precisado para ficar de pé naquela armadura. Quanto esforço seria necessário para fazer a armadura potencializada e todos os seus quilos darem um passo sem os motores funcionando.

Não que isso importasse. Gregor permaneceu preso, e assim que a nave percebeu isso, o foguete veio rápido.

DOZE

QUEM DETÉM O PODER

Ser refém não deixava muitas oportunidades para o prazer, mas Sai encontrou bastante ao observar e ouvir os constantes xingamentos de Renard enquanto o quarteto cruzava em um esquife. Eles haviam voado do prédio de apartamentos e se afastado de Kaiyo, deixando a cidade para trás em direção ao oceano aberto. Sai, preso a um banco traseiro ao lado de Abbad, suportava intermináveis perguntas do maníaco tagarela, suas mãos desejando segurar sua katana. Vana havia enfiado a lâmina no compartimento inferior do esquife, uma reviravolta curiosa e uma das mil perguntas que Sai guardava.

O interrogatório de Abbad variava do insignificante, como a cor e comida favoritas de Sai, ao significativo, como ele havia adquirido a katana e se Sever tinha outros espadachins entre suas fileiras. Sai tentava escapar com respostas que lhe permitissem continuar ouvindo Renard, mas Abbad sempre voltava com perguntas sinceras de acompanhamento.

— Cara, por favor — Sai finalmente disse, com uma dor

de cabeça florescendo para combinar com seus músculos doloridos da luta. — Pode parar por um minuto?

— Não posso, amigo — respondeu Abbad. — Os chefes estão conversando, e isso significa que não posso deixar você ouvindo. Esta lata velha não tem um lugar onde eu possa te esconder, então isso é o melhor que posso fazer.

Sai recostou-se em seu assento, olhou para a noite através da janela e suprimiu um gemido.

— Tudo bem, Abbad — disse Vana, na frente pilotando enquanto Renard fazia sua coisa. — Não há nada sobre o que estamos falando que Sai não possa saber.

— Sério mesmo? — replicou Abbad.

— Sério — disse Vana. — Se for esperto, Sai entenderá de onde estamos vindo e fará a escolha correta.

— O outro cara definitivamente não entendeu.

Rovo? Sai olhou pela janela, fingindo estar desinteressado. Eles haviam tentado fazer o novato mudar de lado? Talvez fosse por isso que Rovo tinha entrado no apartamento sem algemas de choque. Por que ele estava com Renard e Vana afinal.

— Ainda não — disse Vana. — Ainda há tempo para aquele. E só porque Rovo pode não querer participar, não significa que Sai escolherá o mesmo.

— Vou escolher o mesmo — Sai se manifestou. — Desculpe.

Abbad riu. Sai olhou de soslaio para o homem. Desejou poder se afastar mais, mas o esquife mantinha seu espaço confinado.

— Você ainda não ouviu o que está em jogo — disse Vana. Ao seu lado, Renard abaixou seu bracelete com um suspiro pesado, um que Sai usara várias vezes quando seus filhos o levavam à exaustão. — Renard, você está bem?

— Isso não está indo como eu esperava — Renard

exalou. — Era para ser uma missão simples, Vana. Temos os trajes. Estamos quase lá. E ainda assim, não conseguimos realizar essa única coisa.

— O caminho nunca é reto e fácil.

— Pare com seus ditados — retrucou Renard. — Eles não trarão nenhum dos nossos de volta, nem nos darão Kaia. Sever causou danos à nossa base em Kaiyo. Salinity sabe sobre isso agora, e não podemos voltar lá. Esquifes foram perdidos, e ainda estamos perseguindo os que conseguiram fugir.

As palavras trouxeram um sorriso ao rosto de Sai. Uma onda de confiança. Eponi havia conseguido escapar então, com Kaia e os outros. Aurora e Gregor também pareciam ter encontrado um alvo para esmagar. A imagem de Gregor arrasando tudo com seu grande martelo só alargou o sorriso de Sai.

Esses desgraçados continuavam achando que Sever desmoronaria. Em vez disso, haviam escolhido uma briga com uma força forte demais para ser detida.

Um clique fez Sai virar os olhos para sua esquerda, onde Abbad, agora sério e com o rosto impassível, segurava sua pistola apontada para a têmpora de Sai.

— Quer que eu exploda a cabeça deste aqui agora? — disse Abbad. — Garantido que vai te fazer sentir melhor.

— Faria — respondeu Renard, olhando para o banco de trás. Não era como se estivessem voando por um tráfego pesado nos vastos e vazios oceanos de Gillane Quatro. — Mas acho que este homem pode ser a única carta que nos resta para jogar.

Mesmo assim, Abbad passou o resto da viagem com sua pistola em punho e pronta, caso Renard mudasse de ideia.

Os agentes levaram Sai a uma plataforma menor, cercada por luzes amarelas piscantes. Vana, atuando como mediadora do grupo, descreveu a haste que se projetava do oceano como um aquecedor. Usando energia solar e uma perfuração profunda em direção ao centro de Gillane Quatro, a haste lançava calor nas águas, o suficiente para alterar as correntes do planeta e manter a água se movendo como a Salinity desejava. O calor intenso na parte inferior da haste também servia para derreter o lixo capturado por essas mesmas correntes.

— A Salinity tem essas hastes por todo o planeta — disse Vana enquanto o teto do esquife se abria e os passageiros começavam a sair. — Não é a maneira mais fácil de dobrar um mundo à sua vontade, mas foi a que eles escolheram.

— Suas curiosidades infinitas sempre me impressionam — resmungou Renard.

— Eu leio os relatórios, Renard — replicou Vana. — Sempre li. Você deveria tentar.

— Os relatórios relevantes importam, Vana. Todo o resto é apenas uma distração.

Eles haviam pousado ao ar livre, ao lado de vários outros esquifes. A plataforma de pouso, desta vez, servia como o topo inteiro da haste. A Salinity havia revestido a superfície da haste com tinta preta que absorvia energia solar, uma cor que se misturava na noite agitada, fazendo Sai sentir como se estivesse entrando em um vazio. Apenas o anel de luz amarela, piscando numa tentativa de combater a escuridão, dava a Sai alguma orientação.

Um anel amarelo menor e constante estava no centro do topo. Um painel, revestido de plásticos resistentes às intempéries, erguia-se, convidando-os a se aproximar. Abbad ajudou Sai que, sem as mãos livres, achou difícil sair do esquife. Enquanto se dirigiam à plataforma, Renard mantinha o olhar fixo em seu bracelete, enquanto Vana

inalava o ar marinho ventoso, aparentemente sem preocupação.

— Você está alegre — disse Sai à agente enquanto caminhavam em direção ao console, Abbad carregando a katana
de Sai em uma mão e a pistola na outra.

Dos três inimigos, Vana parecia a menos propensa a
queimar um buraco no crânio de Sai, e a mais provável de
ter algum bom senso. Ele também não conseguia deixar de
se perguntar por que ela havia entregado o drive a Sai de
volta na *Nautilus*. Sever havia examinado minuciosamente
seu conteúdo durante a viagem para Gillane Quatro,
acabando por decidir que os mapas, as mensagens e os signi-
ficados apontavam para um projeto muito maior do que
apenas Renard em busca de glória.

— Talvez seja um exagero — disse Vana, virando-se e
tocando com o dedo no corte cicatrizado em sua testa. —
Não tem sido um dia sem dor.

— Quantos desses nós temos?

Vana riu, Abbad gargalhou. Sai sentiu a pistola do
homem cravando em suas costas, empurrando-o para andar
mais rápido em direção ao centro.

— Não o suficiente — disse Vana, abandonando o tom
engraçado pelo real. — Esperamos que, se nosso projeto fizer
o que pretendemos, haverá mais dias passados rindo,
sentindo-se seguros e felizes.

— Trajes invisíveis realmente vão fazer tudo isso?

Vana foi até o console e começou a digitar. Abbad
direcionou Sai para ficar separado, enquanto Renard,
absorto em sua própria aventura com o bracelete, ficou
isolado.

— Sozinhos, não — respondeu Vana. — Com a comunicação adequada, contratos e recrutamento, eles darão à
DefenseCorp uma vantagem imbatível.

— Exatamente o que você quer quando está procurando paz: uma organização militar sem ameaças.

— Não é? — O console de Vana emitiu um bipe e a iluminação da borda da plataforma piscou em verde. Um corrimão subiu do chão até a cintura de Sai, encaixou-se no lugar, e a descida começou. — Mesmo agora, a DefenseCorp não enfrenta muitas ameaças. Mas quem arriscaria um desafio, quem correria o risco de ser um simples pirata, quando a destruição total o aguardava?

Sai pulou em seus pés, mantendo o sangue fluindo enquanto brincava com a resposta de Vana. Abbad afastou a pistola enquanto Sai se movia, dando ao espadachim algum espaço. A katana descansava no ombro do maníaco, a lâmina reluzente.

— Minha preocupação é: quem decide? — disse Sai. — Quem pode dizer para onde a DefenseCorp aponta suas armas?

Vana, assentindo, aproximou-se de Sai. Colocou uma mão em seu ombro, como uma mãe prestes a contar uma verdade importante a seu filho.

— Você, se quiser — disse Vana.

Por virtude de suas próprias ações, Sai havia escapado da estrutura de comando dentro da DefenseCorp. Ele havia gerenciado seus filhos durante a juventude, havia gerenciado equipes em sua carreira anterior administrando segurança em seu planeta natal. A última coisa que Sai precisava, e por isso havia feito a mudança para Sever e suas missões de alto risco e alto pagamento, era mais responsabilidade.

Mesmo que não significasse se juntar a Renard e Vana para embarcar em algum jogo de poder maluco pelas estrelas, ser aquele que puxava o enorme gatilho da DefenseCorp soava como o inferno pessoal de Sai.

— Acho que você precisa de alguém com menos moral para isso — disse Sai.

— É mesmo? — respondeu Vana. — Você confiaria esse poder a Renard, ou ao homem atrás de você?

— De jeito nenhum.

— Então talvez deva ser você.

— Ou ninguém.

Vana balançou a cabeça enquanto a plataforma passava por baixo da base fortificada da plataforma de pouso e entrava na própria torre — Será alguém, Sai. Mesmo que não seja a DefenseCorp, será outra. Melhor ter uma participação na escolha do que não ter, certo?

Antes que Sai pudesse responder, uma luz azul se espalhou pela plataforma enquanto ela continuava descendo. Ao longo da torre, alinhados com diodos aqua, haviam grandes tubos de vidro transparente. Como os que marcavam o trânsito ao redor de Kaiyo. Cada um parecia cheio de água corrente, o líquido quase parecendo em estase enquanto se movia.

— Circulando calor — explicou Vana enquanto a plataforma continuava sua descida. Sai ainda não havia visto outro ponto de parada. — A água corre por aqui, pega o calor da torre e o leva de volta para o oceano.

— Não entendo — disse Sai, não tendo certeza do porquê Vana se importava tanto com os processos de Salinity.

— Salinity estabelece o padrão galáctico para geração de água — respondeu Vana. — Todos que querem competir com eles devem atingir ou superar sua qualidade. Essas torres são caras, especializadas. Nenhum planeta, esperando levar sua água para um mercado mais amplo, poderia igualar a qualidade.

Agora a ideia ficava clara.

— Então você está dizendo que Salinity é a Defense-Corp da água limpa? — disse Sai, tentando não rir.

— Ainda não chegamos lá — Vana não entendeu a piada — mas chegaremos.

Sai tinha que assumir que logo chegariam ao fundo da torre e onde quer que fosse a unidade habitacional, ou para onde Renard e Vana estavam indo. Uma vez lá embaixo, Vana colocaria Sai em alguma cela, onde ele sentaria e esperaria pelas negociações de reféns. Talvez Sever o tirasse de lá, ou talvez Sai acabasse queimado quando recusasse a estranha oferta de Vana pela última vez.

De qualquer forma, tudo soava terrível.

Abbad não estava com a pistola contra as costas de Sai, graças aos contínuos pulos de Sai em seus pés. Esse espaço para respirar deu a Sai uma chance, e o homem a aproveitou.

Com a plataforma descendo, Sai jogou-se para trás. Seu ombro esquerdo atingiu Abbad em cheio, o homem maníaco soltando um grito de surpresa. Sai sentiu o homem cair, ouviu a katana bater quando Abbad atingiu a borda da plataforma e caiu por cima, a luz azul o banhando todo o caminho.

Sai correu em direção a Renard, o oficial mais velho olhando para cima de seu bracelete ao ouvir o som de Abbad. Vendo a investida de Sai, Renard alcançou sua pistola. Não havia como ele sacá-la a tempo.

Exceto que Sai nunca chegou até o velho. Vana, entrando com uma rasteira baixa, pegou os tornozelos de Sai e enviou o espadachim da Sever se esparramando no chão da plataforma. As algemas de choque ganharam vida um segundo depois, dividindo os nervos de Sai e enviando-o a espasmos entorpecentes.

Pelo menos, no entanto, ele tinha se livrado de Abbad.

Esse pensamento durou mais um momento, até que a plataforma se acomodou em sua base. Os tubos de água se ergueram ao redor deles, as lacunas preenchidas com piso de aço sólido. Abbad, esfregando o ombro, estava lá balançando a cabeça, tendo caído alguns metros sem muito dano para mostrar.

— Péssima hora — disse Vana, olhando para Sai. — Mas gosto do seu espírito. Agora, vejamos quanto seus amigos estão dispostos a pagar pela sua vida.

INTERFERÊNCIA LOCAL

Quando Gregor atingiu o esquife em queda com seu martelo, ele sabia que o motivo pelo qual Aurora o chamou para atacar era salvar vidas. Para manter a destruição potencial ao mínimo. Gregor, no entanto, seguiu as ordens porque queria rebater a nave como uma bola em algum jogo, golpeá-la com seu martelo cinético e enviar a nave brilhando pelo céu noturno de Gillane Quatro como um cometa de baixo grau.

Em vez disso, esmagar a nave já em chamas fez com que o esquife se desintegrasse, deixando o martelo atravessar até as baterias do esquife. Atingidos com força, esses pacotes se abriram, liberando sua energia como uma flor de nova, pegando a armadura de poder de Gregor com sua explosão crepitante e mandando-o de volta à superfície da plataforma com nada mais que um visor piscando, interior faiscando e um formigamento entorpecente cascateando por seus nervos.

Enquanto Aurora e Eponi lutavam ao redor, Gregor se esforçava para recuperar o controle de seus músculos. Ele emitiu um comando verbal após o outro, fazendo a armadura de poder se reiniciar e seus vários componentes, cada um trazendo um braço, uma perna, o visor de volta a alguma ordem operacional.

A estática no último, a coisa que permitia a Gregor ver qualquer coisa na armadura de poder, desapareceu a tempo de ver outro esquife se alinhando para um tiro claro. Um homem naquele esquife, segurando o que parecia ser um tubo preto no ombro, centrou Gregor em sua mira e lançou um foguete de brilho laranja diretamente para o homem Sever caído.

E por mais que Gregor tivesse vivido, ele imaginou que aquele era o fim. Uma armadura de poder já danificada não iria aguentar um foguete diretamente em seu núcleo.

Flashes brilhantes passaram sobre a cabeça de Gregor, rajadas verdes cintilantes entrelaçando o espaço entre Gregor e o esquife, transformando-o em uma lâmina de energia mortal. O foguete atingiu essas luzes e explodiu, um sopro um tanto vazio, já que a energia concentrada do míssil não encontrou o impacto que procurava.

Aqueles lasers verdes subiram enquanto o esquife percebia sua situação precária, tentando desviar para cima e para longe e não chegando a lugar nenhum, pois os feixes encontraram seu alvo nos motores do esquife. O calor sobrecarregou a fina proteção do esquife, enviando a destruição profundamente para dentro da nave, e os agentes a bordo pularam pelas bordas antes que a coisa explodisse, abrindo pequenos paraquedas em sua queda.

Então os agentes estavam preparados para o desastre. Espertos.

Mas seus paraquedas os trouxeram para a boca do dragão. Reiniciada e revitalizada, mesmo que não totalmente de volta à sua forma perfeita, a armadura de poder de Gregor ajudou o homenzarrão a se levantar. Enquanto os destroços se espalhavam pela plataforma de pouso ao seu redor, Gregor não teve problemas para encontrar seu martelo entre os escombros, pegá-lo e se virar para pegar o primeiro do quarteto quando eles tocaram o chão.

Antes que Gregor pudesse dar seu golpe fatal, uma luz brilhante desceu de cima. A salvadora de Gregor, Eponi na *Prisa*, interrompeu sua barragem de laser por uma iluminação menos letal e destacou o grupo em queda em sua mira. Aurora mancou até lá, rifle em punho, pedindo para Gregor e Eponi deixarem os agentes vivos.

— Eles não vão falar — a voz de Eponi veio pela frequência. — Aposto todo o dinheiro das suas contas que não vamos conseguir nada deles.

— Temos que tentar — disse Aurora.

A capitã não era muito adepta de táticas de tortura, mas Gregor não se opunha a um pouco de intimidação. Segurando o martelo, ele marchou até onde os quatro agentes pousaram, o grupo soltando seus paraquedas e levantando as mãos. Gregor bateu o cabo do martelo contra a outra palma, um aviso e uma promessa em um só gesto.

Os agentes, em seus trajes lisos e profundamente pretos e azuis, acolchoados com coletes de amortecimento a laser, abrangiam uma impressionante faixa etária. Cintos segurando pistolas e rifles presos ao braço complementavam seus trajes, embora nenhum deles fizesse a jogada estúpida de tentar pegar as armas.

Infelizmente.

— Parados aí! — Uma nova voz gritou, vindo da periferia da seção. O visor de Gregor se iluminou com ameaças potenciais de todos os lados. — A luta acabou agora. Vocês quatro, no centro, estão presos por ameaçar a saúde e segurança desta cidade e seus cidadãos!

A força de segurança de Salinity e o patrulheiro apressado que tinha abandonado o conselho de Aurora voltaram, nervosa e lentamente, para os holofotes. Eles tinham suas pistolas levantadas, as pequenas armas uma patética resposta tanto para a armadura de poder de Sever quanto para as armas mais pesadas dos agentes.

— Nós nos rendemos a vocês — gritou um dos agentes, lendo a situação e fazendo a escolha certa.

Os estrondos quando os agentes jogaram suas pistolas e rifles no chão esconderam o rosnado de Gregor. Seus potenciais reféns estavam escapando, não por meio de proeza atlética ou de combate, mas, de alguma forma, pela lei local.

— Quer que eu os assuste? — disse Gregor, usando a frequência do esquadrão para manter a mensagem restrita entre o trio Sever. — Não me importo se colocarem um preço na minha cabeça.

— Mas eu me importo — disse Aurora enquanto o grupo de Salinity se aproximava. — Enquanto ainda estivermos neste planeta, não podemos nos dar ao luxo de fazer muitos inimigos. Podemos precisar da ajuda deles para chegar até Renard.

— Sever recuando para os garotos locais? — A risada descrente de Eponi soou alta e clara. — Nunca pensei que veria isso, Aurora.

— Não gosto disso, mas é a única escolha — respondeu Aurora. — Se lutarmos contra esse grupo aqui, mesmo que escapemos, você terá os combatentes de Salinity no seu encalço em instantes. Nunca conseguiríamos pousar. Agora estamos do lado bom deles. Vamos manter assim.

Gregor se perguntou se eles ainda estariam do lado bom de Salinity se a informação sobre quem incendiou a grande torre lá na cidade viesse à tona. Não que ele fosse quem contaria.

Eponi levou a *Prisa* de volta ao seu local de ancoragem,

permitindo que Gregor e Aurora embarcassem, tirassem suas armaduras potencializadas e tomassem banhos muito necessários. Eles jantaram em turnos, sempre com uma pessoa pronta na cabine caso os agentes de Renard tentassem um ataque à própria nave. Nem Gregor nem Aurora podiam pilotar a *Prisa* para longe, mas qualquer um deles poderia usar as torres de artilharia para abater qualquer invasor.

Mas nenhum ataque veio. Nenhuma ameaça. Nem mesmo um acompanhamento da segurança de Salinity sobre por que duas pessoas com armaduras potencializadas estavam andando pelas plataformas de ancoragem de Kaiyo.

— E você não acha isso suspeito? — disse Eponi, acampando na cabine após a refeição rica em proteínas.

— Eu sempre estou suspeitando — respondeu Gregor. — Não confie em ninguém, esteja sempre pronto com o martelo.

— Ahã.

— Obrigado, a propósito — disse Gregor. — Pelo foguete.

— Salvar sua vida é como um segundo hobby para mim.

— É mesmo.

— Bem, de toda a Sever, na verdade — Eponi recostou-se em sua cadeira de capitã, com os braços sobre a cabeça. — Vocês estariam todos tão ferrados se eu simplesmente fosse embora.

— Concordo — disse Gregor, e falava sério.

O tom pegou Eponi de surpresa por um segundo, e Gregor podia imaginar o porquê. Sever tinha uma camaradagem, claro, mas afeto real? Apreciação honesta além de reconhecer as habilidades que todos tinham? Eponi aparentemente não conseguiu encontrar uma boa resposta, então recorreu a um sorriso e começou a contar sua história que levou até aquele mesmo foguete.

Aurora ainda não havia voltado de seu próprio refrescar-se, deixando a piloto e Gregor para analisarem o dia juntos. A história de Eponi fez Gregor quase desejar ter ido com ela: deslizar pelo lado de um prédio parecia todo tipo de diversão. Embora, quebrar pisos e paredes, incendiar uma torre, também não fosse tão ruim.

— Para onde você acha que eles foram? — perguntou Gregor. — Rovo e essa tal de Raquel?

Eponi deu de ombros, bebericou de um termos fumegante de café. Todos imaginavam que logo estariam saindo da baía de ancoragem, já que era loucura permanecer onde seus inimigos podiam encontrá-los. A pergunta pairando sobre os minutos era: para onde ir?

Gregor não podia se chamar de detetive, mas havia passado tempo suficiente ao redor da DefenseCorp, ao redor de seus agentes - Lani, em Dynas, não era uma parte pequena - para entender que eles sempre teriam outro lugar para recuar, cada um mais secreto que o anterior. Além disso, eles não tinham visto nenhum sinal do grande transporte de tropas que os agentes haviam levado do *Nautilus*, sugerindo que ou Renard tinha uma base massiva e escondida em Gillane Quatro, ou o transporte havia deixado um contingente de agentes e seguido para outro lugar.

A reflexão morreu quando o console da *Prisa* tocou com uma chamada recebida. Uma chamada direcionada também, não de uma banda aberta como os alertas de segurança de Gillane Quatro ou controle de ancoragem. Eponi atendeu, sorrindo quando o rosto de Rovo preencheu a transmissão granulada.

— Olha só, é o traidor — disse Eponi.

— Isso mesmo, só eu, o traidor — respondeu Rovo, então

ele apertou os olhos para a câmera. — Gregor, é você? Ainda vivo?

— Ainda vivo — Gregor se aproximou, ocupando o assento do copiloto ao lado de Eponi. — Você também, pelo visto. Seus ferimentos eram graves.

— Renard e Vana não queriam me deixar morrer, felizmente — disse Rovo. — Estou enviando as coordenadas de onde estamos escondidos. Acho que podemos nos encontrar aqui, planejar nossos próximos passos.

— Onde é isso? — disse Eponi, afastando o rosto de Rovo para ver as coordenadas. — Não é na cidade?

— Raquel achou que seria mais seguro fora de Kaiyo — Rovo virou a câmera para longe de seu rosto, mostrando um alojamento apertado. — É uma instalação de Salinity com vagas abertas agora. Essas macas parecem lar.

Macas: duras, pequenas e propensas a dar dor nas costas a Gregor. A *Prisa* tinha camas melhores, colocadas pelos transportadores de carga que tinham a nave antes que a lábia rápida e os punhos duros de Gregor o permitissem sequestrar a embarcação. Mesmo assim, colocar alguma distância entre onde os agentes achavam que Sever estava e onde eles realmente estavam seria uma coisa boa.

Aurora deu sua aprovação ao plano, e Eponi colocou a *Prisa* em movimento, levando a nave de volta para o céu noturno. Aurora se acomodou como copiloto, e Gregor aproveitou a oportunidade para ir a uma torre de artilharia, espremendo-se na cadeira de artilheiro e olhando sobre as luzes branco-azuladas brilhantes da cidade de Kaiyo.

A tecno-majestade das maiores cidades da galáxia sempre impressionava Gregor, que passou sua infância na penumbra e escuridão de uma rocha congelada. Tantas pessoas aglomeradas lá embaixo, desperdiçando suas vidas, sem saber que acima delas, ao redor delas, forças que poderiam arruinar completamente seus planos lutavam entre si. Gregor sabia que preferia empunhar o martelo, ser uma dessas forças, mas em algum lugar lá embaixo, Cata-peças montava sua fuga.

O homem havia escolhido abandonar a vida que Gregor adotara. Uma vida que ou mataria Gregor ou o tornaria, eventualmente, incapaz de acompanhá-la. O que Gregor faria então? Venderia salvados? Tentaria treinar novos recrutas, gritando ordens que ele mesmo não poderia mais executar?

O console da torre de artilharia zumbiu. A voz de Eponi, vindo pela banda interna da nave.

— Ei, você não está dormindo aí atrás, está? — perguntou Eponi.

— Ainda não.

— Então me faça um favor, acorde. Parece que podemos ter companhia.

— Renard?

— Suspeito que sim. Não acho que eles tenham terminado conosco ainda.

Gregor deslizou o dedo no console para o scanner de campo próximo, viu os pontos se aproximando. Naves menores. Talvez mais esquifes, ou caças monoposto. O tipo que você poderia esconder em um planeta sem chamar muita atenção.

Seus dedos encontrando o controle da torre, Gregor se acomodou. Aumentou a potência. Imaginou que poderia, pelo menos, fazer isso muito depois que o resto de seu corpo virasse mingau.

Afinal, atirar nas coisas era quase tão divertido quanto esmagá-las em pedaços.

Antes que a diversão pudesse começar, no entanto, Eponi gritou através da nave. Os caças que se aproximavam não pertenciam a Renard ou à DefenseCorp, mas à Salinity. Uma escolta, levando a *Prisa* para fora da cidade.

Gregor deixou suas mãos caírem dos controles da torre, um pouco desapontado, um pouco aliviado: Eponi observou que o voo levaria horas na velocidade de cruzeiro atmosférica.

Tempo perfeito para uma soneca.

CATORZE

SALVAR E TROCAR

A mensagem chegou pela manhã, na hora em que a aura do amanhecer brincava pela primeira vez com o mar ondulado e suave ao redor da instalação da Salinity. Aurora a captou primeiro, seu bracelete na banda aberta enquanto ela passava o início da manhã sentada em um deck de observação, salpicado de mesas e cadeiras para pessoas como ela. Eponi encontrou a capitã fazendo sua coisa de devaneio, a piloto em uma caminhada matinal por conta própria.

Eponi havia passado as poucas horas de sono na *Prisa*, junto com Gregor, embora o homem roncasse alto o suficiente para fazer a nave tremer. Tampões de ouvido funcionaram bem nesse aspecto, mas bloquear o som não fazia nada por sua mente. Apesar da bravata de ontem, ela continuava se puxando de volta para o apartamento, para aqueles segundos em que disparou contra Vana, contra o homem maníaco no fundo.

Será que Eponi poderia ter tomado um ângulo diferente? Acertado Renard com o disparo, em vez disso, dando tempo para Rovo e Sai escaparem?

Deixando a *Prisa* para seu barulhento dorminhoco,

Eponi vagou vestida com camadas casuais - a Salinity mantinha suas malditas instalações geladas - e tentou andar devagar o suficiente para evitar que as luzes automáticas se acendessem. Assim, Eponi poderia usar a luz das estrelas refletindo de uma parede para outra como seu guia até o deck.

Ela já tinha sido feita refém antes. Em Dynas, ela entregara Sai, colocando-o nas mãos de um cientista implacável que injetara no espadachim um vírus experimental. Um que precisava de mais algumas voltas na incubadora. Sai quase morrera lá, e não da maneira como a maioria dos soldados da DefenseCorp quer morrer. Nada de extravagante em perder a mente e os músculos para uma doença devoradora.

E agora ela fizera isso de novo. Deixara Sai nas mãos de pessoas que poderiam fazer sabe-se lá o quê com ele. Que não tinham motivo para mantê-lo vivo.

A culpa era uma péssima companheira de sono.

— Absorvendo as estrelas? — disse Eponi ao abrir a porta e se juntar a Aurora no deck.

— Eu ficaria grata se elas me dessem algumas respostas — respondeu Aurora, sem se virar para encarar Eponi, mas erguendo o pulso com sua tela brilhante. — Até um minuto atrás, eu não tinha ouvido nada.

— Me diz que é o Sai. — Eponi interpretou bem o gesto: a tela do bracelete tinha o quadro de reprodução pausado piscando. — Ou o Deepak voltou a te mandar bilhetes de amor?

Agora Aurora se virou, os olhos estreitos medindo a distância até Eponi para um soco bem merecido no estômago. — Ele nunca...

— Calma, capitã — disse Eponi, encontrando Aurora em sua mesa e ocupando a outra cadeira. Se a Salinity mantinha seus prédios frios, e a brisa implacável de Gillane Quatro mordia seus ossos, a cadeira provou ser um refúgio: baterias solares no mobiliário preto ativaram aquecedores quando Eponi se sentou. — É cedo demais para se estressar.

Aurora mediu Eponi com um olhar silencioso que dizia que ela havia guardado a piada sobre Deepak para mais tarde. Eponi teria dado de ombros, a essa altura todos tinham algo contra ela. A maioria não era séria o suficiente para merecer um laser nas costas, mas Eponi imaginou que ela cruzaria essa linha eventualmente.

E atiraria primeiro quando chegasse a hora de acertar as contas.

— Vana enviou a mensagem, não Renard — disse Aurora, como se esse fosse o detalhe mais importante.

— E daí?

— Isso complica as coisas — disse Aurora. — Eu prefiro um líder claro. Um alvo claro.

Aurora não havia escondido o objetivo final da Sever. Salvar Kaia, sim, mas a garota estaria em perigo enquanto aqueles agentes no drive de Sai sobrevivessem. Todos naquele organograma tinham que ir. Deepak disse que colocaria sensores para cada nome, tentando encontrar suas localizações, mas transmitir qualquer coisa através de uma rede de alcance galáctico levaria muito tempo.

Melhor começar com os alvos que você conhece e eliminar os mais perigosos primeiro.

— Vamos pegar os dois — disse Eponi. — Eles merecem.

— Concordo. — Aurora olhou para seu bracelete, estendeu o braço sobre a mesa onde Eponi podia ver, então tocou para que a mensagem tocasse novamente.

Vana expôs os termos como simples fatos. Um lugar, uma das poucas massas de terra de Gillane Quatro desenvolvidas pela Salinity para a sanidade da população do planeta. Descobriu-se que ajudava a mente das pessoas entrar em contato com a natureza real por um tempo, não apenas um parque da cidade.

A Sever deveria se apresentar naquela massa de terra mais tarde hoje. Eles trariam Kaia e Kashmal. Em troca da garota, Vana e Renard devolveriam Sai. Os dois grupos partiriam sem um único tiro disparado, e a galáxia continuaria girando.

Pelo menos por um tempo.

— Parece um acordo de merda — disse Eponi quando a voz desgastada de Vana terminou com um apelo para que Aurora pensasse bem. — O Sai definitivamente não vale a garotinha.

Eponi estava brincando, mas a carranca de Aurora, junto com uma virada de volta para o céu púrpura, colocou alguma dúvida no momento. Vana tinha sido direta: se a Sever não aparecesse, Sai seria jogado no mar com dois lasers na parte de trás da cabeça.

— Eles não vão esperar que a gente jogue limpo — disse Aurora. — Já tentamos emboscá-los, e custamos a eles vidas e localizações. Vana pode se conter, mas Renard vai querer vingança. Os agentes dele também querem.

— Odeio te dizer isso, Aurora, mas eles não são os únicos que querem um pouco de ação.

Aurora deu uma risada curta. — Entre na fila.

A fila, ao que parecia, incluía mais do que apenas Aurora. A capitã da Sever reuniu o esquadrão, incluindo Raquel, a oficial de segurança da Salinity que declarou seu envolvimento importante porque o potencial conflito ameaçava a paz de seu planeta. Eponi não podia discordar muito disso, considerando que os tiroteios do dia anterior haviam incendiado um prédio, alvejado outro e deixado uma das principais plataformas de ancoragem fora de Kaiyo repleta de corpos e destroços.

O briefing de Aurora misturou-se com sugestões de perguntas e respostas da multidão, terminando com uma mensagem afirmativa para Vana e um plano estabelecido. Um plano que colocava Eponi de volta na cabine da *Prisa*, com carga completa rumo à rocha designada.

Kashmal e Kaia ocuparam o centro da *Prisa*, com o pai da menina colorindo o dia ao dizer a Kaia que estavam indo em uma excursão. No início, Eponi ergueu uma sobrancelha para a explicação, imaginando que uma rocha no meio do oceano não seria tão especial, mas então se lembrou que a vida de Kaia havia sido passada, em grande parte, em armários, naves e apartamentos. Colocar a pequena onde ela pudesse sentir uma brisa de verdade, ver o horizonte por todos os lados, poderia ser mágico.

Especialmente porque, se a Sever estragasse tudo, Kaia poderia não sobreviver ao dia.

Todos vestiram suas armaduras de poder, exceto Eponi, porque a *Prisa*, ao contrário das naves de desembarque da DefenseCorp, não havia sido projetada para armaduras de poder na cabine. Os rifles foram carregados, as pistolas verificadas. Gregor pegou seu martelo, e Rovo conectou a estranha arma em forma de foice que ele havia ganhado em Wexer.

— Bom ter você de volta, novato — disse Eponi enquanto a *Prisa* sobrevoava o mar, o intercomunicador da nave transmitindo a mensagem para a frequência do esquadrão. Ninguém mais compartilhava a cabine com ela agora, e voar em uma trajetória reta sobre um oceano não exigia exatamente toda a sua atenção. — Sentiu falta de tudo isso?

— Melhor do que ser interrogado, com certeza.

— O que eles fizeram? Cortaram seus dedos? Ameaçaram sua família?

Rovo ficou em silêncio por um minuto e Eponi se perguntou se tinha ultrapassado algum limite. Ela tinha optado pelo exagero, mas talvez as coisas fossem reais demais. Talvez esses nervos não devessem ser acalmados.

— Eles disseram que eu deveria me juntar a eles, porque iam garantir que a DefenseCorp dominasse a galáxia.

Agora era a vez de Eponi ficar em silêncio por um segundo. Ela nunca tinha comprado a ideia da sede de poder que tipos como Renard tinham como objetivo final. Ela preferia a ação, embora sem os lasers e a morte, juntamente com um salário saudável para que não tivesse que se preocupar com sua próxima refeição ou sua próxima nave. Se Renard e Vana lhe oferecessem isso pela vida de uma garotinha?

A risada de Kaia ecoou pela *Prisa*, seguida pelo canto desafinado de Gregor enquanto o homem cantarolava uma das músicas que tinham cantado enquanto cortavam rochas no cometa. O que normalmente fazia Eponi se encolher agora curvava seus lábios para cima, tudo por causa da alegria de uma criança.

— Você fez a escolha certa — disse Eponi.

— Definitivamente a escolha certa — interrompeu Aurora. — Vana ou Renard teriam atirado em você no momento em que conseguissem o que precisavam. Pessoas como eles não dividem seu poder voluntariamente.

As palavras da capitã encerraram a conversa, e Eponi voltou a mexer na *Prisa*, ajustando seus sistemas para garantir que a energia fosse para os lugares certos. Eles estavam voando para território perigoso e, considerando um provável pouso, além de pessoas no solo, Eponi pensou que aumentar os motores não seria a melhor opção. Escudos e armas, era para lá que a *Prisa* precisava enviar sua energia.

E, atendendo ao pedido de Raquel, Eponi tinha as câmeras externas da nave prontas para gravar também. Obter provas de que Vana e Renard tinham motivos malignos poderia fazer com que fossem expulsos do planeta. Eponi não dava muito crédito a essa ideia, já que os agentes da DefenseCorp podiam manipular praticamente qualquer empresa para seus fins, mas ei, quando isso inevitavelmente explodisse na cara de Renard, Eponi iria gostar de assistir ao fracasso em replay.

O alvo, uma massa verde e marrom inchada emergindo do oceano como um dente, surgiu no horizonte. Eponi transmitiu as primeiras ordens, colocando Gregor e Rovo em posição. O novato havia protestado contra essa parte, querendo estar presente quando Kaia trocasse de lado, mas Aurora insistiu no contrário. As emoções de Rovo poderiam arruinar tudo, e eles não podiam colocar Sai em risco dessa maneira.

Além disso, a mensagem de Vana insistia que Kaia não seria machucada.

Claro.

— Reduzindo a velocidade, preparem-se para o salto — disse Eponi, inclinando a *Prisa* em direção à rocha em um ângulo descendente.

As plataformas de pouso ficavam todas no topo central, de onde os visitantes podiam embarcar em várias trilhas de caminhada pela rocha de quilômetros de largura. Oportunidades de escalada pontilhavam os enormes penhascos, a rocha frequentemente coberta por grossas vinhas aproveitando o clima e os recursos hídricos infinitos. Uma densa floresta temperada cobria o topo, com pinheiros enormes se projetando em direção ao céu. Pássaros sobrevoavam a ilha, sem dúvida trazidos pela Salinity para proporcionar aquele toque de emoção real e natural.

Ondas de cristas brancas lambiam a base da rocha, seu spray salgado quase alcançando a *Prisa* enquanto Eponi desacelerava a nave antes de incliná-la quase verticalmente. Ela havia pedido a todos que se prendessem, mas batidas e alguns palavrões sugeriram que nem todos tinham feito isso corretamente. Ir direto para cima era um movimento difícil para o corpo, mas crucial para manter longe quaisquer olhos curiosos.

Se é que havia algum: até agora, Eponi não tinha visto nenhuma outra nave nos scanners. Ou Vana e Renard já estavam aqui, ou a Sever tinha feito melhor tempo. De qualquer forma, menos de uma dúzia de metros separavam a *Prisa* da encosta agora, com Eponi subindo. Ela começou uma contagem regressiva, primeiro em silêncio e depois em voz alta.

Zero trouxe um toque no console e uma forte abertura da escotilha de carga da *Prisa*. Normalmente, essa escotilha levaria a um contêiner de carga, destinado a ser anexado à parte inferior da nave para viagens de longa distância. Sem isso, a escotilha assobiava uma abertura livre para o ar do fim da manhã. O rugido repentino rasgou através da *Prisa*, e um alarme apitou seu aviso de que as coisas talvez não estivessem muito certas.

— Eles saíram — disse Aurora. — Feche.

Eponi não tinha visto o salto, os propulsores das armaduras de poder lançando Rovo e Gregor da *Prisa* para a ilha, mas o tom de Aurora dizia que a primeira parte real do plano havia funcionado. Eles tinham agora dois lutadores na ilha, armados e prontos para agir.

Agora vinha a parte difícil, onde Eponi salvaria seu amigo ou perderia uma criança.

Ou ambos.

QUINZE

UMA TROCA

A ordem doeu. Doeu ainda mais quando Rovo seguiu Gregor subindo a rocha, ambos fazendo o possível para se moverem silenciosamente em suas armaduras de combate, equipamentos projetados para ataques barulhentos contra forças inimigas e não para aproximações furtivas em um penhasco de ilha.

— Você não será você mesmo — Aurora tinha dito, de volta à *Prisa*, após o briefing.

Ela havia excluído Rovo do grupo que deixaria a nave para cumprimentar Vana, para entregar Kaia e recuperar Sai. Pelo menos, a troca constava no título, mas Aurora prometeu negociar. A garotinha não sairia da rocha com Renard e Vana se Sever pudesse evitar.

O problema, segundo Aurora, era que Rovo poderia sacar seu rifle e começar a atirar antes que as conversas pudessem chegar a uma solução. Rovo não tinha um bom contra-argumento de volta na *Prisa*, e ainda não tinha um agora, enquanto seu traje de metal afastava galhos de pinheiro e seus pés blindados esmagavam samambaias.

No que diz respeito a ruminações, a subida proporcionava um cenário agradável o suficiente. O vento de Gillane Quatro, uma rajada mais prazerosa do que os cortantes ventos empoeirados de Wexer, cortava com uma mordida afiada na encosta rochosa. A brisa, no entanto, carregava o aroma fresco de pinheiro misturado com o spray do oceano distante, uma combinação abençoada após os confinamentos estéreis da nave e os aposentos mofados de Renard de volta a Kaiyo. Comida adequada e um bom descanso sem inimigos mortais espreitando os corredores faziam maravilhas também: Rovo quase se sentia como um ser humano de verdade.

Quase.

O destino iminente de Kaia impedia que qualquer conforto se estabelecesse completamente.

— A criança não será machucada — disse Gregor, sua voz cortando através da banda de curto alcance. — Não se preocupe.

— Como você sabe?

— Porque eles estarão mortos antes de tocarem nela.

Gregor falou as palavras com a mesma dureza final que o homenzarrão havia usado para provocar os novos recrutas de volta à *Nautilus* antes de esmagá-los em simulações de treinamento. Gregor não deixava espaço para dúvidas em suas ameaças, e Rovo se viu assentindo ao lado do portador do martelo.

— Fico feliz que vejamos as coisas da mesma forma — disse Rovo. — Eles são monstros.

— Eu uma vez pensei que nós éramos — respondeu Gregor, o tom de ferro se transformando em um peso contemplativo, uma reflexão com significado. — Esquadrão Sever, campeões da DefenseCorp. Chamados para destruir o que não podia ser destruído, para vencer quando a derrota era certa. Agora, estou vendo as coisas de forma diferente.

Rovo esperou enquanto eles se esgueiravam para a esquerda, inclinando-se para alcançar um ponto alto de onde pudessem visualizar toda a plataforma de pouso e planejar se um posto de atirador ou uma emboscada a curta distância seria mais letal, mas Gregor não continuou.

— O que você quer dizer? — Rovo finalmente perguntou. — Diferente?

— Eu sou uma arma — disse Gregor. — Sempre fui. Comecei na mina de rochas, depois fui para as patrulhas planetárias, e então para o Sever. Uma arma para ser apontada contra o inimigo e libertada.

— Como tantos de nós.

— Exceto que agora estou pensando, talvez seria melhor se *eu* escolhesse onde usar minhas habilidades.

Rovo piscou. — Não é isso que você está fazendo agora? Você não é mais um funcionário da DefenseCorp, cara. Pode fazer o que quiser.

— Hmm. Um bom ponto. — Gregor olhou para trás e para baixo, em direção a Rovo, o rosto do homenzarrão se iluminando por trás da viseira. — Acho que o que eu quero é destruir essa agente e seu exército.

Rovo esperou até que Gregor se virasse e continuasse a subida antes de revirar os olhos. Que epifania. Pelo menos as grandes ideias de Gregor mantiveram Rovo distraído por um tempo, o suficiente para que chegassem ao ponto alvo a tempo de presenciar o início do evento.

A zona de pouso ficava no centro da ilha, suspensa sobre uma piscina com grossos cabos se ramificando para os penhascos ao redor. Com espaço para vinte ou mais esquifes, a zona abraçava o tema da ilha, diagramando espaços em linhas tropicais. Hoje, porém, Rovo não contava uma única nave civil.

— Raquel conseguiu — disse Rovo. Assim que Aurora

começou o briefing, Raquel começou a digitar em seu bracelete, afirmando que iria fechar a ilha para visitantes durante o dia. Nenhum inocente perdendo a vida nesta troca. — Acho que ela é mais poderosa do que eu pensava.

— Empresas são facilmente assustadas — respondeu Gregor.

Verdade. As práticas de negócios da DefenseCorp geravam protestos suficientes, tanto de vítimas quanto de danos colaterais, para que Rovo tivesse visto mais de um lembrete fluir através das redes galácticas da empresa exigindo que as unidades fizessem todo o possível para afastar os civis.

Desde que esses esforços não impactassem negativamente os lucros, é claro.

O padrão moral mais elevado da Salinity permitiu que Eponi pousasse a *Prisa* no lado direito. A nave cobria numerosos pontos de esquifes. Sua rampa estava abaixada, e agrupados na frente estavam Aurora, Raquel, Kashmal e Kaia. A garotinha tinha a mão agarrada à do pai, embora pelo aceno de seu braço livre, Kaia não soubesse o que estava prestes a acontecer.

Do outro lado, Rovo franziu a testa para o grupo oponente. Ao contrário da *Prisa*, Renard e Vana apareceram nos esperados esquifes-bolha. Vários, todos estacionados com espaços entre eles. Prática padrão para minimizar os danos caso um fosse atingido. Vana e Renard estavam de pé e livres, com Sai e Abbad atrás, o homem maníaco segurando uma pistola perto do Sai algemado.

Outros agentes tinham posições perto dos esquifes. As armas ainda não estavam sacadas, mas os rifles pendurados tornavam a ameaça visível. Facilmente o dobro do número do Sever.

Rovo continuava se esquecendo que Renard tinha quase

mil agentes na *Nautilus*, todos trabalhando para aprimorar os trajes e manter vigilância sobre Dynas. Aquele planeta tinha saído do mapa, mas bem no setor designado da *Nautilus*, um lugar fácil de passar enquanto a Helix, aquela empresa de fachada, criava seu desastre elaborado em laboratório. Agora Kaia, o único e maravilhoso sucesso, estava prestes a ser reivindicada pelos piores dos piores.

— Posso atirar neles agora? — disse Rovo.

— Você não pode. — As palavras de Gregor eram verdade em mais de um sentido. O homenzarrão carregava o rifle de longo alcance, graças à ordem de Aurora que impedia Rovo de pegá-lo. O papel do novato aqui em cima era apenas de escolta, apenas proteger. — Ainda.

Juntos, Rovo e Gregor se deitaram, aproveitando alguns pinheiros pequenos e as samambaias de folhas grandes abaixo para se esconderem. Gregor desarmou o rifle e levantou a mira, acomodando-se na terra. Pelo menos aqui em cima, as coisas não eram só pedra: as agulhas de pinheiro forneciam algo como uma cama, almofada suficiente para deixar Rovo ter uma boa visão da lacuna entre os dois grupos, onde a troca aconteceria.

Usando o visor da armadura potencializada, Rovo deu zoom. O foco lhe deu uma visão clara enquanto o quarteto do Sever começava a andar, com o próprio quarteto de Renard se movendo para encontrá-los. Chegar tão perto com o visor trazia um redemoinho desorientador a cada movimento da cabeça, uma vulnerabilidade se alguém viesse atrás dos dois Severs. Tecnicamente, Rovo não deveria estar fazendo isso. Tecnicamente, ele deveria estar a vários metros atrás de Gregor, vigiando a floresta para qualquer emboscada.

Tecnicamente, Rovo deveria estar na maldita plataforma de pouso, dizendo a Vana onde enfiar seu acordo.

— Serei rápida, porque não acho que alguém aqui se importe com formalidades — a voz de Vana chegou através do visor de Rovo, arranhada e distante. Um microfone de traje potencializado ajustado para a sensibilidade máxima, transmitindo na frequência aberta. Aurora fazendo uma concessão para Rovo. — O acordo continua o mesmo. A garota por Sai.

O maxilar de Rovo se contraiu. Ele não pensava que o grande momento chegaria tão rápido, mas aqui estavam. Sua mão direita traçou de volta para o rifle em suas costas, pronta para balançá-lo para frente. Sem uma mira, ele teria dificuldade em acertar com precisão daqui com a arma que disparava rajadas, mas, no mínimo, poderia forçar alguns agentes a se cobrirem.

— Estamos alterando o acordo — Aurora respondeu. — Vocês não precisam da garota. Vocês precisam do sangue dela. — Aurora acenou para Kashmal, que, alcançando um bolso, produziu uma seringa selada e um frasco para exatamente isso. — Podemos extraí-lo aqui mesmo. Vocês conseguem o que querem, nós pegamos Sai, e Kaia volta para casa com o pai.

As palavras soavam tão pequenas naquela zona de pouso, no centro da ilha, mas Rovo ficou tenso do mesmo jeito. Vana, erguendo um único dedo, virou-se para falar com Renard.

— Você os tem centrados? — Rovo sussurrou para Gregor. — É aqui que tudo vai dar errado.

— Paciência, novato — Gregor respondeu. — Eles aceitarão o acordo.

— Como você sabe?

— Porque eles não querem morrer hoje. Eles sonham com coisas maiores.

Um raciocínio interessante, e a ideia impediu Rovo de

girar seu rifle. Em vez disso, o novato tomou um longo e profundo fôlego enquanto Vana e Renard encerravam sua conferência. A agente líder tocou seu dedo nos lábios, olhou para Aurora em toda sua armadura potencializada, então se agachou e sorriu para Kaia.

— Uma tão pequena para ter tudo o que queremos dentro dela — disse Vana. — Podemos concordar com seus termos, com uma mudança. — Vana se levantou, gesticulou para Kaia e seu pai. — Não há garantia de que a amostra que pegarmos hoje terá o suficiente do que precisamos. Devemos ter acesso à garota. Sempre que precisarmos de mais, *se* precisarmos de mais, ela estará disponível.

— Kashmal pode mantê-los informados sobre seus movimentos — disse Aurora. — Coletas de sangue não são difíceis.

Agora Renard balançou a cabeça, e Vana cedeu o terreno para ele. — Anos-luz separam a distância entre este planeta e onde precisaremos do sangue. Não podemos esperar tanto se isso não for perfeito. O que acontece se o frasco for contaminado antes de chegarmos?

— Esse é o problema de vocês — Aurora rebateu.

— Não, não — Renard respondeu. — Isso é ser tolo. Queremos o sangue da garota, e o teremos. Até o momento em que pudermos reproduzir a infecção correta. Quando tivermos isso, a garota estará livre. E devidamente compensada.

— Além disso — Vana emendou no final das palavras de Renard —, levaremos Kashmal também. A garota não precisa ser separada do pai.

O sangue de Kaia. Esse era o acordo. A garota não iria com Renard, para ser jogada em alguma jaula em qualquer planeta para onde o maldito agente a levasse. Rovo não acreditava nem por um segundo que Kashmal e sua filha receberiam alguma acomodação luxuosa. Ela seria explorada, como qualquer recurso, e seu pai provavelmente levaria um tiro de laser nas costas na segunda noite.

— Kashmal? — disse Aurora. — Esta é sua decisão.

Rovo sentiu seu próprio sangue gelar. A líder do esquadrão Sever não estava revidando? Não estava declarando toda a farsa pelo que era? Com sua armadura potencializada e a pistola embainhada na cintura, Aurora poderia ter abatido Renard e Vana em segundos. Tudo poderia estar acabado.

— Sai — disse Gregor, aparentemente sentindo a agitação de Rovo. Bastante óbvio, Rovo percebeu, dado as agulhas de pinheiro que o novato estava jogando enquanto fazia o equivalente deitado a andar de um lado para o outro. — Ela não arriscará Sai.

— Ela nem está tentando — Rovo respondeu. Ele alcançou atrás, puxou seu rifle. Tentou mirar. — Ela está entregando ela.

A voz de Kashmal veio em seguida, nervosa, mas forçando alguma confiança. — Como sabemos que vocês manterão sua palavra?

— Confiança é tudo o que você tem — Vana respondeu. — Mas manteremos. Precisamos de Kaia viva e bem, e a melhor maneira de fazer isso é manter seu pai feliz.

— E — Aurora acrescentou —, se vocês não o fizerem, eu mesma caçarei vocês.

Rovo captou o sorriso de Vana, o leve aceno da mulher. A ameaça de sua capitã só fez Rovo apertar mais o gatilho de seu rifle. Vingança não importava para quem já estava morto. Matar Vana depois do fato não salvaria Kaia.

— Novato — Gregor advertiu enquanto Vana fazia sinal para Kashmal e Kaia. — Tire seus dedos do gatilho.

Rovo não respondeu. Ele apenas observou enquanto a

garotinha que ele havia salvado em Dynas, que tinha se arrastado em seus ombros durante as semanas no espaço voando em direção a Wexer, que tinha enviado aquelas mensagens atravessando as estrelas para Rovo quase todos os dias desde então, só para dizer boa noite, se afastava da segurança em direção a...

O rifle foi arrancado, livre do aperto de Rovo. Gregor tinha a arma, jogou-a na floresta atrás deles. Rovo pulou de pé, olhando para a arma longa na outra mão de Gregor.

— Não podia confiar em você com isso — disse Gregor. — Fique quieto, Rovo.

— É, veja, você mesmo disse — Rovo respondeu. — Agora somos todos nossas próprias armas.

O novato não esperou, mas saltou no final de sua frase, ativando os propulsores cinéticos e colidindo com Gregor, as mãos indo em direção ao rifle.

Pela única chance de manter Kaia longe das mãos daqueles bastardos.

DEZESSEIS

QUEIMADURA DE LASER

Aurora fez a chamada no momento em que viu Sai. Com a viseira abaixada, o rosto exposto ao mundo, ela observou enquanto Renard e Vana conduziam o espadachim de Sever do bote, algemado e parecendo ter passado por uma longa noite. Com olheiras e hematomas para combinar, Sai caminhava mancando e com um sorriso apático, a expressão de um homem tentando provocar seus captores quando não tinha mais nada a perder. Atrás dele vinha um agente de aparência estranha, vestido com um terno carmesim impecável - mais elegante até que os trajes de Renard e Vana - que parecia estar se divertindo muito empurrando Sai para frente. A katana de Sai estava pendurada nas costas do homem, descansando em sua bainha.

Ao redor de Aurora, Raquel se posicionou com Kashmal e Kaia atrás dela. A chefe de segurança da Salinity tinha uma pistola, um colete absorvedor de laser e pouco mais para recomendá-la em um tiroteio. Com Aurora em sua armadura potente e Eponi operando as torres duplas da *Prisa*, no entanto, Raquel não teria que fazer muito. Sem mencionar Gregor e Rovo nas árvores.

Aurora não olhou para a esquerda, onde a dupla deveria estar. A floresta mantinha as coisas suficientemente densas, mas qualquer inspeção minimamente decente em direção aos pinheiros provavelmente revelaria os dois, e Aurora não precisava dessa complicação. Em vez disso, ela avançou, encontrando Renard e Vana no meio do caminho.

Mantendo o foco em si mesma.

Vana e Renard pareciam ter dormido melhor que Sai. Ambos tinham olhos brilhantes lançando olhares famintos na direção de Kaia, embora Vana tivesse a graça de disfarçar quando Aurora se aproximou. Seus uniformes carmesim mostravam mais do desgaste de quem está em fuga que Aurora teria esperado após os eventos de ontem, e ambos os agentes usavam pistolas em seus cintos: Vana duas, Renard uma.

As negociações foram rápidas.

Aurora operava com princípios. Esquadrão em primeiro lugar, missão em segundo, baixas externas em algum lugar mais abaixo na linha. Kaia, por Aurora ter passado semanas com a garota a caminho de Wexer, não era exatamente uma civil aleatória, mas comparada a Sai, não havia muito argumento. O espadachim de Sever oferecia ao esquadrão uma chance de continuar lutando contra os agentes, uma chance de abraçar o estilo de vida mercenário de curta duração que Sever havia iniciado em Wexer.

Mesmo que Aurora não confiasse em Vana e Renard para tratar Kaia, ou Kashmal, com algo próximo à doçura nas promessas de Vana, recuperar Sai era a primeira prioridade. Inferno, uma vez que o espadachim tivesse descansado, Sever poderia lançar-se novamente em perseguição à garota e seu pai.

O que Aurora não queria, não precisava, era de um tiroteio. Vana e Renard vieram com quatro botes, agentes saindo de alguns, com assentos vazios permanecendo em outros. Lembrando-se do *Nautilus* e daqueles trajes quase invisíveis, Aurora não podia apostar que aqueles assentos vazios realmente estavam, bem, vazios. Não era poder de fogo suficiente para desafiar a *Prisa*, mas o bastante para arriscar seu esquadrão no campo.

Kashmal e Kaia aceitaram a troca com tranquilidade, o pai usando uma expressão nervosa, a filha parecendo alheia ao perigo enquanto caminhava em direção ao sorriso maternal de Vana.

Sai começou sua própria caminhada pela plataforma de pouso, reconhecendo o resgate de Aurora com um aceno de cabeça sem entusiasmo. Após dois passos, no entanto, o espadachim se virou, olhou para o agente segurando sua espada.

— Vou pegar isso de volta agora — disse Sai, não deixando espaço para negociação.

— Nah, acho que gostei dela — respondeu o homem. — Considere como pagamento por aquele truque sujo que você aprontou ontem.

Sai congelou, e embora Aurora só pudesse ver a parte de trás da cabeça de Sai, ela sabia o que o homem estava pensando. De jeito nenhum ele sairia sem aquela espada. Aurora lançou um olhar para Vana, avisando que o rapaz deles melhor devolver a arma ou tudo iria para o inferno.

— Abbad — disse Vana, captando o significado —, vamos conseguir uma para você depois. Por favor, devolva a lâmina para Sai.

Vamos conseguir uma para você depois? Que tipo de conversa era essa?

Abbad fez um beicinho digno de uma criança de três anos, então deu de ombros, ergueu os braços e deslizou a katana de seus ombros. A crise teria, deveria ter terminado ali, exceto por um novo barulho que se espalhou pelo centro da ilha: um som de arranhão, quebra, seguido por um tremendo respingo à esquerda de Aurora.

Gregor estava na beira do penhasco, o rifle longo em uma mão, olhando para a água. Rovo nadava lá, a armadura potente não fazendo muito para manter o novato à tona. Mil perguntas martelaram a mente de Aurora naquele instante, e ela as descartou todas, porque vidas estavam prestes a ser perdidas.

— Emboscada! — gritou Vana, mergulhando na pior reação possível. — Peguem a garota, matem os outros!

Todos se moveram após a primeira palavra. Aurora correu para Sai, que avançou contra Abbad, ainda com as algemas de atordoamento. Ao lado de Aurora, Raquel partiu em direção a Kashmal e Kaia enquanto os primeiros tiros de laser cortavam o ar. Se Aurora tivesse sido uma diplomata melhor, ou estivesse mais interessada, ela poderia ter tentado gritar para todos se acalmarem. Poderia ter empurrado as coisas de volta do abismo sobre o qual haviam caído.

Mas, na verdade, Renard e Vana não mereciam a garota.

Aurora ativou os propulsores de sua armadura de combate, lançando-se para frente e atingindo Sai por trás. Ela o empurrou para o pavimento enquanto tiros cortavam o ar em sua direção vindos daquelas lanchas. A armadura de combate recebeu os impactos, acendendo luzes vermelhas no visor agora preso sobre seu rosto. Após derrubar Sai e seu corpo desprotegido, Aurora manteve o impulso, rolando e se levantando novamente, com o rifle em posição.

Para ver Abbad, sorrindo como se tivesse acabado de chegar à sua própria festa de aniversário, segurando a katana de Sai em posição alta. Aurora nivelou o rifle, mirou no gatilho e, apesar do caos se desenrolando ao seu redor, sentiu uma distinta antecipação em acabar com esse idiota.

O golpe de Abbad veio mais rápido do que Aurora esperava. A lâmina de Sai cortou o ar e decepou o cano do rifle de Aurora, enviando a peça de metal preto em espiral para fora da plataforma, caindo na água abaixo. Abbad não esperou para continuar, girando a lâmina de volta para um corte transversal que teria bissectado a armadura de Aurora se ela não tivesse saltado para trás.

— Cuidado! — gritou Sai quando as botas de Aurora quase esmagaram suas mãos, a voz do homem se elevando sobre um campo de batalha repentinamente lotado.

Com alguns metros entre ela e o Abbad que avançava, Aurora tentou agir como líder do esquadrão e registrar o campo de batalha como um todo. Sai, algemado e inútil, se arrastava para longe atrás de Aurora. À esquerda, Vana e Renard puxavam Kashmal e Kaia em direção à lancha mais próxima. Raquel estava deitada na plataforma de pouso, com fumaça subindo de seu peito onde o fogo laser havia queimado.

Gregor estava com a arma longa levantada, disparando contra os agentes da floresta e recebendo fogo intenso em retorno. Rovo não estava à vista. Talvez o novato ainda estivesse nadando, talvez tivesse se afogado.

No geral, nada bom.

— Vamos lá — gritou Abbad por cima da batalha —, me dê alguma diversão!

Ah, esse cara ia morrer.

Mantendo a boca fechada, Aurora arremessou o rifle arruinado em Abbad. O homem desviou a arma com a katana o suficiente para receber o golpe no ombro em vez do rosto, mas o movimento tirou a espada do caminho. Aurora avançou com um chute, suas botas ainda não carregadas o suficiente para muito mais do que um sopro vigoroso, mas quando você é um monstro de metal em movimento, isso é o bastante.

Abbad tentou recuperar a katana, mas Aurora afastou a espada enquanto avançava. Sua mão esquerda agarrou o colarinho muito bem passado de Abbad e o jogou no chão, seguindo o arremesso com uma pisada na katana. Aurora deslizou o pé direito para trás, arrancando a katana das mãos de Abbad e a enviando deslizando pela plataforma de pouso enquanto, com a mão esquerda, recém-saída de dar a Abbad um depósito de concreto, sacou sua pistola e a apontou para o homem.

Dois lasers queimaram Aurora enquanto ela estava sobre Abbad, mas o fogo da pistola não tirou muito das defesas de sua armadura de combate.

— Como está essa diversão? — disse Aurora, puxando o gatilho.

Na fração de segundo entre Aurora terminar sua fala, seu dedo empurrando através da leve resistência no gatilho da pistola para enviar o gás superaquecido da arma de seu pacote de energia pelo cano, o ar ao redor de Aurora pegou fogo.

Como mil papéis rasgando ao mesmo tempo, moléculas se dividiram quando Eponi abriu as torres gêmeas da *Prisa* e o canhão central da nave. Feitos para combate espacial, para perfurar cascos inimigos pesados, os raios branco-azulados - ajustados para seus níveis mais quentes por razões que Aurora não conseguia entender - atingiram as lanchas dos agentes e as pobres almas atrás delas.

Suas coberturas derreteram, explodiram ou simplesmente se desintegraram enquanto Eponi disparava uma linha constante, parando apenas na lancha para a qual Renard e Vana corriam, e só então porque eles ainda tinham Kaia e Kashmal com eles.

O visor de Aurora escureceu para protegê-la da luz ofuscante do laser, seu filtro de ruído ativou para evitar que seus ouvidos zumbissem enquanto o tiroteio continuava. Através desse corte sônico, Aurora ouviu um som estranho, bem de perto.

Risada. Risada selvagem.

Aos seus pés, Abbad estava com a boca aberta, lágrimas escorrendo dos olhos, mesmo com um buraco fumegante no peito onde o tiro da pistola de Aurora, ligeiramente desviado pelo ataque de Eponi, acertou o alvo.

— Eponi! — a voz de Gregor, na frequência do esquadrão. — Pare de atirar. Você vai matar a garota.

— Pensei que estivesse me saindo bem evitando eles? — respondeu Eponi, mas ela cortou os lasers, seu silêncio vindo tão repentino quanto sua destruição. — Eles ainda estão de pé.

Aurora não podia discutir com isso: Eponi havia transformado a equipe de Renard e Vana em cinzas e explodido todas as suas lanchas, menos uma, em estilhaços. Os dois líderes, no entanto, ainda tinham sua rota de fuga. Ainda tinham Kaia.

— Estou na garota — disse Aurora, trazendo a pistola de volta à mira para terminar o trabalho. — Eponi, saia e ajude Sai e Raquel. Gregor, encontre Rovo.

Desta vez, quando Aurora puxou o gatilho, nada deteve o tiro.

Aurora não verificou duas vezes os resultados, impulsionando-se em direção à lancha. Vana e Renard estavam quase lá, mas Kashmal, o homem teimoso, parecia ter percebido que sua melhor chance não estava em ir com os agentes. Ele empurrou Renard, tentou puxar Kaia para longe de Vana.

— Cuidado — disse Gregor, enquanto o visor de Aurora acendia em vermelho brilhante à sua direita.

Esmagando estilhaços, Aurora olhou naquela direção, esperando ver um agente meio morto rastejando de um destroço, talvez acenando uma pistola em sua direção. Em vez disso, ela viu incêndios morrendo, corpos fumegantes e a mais leve falha na luz, como uma pequena dobra atravessando a realidade.

O agente de traje atingiu Aurora com força, vindo com uma faca do tamanho de um punhal que Aurora não conseguia ver. O golpe ricocheteou no braço direito grosso e blindado de Aurora, lançando faíscas e dando a Aurora tempo para se posicionar de frente para o traje. Encarando-o diretamente, Aurora viu que o revestimento reflexivo havia sido danificado, com marcas de explosão manchando os lados e o peito do traje.

— Não tenho tempo para isso — rosnou Aurora, levantando sua pistola.

O traje foi para cima dela, agarrando a arma e, no processo, mostrando a Aurora exatamente onde socar. Ela ativou o impulso cinético da armadura de combate e desferiu um golpe na cabeça do traje. O golpe esmagou o alvo, o agente mantendo seu aperto dilacerante na pistola e enviando a arma de Aurora voando para trás com ele.

Assim que o traje atingiu o chão, um flash vermelho brilhante iluminou sobre o ombro de Aurora, crepitando no peito do traje. Outro seguiu meio segundo depois.

— Acabado — disse Gregor.

— Obrigada. — O visor de Aurora mostrava o caminho livre à frente. — Os agentes?

— Rovo.

O quê? Aurora girou e viu uma cena diferente da que

havia deixado se desenrolando ao redor do esquife. Vana ainda segurava Kaia, com Kashmal imóvel próximo, a pistola de Vana apontada para sua cabeça. Rovo, com o traje encharcado e pingando, mantinha Renard em uma chave de braço. Com a armadura potencializada, numa posição dessas, ele poderia esmagar a vida do homem sem pensar duas vezes.

Aurora correu naquela direção, seus passos pesados ecoando o mais rápido que suas pernas permitiam.

— Você me ouviu — Rovo estava dizendo enquanto Aurora se aproximava. — Kaia por Renard. Essa é a troca.

— Me diga que você tem um tiro — Aurora disse, transmitindo para Gregor. — Vana.

— Estou trabalhando nisso — Gregor respondeu.

— Trabalhe mais rápido.

Vana balançava a cabeça. — Renard sabe, assim como eu. A garota é o tesouro. Você me deixa ir, ela vive. Eu garanto.

— Você não fica com Kaia — Rovo repetiu, como se ao exigir isso, o novato pudesse torná-lo realidade. — Você não fica com ela!

Kaia, com os olhos arregalados, olhou de Rovo para seu pai, e então para Vana. Ela não estava chorando, e Aurora imaginou que fosse o choque que a mantinha de pé. Como uma criança de quatro anos poderia entender o que estava acontecendo?

— Pense, Rovo — disse Vana, em tom baixo e uniforme. — Você nos deixa entrar naquele esquife, você tem uma chance de pegá-la de volta. Você pode viver com isso. Você não quer saber como é do outro lado.

Renard tentou falar, mas Rovo apertou seu aperto, fazendo o homem ofegar até ficar sem ar. Aurora se aproximou do novato, tentando encontrar uma fraqueza no domínio de Vana sobre a criança. Não viu nenhuma. Vana jogava de forma inteligente, mantinha Kashmal entre ela e a posição de Gregor, e com Kaia em seus braços, qualquer tiro arriscaria atingir a menina.

Como um impasse em algum filme antigo, os dois membros do Sever enfrentavam Vana e seus reféns, o único som agora vindo dos esquifes crepitantes e do vento assobiando através dos pinheiros ao redor. A fumaça nublava o céu acima, mas além dela, a estrela branca de Gillane Quatro dava claridade ao dia.

— Rovo — disse Aurora. — Deixe-a ir. Nós perseguiremos e pegaremos Kaia de volta, mas não aqui. Não agora.

— Isso não é uma opção — disse Rovo.

— É uma ordem — replicou Aurora. — Recue.

— Você não pode mais me dar ordens — disse Rovo, a mão esquerda alcançando a pistola em sua cintura.

O movimento provou ser uma linha longe demais para Vana, e ela girou sua pistola de Kashmal para Kaia, encostando-se na lateral do esquife. A mão de Rovo congelou, mas Kashmal não. Aurora não tinha filhos, não tinha ninguém em sua vida que pudesse reivindicar esse tipo de influência sobre ela, ou talvez ela tivesse previsto o que aconteceria.

Talvez ela tivesse detido o homem a tempo.

Kashmal correu em direção a Vana, e a agente virou sua pistola de volta e atirou. Kashmal caiu, e Vana, virando Kaia para longe da cena, empurrou a menina para dentro do esquife. Rovo avançou, mas Aurora agarrou seu braço, impedindo o novato de adicionar Kaia às baixas do dia.

— Ela vai matá-la — Aurora disse no espaço. — Ela vai matar a criança, Rovo. Vana pode tirar o sangue de um corpo se precisar.

Os motores do esquife começaram a funcionar, Vana dizendo a Kaia para se afivelar, ainda segurando a pistola na cabeça da menina.

— Posso fazer o tiro — disse Gregor. — Ela está livre.

— Não — Aurora respondeu, ainda segurando Rovo, o novato praguejando sem parar. — O esquife está ligado. Vai cair. Não podemos arriscar.

Vana recuou, o esquife se ergueu, virou e partiu, desaparecendo na fumaça. Um baque forte soou aos pés de Aurora, e ela olhou, viu Rovo de joelhos, mãos no chão. O novato fechou o punho, socou o concreto.

Além dele, quieto e frágil, jazia Renard, seu pescoço quebrado.

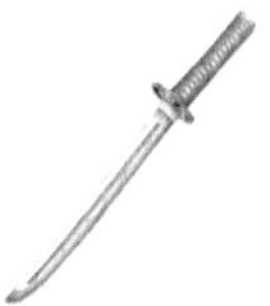

DEZESSETE

RESULTADOS E VINGANÇA

Usando a katana de Sai, Eponi cortou as algemas de atordoamento no rescaldo oscilante da luta. Sai passou grande parte da batalha no chão, com a bochecha pressionada na plataforma de pouso enquanto tiros de laser zuniam sobre sua cabeça. Quando o calor parou de queimar, quando os gritos diminuíram, Sai ousou olhar para cima, tentando se levantar.

Apesar de seu ataque contra Abbad — a ideia de que aquele homem tivesse a espada familiar de Sai apagou toda a lógica — Sai sabia que a melhor maneira de sobreviver a uma luta quando você não pode, bem, lutar, era ficar abaixado e fora do caminho. O espadachim não ajudaria ninguém se tornando-se um alvo, e os agentes o haviam deixado com as roupas civis da aventura de ontem: sem armadura, sem chance.

Assim, enquanto Eponi incendiava o ar com sua fuzilaria e Vana escapava com Kaia, Sai assistia. Embora não tivesse nenhum amor por Kashmal, o coração de Sai apertou quando o homem recebeu o tiro de Vana. Ele não conseguia, não queria imaginar como seria para seus próprios filhos assistirem ao pai ser abatido diante de seus olhos.

Nenhuma criança merecia isso, muito menos a alegre e cintilante Kaia.

— Você está machucado? — perguntou Eponi, ajudando Sai a se levantar. O sarcasmo característico da piloto, seu tom brincalhão, não apareceu desta vez. — Se não estiver, se importa de dar uma volta, ver se sobrou alguém com quem precisamos nos preocupar?

— O que você vai fazer?

— Preparar a *Prisa* para partir — disse Eponi. — A menos que você queira ficar neste desastre por mais tempo?

Sai definitivamente não queria. Pegando sua katana de volta de Eponi, Sai deu uma nova olhada ao redor, tentando encontrar aqueles sinais reveladores de vida. Aurora já havia carregado Raquel de volta para a *Prisa*, e Rovo trouxe Kashmal logo depois. Se a pressa do novato significava que o homem ainda estava vivo, Sai não podia ter certeza. Ele não tinha nenhum dispositivo para ouvir a frequência do esquadrão, muito menos para fazer perguntas.

E, na verdade, Sai poderia viver com o silêncio por um minuto.

Seus olhos pousaram em Abbad em seguida. Os tiros da pistola de Aurora haviam dado o toque final no homem, deixando Abbad congelado numa expressão de riso. Na noite anterior, alojados na estrutura da Salinidade, Abbad tinha importunado Sai sem parar por histórias sobre Sever. O homem alegava que queria ser um soldado de assalto, mas tinha dado alguns passos em falso ao longo do caminho, com Renard chegando para um resgate inesperado. Sai não chegaria a dizer que Abbad tinha causado uma boa impressão, mas o homem tinha sido um protetor leal.

Não que o herói escolhido de Abbad tivesse se saído

melhor. Ninguém se incomodou em recolher o corpo de Renard, e a forma quebrada permanecia sozinha. Sem o esquife e qualquer outra coisa ao seu redor, faltando os destroços em chamas em outros lugares da plataforma de pouso, parecia que Renard simplesmente tinha desistido e caído morto. Uma história muito mais pacífica do que a realidade.

Sai descobriu que não tinha pena do oficial. Renard tinha ordenado que Sai, Eponi e Aurora fossem empurrados para o vácuo na *Nautilus*, tinha tentado repetidamente matá-los. Falhe em acabar com Sever por tempo suficiente, e isso o alcançará. Mesmo assim, Sai não encontrou muita satisfação na morte do homem.

Teria sido uma vitória maior com Kaia em seus braços?

Provavelmente.

Os outros destroços em chamas e agentes carbonizados não deram surpresas a Sai. Eponi e as torres da *Prisa* tinham feito um trabalho final contra um inimigo em desvantagem. O fato de Vana e Renard terem tentado lutar fazia pouco sentido. Eles não poderiam ter vencido. Mesmo se os agentes atirassem com precisão, mesmo se Abbad tivesse cortado Aurora em pedaços com a katana, Eponi teria uma posição quase invencível para entregar devastação.

— Então por quê? — disse Sai, ajoelhando-se para verificar outro batimento cardíaco inexistente em um corpo coberto de destroços. — Qual foi o propósito?

A fumaça dos esquifes fumegantes, subindo para o céu, oferecia poucas respostas.

Raquel sobreviveu. Kashmal, por pouco. O tiro rápido de Vana tinha queimado os pulmões do homem, uma lesão com a qual Rovo comiserou e que necessitava de melhores cuidados médicos do que a *Prisa* poderia oferecer. Raquel, entorpecida e estimulada pelas misturas de grau militar que

Sever tinha a bordo, fez as ligações para que a equipe médica estivesse pronta na instalação de Salinidade que Sever havia usado no dia anterior.

— Não é um hospital — disse Raquel, sentada na área central do salão da *Prisa*. Kashmal estava no quarto de Rovo, onde o homem continuava inconsciente. — Mas também não é nada. Eles serão capazes de estabilizá-lo.

Sai, sentado do outro lado do espaço, fez um aceno para a mulher. Rovo também estava com eles, enquanto Aurora estava na frente com Eponi, e Gregor, ainda limpando sua armadura potente no segundo nível, ficava de olho em Kashmal.

— Sem agentes também — disse Sai. — Uma boa escolha.

— Você não sabe disso — disse Rovo, com a cabeça apoiada na parede, olhando fixamente para nada e ninguém. — Eles poderiam estar em qualquer lugar. Poderiam ser qualquer um. Poderia até ser você.

Rovo olhou para Raquel, que aceitou a acusação melhor do que Sai teria feito. Em vez de virar as palavras de Rovo contra ele, ou dar alguma resposta furiosa, Raquel respirou fundo e dirigiu um olhar empático na direção do novato.

— Sinto muito, Rovo — disse Raquel. — Todos nós sentimos. Estávamos todos tentando proteger Kaia.

— Não a Aurora — replicou Rovo, direcionando seu calor para Sai. — Ela só queria você. Esquadrão antes dos civis, não é mesmo?

— É sim — disse Sai. — Não que isso importasse. Eles iam levar Kaia independentemente do que fizéssemos.

— Porque nós a trouxemos direto para eles! — Rovo levantou-se, sua cabeça quente agora a todo vapor. — Deveríamos ter deixado Kaia e Kashmal na instalação. Eles não pertenciam a uma luta como aquela!

Sai levantou uma sobrancelha para Rovo. — Se viéssemos sem Kaia, eles teriam atacado. Provavelmente teriam me executado.

Pela primeira vez, a frustração de Rovo não lhe entregou outro caminho para seguir, e o novato começou a andar de um lado para o outro. Sai podia entender isso também: querer estar com raiva de algo, querer ter um alvo, um plano para descarregar o calor contra seu inimigo.

— Ainda não acabou — disse Raquel, e tanto Sai quanto o novato olharam em sua direção. A chefe de segurança da Salinidade tinha seu pulseira levantada, digitando. — Vana fugiu em um esquife, mas isso não os levará ao espaço. Você disse que Renard tinha uma nave especial, certo?

— Eu voei nela — disse Rovo. — Por quê?

— Me dê sua descrição — respondeu Raquel. — Tenho certeza que Renard não a atracou sob seu próprio nome, mas se pudermos descobrir onde ela está ancorada, posso bloqueá-la. Salinidade não deixará que saia.

— Então temos todo o tempo que precisamos para rastrear Vana. — Os punhos de Rovo se cerraram com a ideia. — Você realmente pode fazer isso?

— É como se você achasse que meu papel é sem sentido — disse Raquel, seu sorriso agora não tão triste.

Sai observou a troca continuar, o novato guiando Raquel através da nave de Renard e seus contornos. A ideia fazia sentido, embora Sai não estivesse certo de quanto apostaria em Renard atracando sua nave privilegiada em uma baía padrão. O oficial morto estava no alto da hierarquia clandestina da DefenseCorp, sem dúvida ele poderia encontrar uma baía fora dos locais comuns.

Mas quando Sai levantou essa preocupação, depois que Rovo terminou seu tour da nave, Raquel afastou a preocupação.

— Pense como se este planeta fosse uma de suas naves — disse Raquel. — Sim, pode haver lugares aos quais não prestamos muita atenção, mas ninguém coloca ou tira uma nave deste planeta sem que saibamos. Se a DefenseCorp tem uma baía privada, temos olhos nela. Eu garanto isso.

— E uma vez que os encontremos, acabou — disse Rovo. — Da próxima vez, Vana não escapa.

Depois de um longo banho e uma troca de roupas, Sai encontrou Aurora comendo um jantar leve no convés externo da instalação. Completamente mais agradável do que os confins estreitos e escuros do abrigo escolhido por Vana e Renard, Sai respirou o ar salgado do mar e tomou a cadeira oposta a Aurora sem pedir primeiro.

Quando Aurora sorriu maliciosamente, Sai deu de ombros. Deu uma mordida em, naturalmente, algum peixe branco. Um gole de água não salgada. Recostou-se e aproveitou um longo olhar para o espetáculo do pôr do sol laranja e roxo que começava no horizonte.

— Rovo não está feliz comigo — disse Aurora depois de um longo minuto.

— Ele não está feliz com ninguém agora.

— Se ainda estivéssemos com a DefenseCorp, ele seria demitido pelo que fez com Gregor. — O sorriso malicioso de Aurora desapareceu, sua mão direita tamborilava lentamente os dedos na mesa. — Ou morto.

— Eu sei — respondeu Sai. — E sei que você quer que eu rebata isso, para que você possa me dizer todas as maneiras como ele arriscou a missão, como ele estragou seu plano, tudo para que você possa desabafar.

Aurora riu, o clima quebrado, e balançou a cabeça. — Você me conhece bem demais.

— Estamos atirando pelas estrelas há muito tempo, capitã.

— Hoje foi difícil — disse Aurora. — Não gosto de perder, Sai. E realmente não gosto de perder para um agente.

Sai balançou a cabeça. — Não perdemos. Nenhuma morte do nosso lado, e eliminamos Renard. Na minha conta, isso é uma clara vitória.

— Se você ignorar o objetivo principal. Você viu aqueles trajes, Sai. Se o sangue de Kaia realmente tiver a resposta, então você poderia ter agentes invisíveis em qualquer lugar sem o menor aviso.

— Você diz isso como se fosse nosso problema — disse Sai.

Ele esperava outra risada, outro balanço de cabeça e um reconhecimento de que não, o esquadrão Sever não era a polícia da galáxia. Não era culpa do pequeno grupo deles se a DefenseCorp soltasse um monte de assassinos invisíveis em qualquer um que não assinasse um contrato.

Mas Aurora não mordeu a isca. Em vez disso, ela fixou seu olhar duramente naquele horizonte. Aqueles dedos começaram a tamborilar novamente.

— Você e eu viemos para Sever pelo dinheiro — disse Aurora. — Lutamos e lutamos e lutamos e sempre pensei que o saldo bancário acabaria sendo a coisa mais importante. — Ela parou, olhou para Sai, exibiu o menor dos sorrisos. — E ainda é importante, mas talvez não seja mais a única coisa.

— A garota significa tanto para você? — disse Sai, então balançou a cabeça. — Desculpe, isso saiu errado. O que estou me perguntando é, nós explodimos e incendiamos cidades. Lutamos contra pais, e atiramos em filhos e filhas. Eu também não quero que nada de ruim aconteça com Kaia, Aurora, mas agora, estamos todos aqui. Estamos vivos, com uma nave consertada e um traje de armadura potente completo. Quem se importa se a DefenseCorp se destroça?

— Se eu disser a Rovo que estamos saindo, ele não vai nos seguir — disse Aurora.

Sai sentiu que havia uma resposta maior às suas palavras do que isso, então esperou. Comeu sua comida agora fria. Ainda melhor que pacotes de proteína de laboratório.

— Sai, nós deixamos a DefenseCorp em Dynas porque queríamos ser diferentes. Para tomar nossas próprias decisões e não lidar com as besteiras deles. Acho que temos que fazer essa escolha agora — Aurora olhou para ele. — Vou precisar da sua ajuda. Rovo está com muita raiva para se manter no controle. Eponi é muito volúvel, e Gregor só quer que lhe digam onde socar. Se vamos encontrar Vana e recuperar Kaia, preciso do velho Sai ao meu lado.

— O velho Sai? — O espadachim sorriu. — O que isso significa?

— Quando foi a última vez que você construiu uma bomba, meu amigo?

DEZOITO

NAS PROFUNDEZAS

O console piscava à sua frente, sua ampla tela preta aguardando o comando de Gregor. Ou melhor, seu ditado. Eponi havia configurado o programa de comunicações e deixado Gregor sozinho na cabine da *Prisa*, com a nave atracada em segurança na instalação da Salinity. Kashmal tinha sido levado em uma nave médica da Salinity, enquanto o resto do Sever, incluindo Raquel, terminava uma longa noite no convés aberto da plataforma.

Gregor se juntaria a eles eventualmente. Os esquadrões precisavam se unir depois de um dia como aquele, entornar uma noite ou duas juntos para aliviar a tensão. Gregor precisaria especialmente conversar com Rovo. Explicar por que o havia jogado na água. Que o fizera para salvar o novato de um erro do qual não poderia se recuperar.

Aquele arremesso, no entanto, havia rompido a linha tênue que sustentava as negociações. Gregor testemunhara a descida ao tiroteio através de sua viseira, seguro à distância de tiros fáceis de pistola. Como assistir a um filme realista, e um ruim, por sinal.

A culpa nunca desempenhara um papel importante na

vida de Gregor. Ele fazia questão de aceitar suas escolhas no momento em que as tomava. Estando na DefenseCorp, ou nas minas antes, você não podia se prender aos erros, ao que poderia ter feito diferente. Não havia tempo e, de qualquer forma, não dava para voltar atrás. Então Gregor se recusava a revisar as horas e imaginar cenários diferentes, aqueles que teriam deixado Kaia nas mãos do Sever.

Muitas possibilidades ali. Muitos "e se".

Ele passara a viagem da ilha até a instalação da Salinity com um olho em Kashmal, embora o homem parecesse tão longe da vida funcional que focar nele era mergulhar em uma frustração nauseante. Gregor não podia acertar o homem com um martelo para torná-lo mais saudável, e não tinha as ferramentas ou habilidades para realizar uma cirurgia milagrosa.

Ele podia, no entanto, esperar e ver se Kashmal precisava de água. Uma mão para segurar enquanto sua vida se esvaía, se tal coisa tivesse que acontecer.

Gregor esperou pelo fim do terrível espetáculo com suas armas. Limpou e remontou o rifle de cano longo, marcado pelo fogo de laser, mas de resto em boas condições. Limpou a armadura de energia, executou as verificações dos sistemas nas várias partes, e assentiu quando elas voltaram positivas. Pela primeira vez, o homem do martelo não havia estado no centro da luta. Pela primeira vez, Gregor não tinha sido um alvo.

Fazer tudo isso matou o tempo, mas não fez nada para saciar um impulso cada vez mais urgente. Gregor estava com a DefenseCorp há décadas, e durante esse tempo havia parado de falar com sua família. Enviar mensagens através das estrelas sempre levava tempo, e com seus pais pulando de uma rocha espacial para outra em seu trabalho de mineração, não havia muita garantia de que quaisquer recados os encontrariam. O silêncio gradual se voltou para Gregor à medida que as palavras de sua família chegavam em gotas, migalhas e, depois, nada.

E agora, ali estava ele, tentando pensar no que dizer quando não dizia nada há tanto tempo.

Mais fácil, de longe, balançar o martelo.

O console zumbiu, sua tela preta piscando em verde para uma chamada recebida. O identificador de Eponi rolou pela tela, e Gregor aceitou.

— Ei, já terminou de escrever aquela carta de amor? — a voz de Eponi soou, arrastando-se ligeiramente.

— Carta de amor?

— Tanto faz. O importante é que Aurora está convocando uma reunião do esquadrão, agora mesmo. Bebidas obrigatórias. Então, vai vir?

Gregor olhou para a caixa escura e vazia no lado direito do console.

— Gregor? Tá aí, grandão?

Ele piscou, focou no verde de Eponi, forçou um pequeno sorriso, mesmo que ela não pudesse ver seu rosto. — Estarei aí agora mesmo.

— Ok, mas se apresse, porque Sai já está servindo...

Gregor afastou a chamada com um deslizar de dedo, encarou a caixa preta por mais um segundo e então a fechou também.

O barco não representava a maneira ideal de se recuperar de uma ressaca, mas o coquetel de drogas que percorria o corpo de Gregor fazia um bom trabalho eliminando os efeitos posteriores de uma reunião de esquadrão que deu errado. Com Eponi na frente no controle, Gregor e Sai seguiam com ela em direção a Kaiyo. Eponi parecia ter um suprimento ilimitado de energia, embora Gregor imaginasse que suas vibrações positivas viessem mais de sua escolha de abandonar o desastre da noite anterior em uma hora mais cedo do que, bem, o amanhecer.

Mas poucas coisas curavam melhor as rupturas do que dizer verdades pelas mãos de uma garrafa, particularmente uma compartilhada sob o céu impressionante de Gillane Quatro, com as ondas agitadas abaixo refletindo a luz acima.

— Então vocês são melhores amigos de novo? — perguntou Eponi enquanto pilotava.

— Rovo entende — respondeu Gregor, sua voz ainda mais baixa e precisando de água. — E eu o entendo.

— Parece chato.

— Eponi — disse Sai, — nem todo mundo resolve suas diferenças trocando socos na rua.

— Como eu disse, chato.

Gregor recostou-se no assento, fechou os olhos. Rovo tinha sido rígido no início, talvez esperando que Gregor apresentasse algum monólogo sobre o dever e como lidar com a missão acima das emoções. Gregor, no entanto, nunca foi muito de disciplina. Aurora era a líder do esquadrão, tudo isso era do domínio dela. Em vez disso, Gregor seguiu o caminho do perdão sem realmente dizer nada sobre perdão.

— Eu teria feito o mesmo, se conhecesse melhor a garota — disse ao novato, e Rovo aceitou isso e passou o resto da noite apoiado nessa gentileza.

O fato de que Gregor nunca abandonaria uma missão por um civil não importava. Sever terminou a noite inteiro novamente.

Eponi inclinou o barco, seguindo uma projeção verde-clara no vidro bolha da embarcação que lhe indicava onde ir. As fontes de Raquel não demoraram muito para encontrar a nave de Renard, estacionada numa baía pouco usada destinada a reparos e salvamentos. A baía em si ficava nas profundezas da estrutura de Kaiyo, e embora Eponi tivesse perguntado sobre voar diretamente para lá, Raquel sugeriu um método mais sutil.

Aparentemente, a Salinity não era fã de grandes brigas estourando em suas cidades.

Assim, o trio do Sever tinha que ir pelo caminho mais longo. Raquel, Rovo e Aurora permaneciam de prontidão para resposta com mais forças de segurança da Salinity. Se Vana e Kaia aparecessem em outro lugar, eles entrariam para o resgate. Mais uma vez, Rovo protestou por ser excluído da força principal. Mais uma vez, Aurora convenceu o novato a recuar.

Raquel, no entanto, impôs mais um requisito. Um que Gregor e Sai protestaram, mas que Eponi deu de ombros. Nada de armaduras energéticas. A própria Kaiyo ainda estava agitada com as brigas anteriores que arruinaram uma plataforma de pouso e quase derrubaram um prédio, sem mencionar a loja de salvados incendiada. Agora o Sever tinha destruído um ponto de férias também. Qualquer destruição adicional, e Raquel seria obrigada a expulsar o esquadrão do planeta, não importa o motivo pelo qual haviam vindo.

— Ela escolheu a equipe errada para uma missão tranquila — disse Sai enquanto a cintilante cidade de Kaiyo entrava em vista. — Gregor vai nos colocar no noticiário antes mesmo de termos saído do barco com aquele martelo.

— Ou sua espada — rebateu Gregor.

— Por isso estou aqui — disse Eponi. — Vocês dois atraem todos os olhares, então eu tiro a garota. Fácil.

— Depois de comprometermos a nave — corrigiu Sai.

— Sim, tanto faz. Vocês fazem a parte de vocês, eu faço a minha.

Gregor não conseguia ver o rosto de Sai, mas sabia que o homem estava revirando os olhos mesmo assim.

Eponi atracou o barco em uma doca de carregamento da Salinity dois níveis abaixo da superfície de Kaiyo. O espaço, lotado com robôs de carga e trabalhadores manuseando água purificada em tanques e caixas de todos os tamanhos, zumbia com uma indústria que nada tinha a ver com destruição. O puro trabalho pelo bem da indústria tocou Gregor, e ele tomou seu tempo para caminhar da baía, absorvendo o esforço.

E dando a todos na baía a chance de dar uma olhada no martelo de Gregor.

Apesar das brincadeiras de Sai, furtividade não era o plano aqui. Aurora, Rovo e a Salinity esperavam que Vana pudesse ver o trio se dirigindo para seu navio e agir de acordo. Se revelar. Então eles entrariam, resgatariam Kaia e colocariam um laser quente entre os olhos de Vana. Um bom plano, particularmente se ser uma distração significasse que Gregor encontraria muitos alvos.

Um tiro de atirador simplesmente não satisfazia como uma martelada.

Sai liderou, com sua katana na bainha nas costas. Embora não usasse armadura energética, o homem, como todos os três, vestia um casaco que ia até os tornozelos, obtido dos recursos da Salinity destinados a manter os trabalhadores aquecidos enquanto estivessem no espigão pelo planeta. A peça de roupa servia para esconder as pistolas, facas e, no caso de Sai, algumas bombas improvisadas projetadas para curto-circuitar a eletrônica próxima.

Plantar as bombas na nave de Vana e, se Sai transmitisse uma mensagem na frequência certa, Vana descobriria que a nave não sairia do chão. Crucialmente, as bombas deixariam qualquer criança sentindo nada mais que um pequeno formigamento nos cabelos.

Mas, para colocar essas bombas onde precisavam estar, o

trio tinha que chegar à nave, e talvez até mesmo dentro dela. Ninguém achava que Vana havia deixado sua melhor rota de fuga sem vigilância. Alguns esperavam que ela a tivesse deixado reforçada.

Gregor, segurando seu martelo no ombro direito, seguiu enquanto deixavam a baía e caminhavam por um mundo diferente. Lá em cima, o ambiente limpo e metropolitano de Kaiyo realizava o visual de prosperidade futurista que Gregor esperava de planetas ricos. Ele havia passado sua carreira em grande parte no extremo oposto — planetas com sociedades saudáveis tendiam a não precisar dos serviços da DefenseCorp — portanto, caminhar pelas ruas limpas de Kaiyo, ver corpos passarem pelos tubos de transporte e não ouvir um único grito violento havia sido uma pausa agradável.

Aqui embaixo? Onde os tetos pressionavam, brilhando com iluminação amarela padrão?

Bem, Gregor teve que forçar seu próprio queixo de volta ao lugar.

Aquelas luzes monótonas revelavam um nível extenso, cujas paredes, que margeavam lojas e casas, exibiam murais que abraçavam todos os estilos artísticos que Gregor poderia imaginar. Música ao vivo tocava, chocando-se e depois harmonizando-se à medida que os músicos, demarcando seus próprios cantos, lideravam e seguiam em igual medida. Multidões fluíam como rios, misturando trabalhadores com compradores e famílias. Cada respiração trazia consigo um peso substancial enquanto refeições do almoço ganhavam vida ao serem cozidas.

A espada de Sai e o martelo de Gregor garantiam ao trio espaço e leve desconfiança, mas como animais em uma reserva natural, essas pessoas não caminhavam com a violência mordiscando seus passos. Preocupações com dinheiro não estavam encobrindo cada palavra, cravando garras em seus olhos.

— Caramba — disse Eponi. — Este pode ser o lugar mais feliz que já vi.

— E nós vamos arruiná-lo — disse Gregor, o fato quase amortecendo seus desejos de balançar o martelo.

— Talvez não — respondeu Sai. — A nave está níveis longe daqui. Se tivermos sorte, eles nunca saberão o que está acontecendo sob seus pés.

Se tivermos sorte. Gregor não precisava apontar o quanto os civis tendiam a não ter sorte quando o Sever ou a DefenseCorp estavam por perto.

— Então, onde fica a descida? — perguntou Eponi quando chegaram ao centro do nível, um pátio circular que espelhava os espaços maiores na superfície de Kaiyo. Sem fontes ou estátuas altas aqui, mas bancos haviam sido espalhados ao redor de um pequeno palco no centro, perfeito para uma banda. — Não estou vendo uma placa para um elevador.

Sai, olhando para seu bracelete, respondeu: — Os elevadores abertos para nós são por ali. Não muito longe.

Os elevadores do tamanho de uma pessoa não eram, na verdade, elevadores. Em vez do piso plano que levaria Gregor para cima ou para baixo em uma posição confortável, os elevadores que a Salinity fornecia ao seu povo eram os malditos tubos. Cápsulas individuais — grandes o suficiente para duas pessoas se a segunda fosse uma criança pequena — deslizando por caminhos pressurizados. A estação de elevadores tinha quatro tubos em exibição, um para cima e um para baixo, com mais dois cujas cápsulas passavam a toda velocidade transportando pessoas não interessadas em parar neste nível.

— Não vou entrar nisso — disse Gregor.

— Ahhh, o Gregor está com medo? — provocou Eponi enquanto se acomodavam em uma pequena fila que ia para baixo.

— Não estou com medo, só não quero. — Gregor deu uma palmadinha no martelo. — Grande demais.

Isso, no entanto, não era estritamente verdade. As cápsulas tinham tamanho suficiente para Gregor e seu martelo, apesar de seus assentos para uma pessoa mais uma. Ele simplesmente não tinha nenhum desejo de ser enfiado em um ovo e disparado por aí.

— Acho que não temos escolha — disse Sai, voltando ao seu bracelete para uma verificação. — Acho que poderíamos pedir a Raquel para nos aprovar a usar os elevadores de carga, mas quem sabe quanto tempo isso levaria.

— Vamos, Gregor. Não seja um bebê. Anda no brinquedo com a gente — riu Eponi.

Havia momentos em que Gregor desejava trabalhar sozinho.

As cápsulas operavam por placa de pressão. O próximo passageiro caminharia até um quadrado pintado de branco dourado, complementado por um poste texturizado para aqueles que não enxergavam ou precisavam de um segundo guia. O sinal puxava a próxima cápsula que passava para a vaga de embarque, embora na maioria das vezes parecesse que uma cápsula já estaria lá depois de deixar outro passageiro.

Sai, e depois Eponi, entraram em suas cápsulas e dispararam, mirando três níveis abaixo. Um blitz de segundos. Gregor foi em seguida, a cápsula verde-mar e prata parando para ele como um ovo virado de lado. O homenzarrão pisou no elevador, uma contagem regressiva vermelha brilhante lhe dando trinta segundos para concluir o embarque. Assim que Gregor se acomodou no assento duro, no entanto, a cápsula realizou sua mágica: escaneando o tamanho do homem, cintos se ajustaram e deslizaram, prendendo Gregor no lugar.

O martelo não tinha suporte, e Gregor não achava que caberia no compartimento de carga, então ele o segurou com ambas as mãos enquanto o temporizador da cápsula chegava a zero. Uma cobertura protetora se fechou ao seu redor e o ovo girou, apontando diretamente para baixo. Um alegre som de sino soou e a cápsula disparou, mergulhando no tubo principal e descendo.

Rápido.

Rápido demais.

Os níveis passaram em um borrão, muito mais que três, bem além daquele que Gregor havia selecionado, enquanto a cápsula o arremessava para as profundezas de Kaiyo.

DEZENOVE

JOGOS PERIGOSOS

A adrenalina de corrida de kart que Eponi sentiu quando a cápsula disparou durou apenas o tempo necessário para ela perceber que o contador de níveis não havia parado no andar que escolhera. Em vez disso, após alguns segundos longos demais, a cápsula desviou para o lado, depositando Eponi três andares abaixo do destino. A cobertura deslizou para o lado e um temporizador curto avisou Eponi para sair agora ou sofrer consequências indefinidas.

A piloto pisou em uma plataforma deserta, em um nível que carecia da alegria de seu parceiro superior. As luzes amarelo-alaranjadas permaneciam, mas em vez de um layout amplo, a plataforma da cápsula se estreitava até um portão seguro, fechado firmemente com um scanner vermelho brilhante ao lado. À sua esquerda, as cápsulas que disparavam para cima passavam rapidamente, oferecendo uma opção fácil de subir.

E no entanto.

Eponi tinha escolhido o andar certo, aquele que Sai confirmou com cada um deles antes de entrarem nas cápsulas. O espadachim não estava aqui e, à medida que as cápsulas passavam atrás dela, Gregor claramente não tinha parado neste andar também. O que significava que a cápsula tinha errado o alvo, ou alguém tinha dito para ela onde ir.

Ela não se consideraria desconfiada, mas Eponi sabia o que estavam enfrentando: agentes preferiam operar nas sombras, não na frente. Separar os membros do Sever e eliminá-los um por um? Primeira página do manual do agente, bem ali.

Deslizando a mão para a pistola sob sua jaqueta, Eponi afastou-se dos tubos da cápsula e dirigiu-se à cabine com janelas perto do portão trancado. O brilho de um console misturava seus tons azuis com as luzes de barra acima por trás do vidro, e o arco de uma cadeira girava em um círculo lento.

— Bom, se isso não é sinistro — murmurou Eponi, tomando seu tempo na aproximação.

Ela queria levantar seu bracelete, enviar uma pergunta a Sai e Gregor, talvez um aviso para Aurora e os outros, mas Eponi não queria morrer, e desviar os olhos, sua concentração da cena antes de tê-la assegurado era uma boa maneira de fazer uma viagem expressa para o além.

Aproximando-se do vidro, do pequeno oval onde os visitantes, obviamente, deveriam mostrar identificação, dinheiro ou seja lá o que for, Eponi olhou para dentro, então imediatamente recuou, sacando sua pistola e fazendo uma varredura pela área. Nada, ninguém surgiu para recebê-la.

Dentro daquela cabine, Eponi tinha visto um cadáver frio. O guarda que estivera cuidando deste posto não estaria mais fazendo seu trabalho. Vários buracos pretos carbonizados através do uniforme de Salinity indicavam a causa da morte de forma definitiva. Mas por que assassinar um atendente de cabine aleatório?

Essa pergunta não encontrou resposta no barulho repentino quando o portão trancado se abriu com estrondo, mas foi empurrada para o fundo da mente de Eponi.

O portão que se abria revelou vários oficiais de segurança de Salinity, estes armados com rifles, pistolas no cinto e os olhares ameaçadores de pessoas chamadas para deixar um almoço adiantado para lidar com um problema que não queriam. Dois viram Eponi com sua pistola sacada e fizeram os chamados esperados para que ela a largasse, enquanto o terceiro se virou para a cabine e xingou no estilo alto e chocado de alguém que nunca tinha visto um corpo antes.

Eponi abaixou a pistola, mas não a soltou. Contudo, ela levantou a mão esquerda, tentou colocar uma expressão que dizia que não iria atirar em ninguém.

— Ei, pessoal — disse Eponi —, eu sei como isso parece, e vou lhes dizer, isso não é o que parece.

— Parece que você ainda está segurando essa pistola — disse o líder do trio, que ainda não tinha olhado para dentro da cabine. Dos três, ele parecia o mais velho, com mechas grisalhas espalhadas pelo cabelo castanho e rosto bem barbeado. — Solte-a, ou atiramos.

Havia vários cenários em jogo aqui. Eponi poderia fazer o que o homem disse, deixar que os três a levassem para algum centro de processamento de Salinity onde uma ligação para Raquel e evidências em vídeo — tinha que haver alguma gravação naquela cabine — a inocentariam. Algumas horas suando, e Eponi poderia escapar.

Algumas horas perdidas fora da trilha, durante as quais Vana poderia conseguir fugir do planeta com Kaia a reboque.

— Desculpa, amigo — disse Eponi —, saiba que eu realmente não queria fazer isso.

O líder arqueou uma sobrancelha, ergueu o rifle, mas

estes eram forças de segurança de Salinity. Como os do saguão acima, eles não tinham visto ação real em muitos anos. Um trabalho tranquilo em um planeta tranquilo, passado guiando turistas e o ocasional bêbado para onde precisavam ir.

Eponi desviou para a direita, dirigindo-se para a cabine enquanto sacava sua pistola e ajustava sua energia para baixo. Os tiros ainda doeriam o suficiente para tirar o fôlego, mas não deveriam queimar a pele. Não deveriam carbonizar um pulmão.

O trio reagiu com uma mistura de bravata e pânico. O líder conseguiu puxar o gatilho, enviando energia quente que queimou a parede atrás de Eponi. Seus companheiros tentaram levantar seus rifles, enquanto recuavam para se proteger além do portão. Dois segundos frenéticos e o confronto havia se transformado em um impasse, com Eponi permanecendo atrás da cabine e os guardas do outro lado.

— Vou dizer o seguinte — gritou Eponi. — Mandem um dos seus caras olhar o vídeo. Ele vai contar que eu não tive nada a ver com isso. Minha cápsula foi para o andar errado. Isso é uma armação.

— Se esse for o caso, o vídeo vai provar. Por que você está apontando uma pistola para nós? — O líder, para seu crédito, soava genuinamente confuso. Sem dúvida se perguntando como seu sanduíche de presunto tinha se transformado em um potencial tiroteio. — Isso não precisa acontecer dessa maneira.

— Porque tenho lugares para ir que não são aqui — respondeu Eponi. — Deixem-me entrar em uma cápsula e vocês nunca mais me verão, prometo.

O líder, aparentemente, não concordou, porque o próximo som que Eponi ouviu veio de uma granada de gás rolando pelo chão de concreto na direção dela. A coisa bonita sobre granadas, no entanto, é que se você agir rápido, pode voltá-las contra quem as jogou em primeiro lugar. Eponi pegou a granada com a mão esquerda e a lançou de volta na direção do trio de segurança em um movimento suave, exatamente como a DefenseCorp a ensinou a fazer.

O gás se espalhou, uma nuvem cinza avermelhada aproveitando ao máximo o espaço fechado. Eponi ouviu tosses, o líder tentando e falhando em completar uma frase. Hora de ir. Prendendo a respiração e agradecendo à DefenseCorp por treinar seus recrutas a fazer isso bem — pousos na água não eram brincadeira — Eponi correu para os tubos de cápsula. Ela ficou na plataforma de chamada, girando em uma posição agachada, a pistola apontada de volta para o portão.

Ela não conseguia ver o trio, e eles não conseguiam vê-la, mas a granada não tinha tanto gás assim. Poderia se dissipar antes que uma cápsula vazia passasse por este nível inferior, menos movimentado. Eponi deveria atirar, deveria forçá-los a voltarem para a cobertura.

Mas estes não eram o inimigo, e Raquel poderia não ser tão gentil se Eponi começasse a disparar contra seus colegas de trabalho.

Eponi realmente, realmente esperava que não houvesse heróis naquele grupo. Ninguém burro o suficiente para tentar um avanço para alcançá-la. Ela observou o gás com olhos lacrimejantes e ardentes, ouviu as tosses, e não viu uma alma.

Um tinido soou atrás quando uma cápsula deslizou para o lugar. Eponi caiu para trás na abertura, manchas começando a se formar diante de seus olhos enquanto seu oxigênio acabava. Ela tinha que respirar agora, ou corria o risco de chegar inconsciente ao próximo destino. Ela inseriu o nível correto, esperando que a cápsula acertasse desta vez, e esvaziou os pulmões enquanto a cobertura deslizava sobre sua cabeça.

A inalação a fez tossir — gás suficiente havia encontrado o caminho para dentro para tornar tudo desagradável — mas logo a cápsula a deixou três níveis acima, permitindo que Eponi fizesse uma saída ofegante onde precisava estar. Arrastando-se para o lado, olhos ainda embaçados, Eponi se recompôs.

Ela havia escapado da armadilha. Vana, ou um de seus agentes, havia armado para Eponi. Tudo para atrasar Sever, ou matá-los, sem colocar seus próprios agentes em risco. Mas, mais uma vez, Eponi tinha escapado. Porque ela era incrível, fantástica e brilhante, tudo junto. Eponi encontrou uma parede, apoiou-se nela, e tossiu e riu ao mesmo tempo.

Eles tinham falhado novamente, os perdedores.

Piscadas suficientes, tosses suficientes limparam Eponi para ela perceber onde tinha desembarcado. As luzes vermelhas da cápsula a tinham assegurado, mesmo através do gás, que ela havia encontrado o lugar certo. E a grande placa iluminada em prateado confirmava: Salvage Salinity.

Qualquer emoção de finalmente chegar onde sua missão exigia que ela fosse morreu quando Eponi percebeu que não ouvia os ruídos pertencentes a um depósito de sucata. Não ouvia a conversa entre trabalhadores, o zumbido, corte, e separação de metais. Nenhum robô andando de um local de trabalho para outro. O depósito de sucata, além dos sons constantes inerentes a qualquer insta-lação moderna, permanecia quieto.

Ao contrário do nível inferior, trancado, o depósito de sucata não tinha uma cabine guardando sua entrada. Não tinha um portão trancado. Em vez disso, a plataforma da cápsula se abria em um espaço amplo vagamente organizado por placas penduradas indicando onde cada parte pertencia. Bem ao fundo, perto do que Eponi supunha ser a borda externa do nível, pendia uma etiqueta emitindo um aviso para reparos de naves.

Eponi teria ido direto para lá se não fosse o movimento que captou. Sombras em movimento, brincando nas luzes. Um grupo, caminhando pela área. A parede de Eponi, um vão curto destinado a cortar a plataforma da cápsula de qualquer pilha de detritos invasora, não serviria como qualquer tipo de cobertura.

A piloto abaixou-se, ajustando sua pistola de volta para alta potência. Um nível como este deveria estar cheio de pessoas, e o fato de não estar significava que os agentes tinham ou criado alguma desculpa para esvaziá-lo ou — Eponi fez uma careta enquanto se esgueirava — eliminado todos. O que significava que qualquer um que restasse certamente merecia o tiro que Eponi decidisse dar neles.

Agachando-se nas sombras cilíndricas de motores antigos, Eponi se moveu cautelosamente. Ela tirou seu bracelete e enviou aquelas mensagens, uma para Sai e Gregor perguntando onde diabos eles estavam, outra para Aurora e Raquel, sugerindo que Salinity deveria enviar alguns reforços para seu depósito de sucata.

— Já terminou? — disse uma voz alegre, e Eponi olhou para cima do seu bracelete, diretamente para o cano de um rifle. O rosto da mulher que o segurava se esticou em um amplo sorriso, um que parecia feliz demais para as circunstâncias. — Estou tão feliz por ter encontrado você! A chefe nem acreditava que você chegaria tão longe.

Eponi, abaixando seu bracelete com a menor velocidade que conseguia, tentou associar o sorriso com as palavras saindo da boca da pessoa: — Ah, é? Aqui estou eu?

Sua mão direita ainda segurava sua pistola, e com o menor movimento, Eponi apontou o cano para cima, pronto para um tiro na barriga. Eponi teria puxado o gatilho também, teria, exceto que a agente chutou rápido, atingiu a mão de Eponi e enviou a pistola voando.

— Tão esperta — disse a agente, balançando a cabeça. — Eu também gosto de jogos, que tal tentarmos o meu?

Havia momentos em que Eponi enfrentaria um mergulho quente, tentaria um soco na barriga e um rolar para longe, mas o chute rápido da agente havia provado que esta não era alguma capanga estúpida. Qualquer movimento súbito provavelmente terminaria com um tiro de rifle em seu rosto, então Eponi respondeu da única maneira que podia:

— Ok, amiga. Vamos jogar?

VINTE

QUEM PAGA?

Quando Raquel perguntou a Rovo, parado em uma sala de conferência da Salinity na superfície de Kaiyo, o que havia acontecido na ilha, o novato não soube bem como responder. A primeira e melhor explicação era que ele tinha se deixado levar pelas emoções e pelo instinto. A luta com Gregor terminou rápido, sem que Rovo conseguisse superar em força ou habilidade o lutador mais velho e mais forte. Então Gregor havia jogado Rovo no lago abaixo, dizendo ao novato para colocar a cabeça no lugar.

— A partir daí, só tentei chegar até Kaia — disse Rovo, olhando através das altas janelas para o oceano sem fim. — Nossa armadura de combate tem ganchos de emergência, então lancei um em direção à plataforma de pouso e me puxei para a luta. — Rovo estremeceu e olhou para ela. — Me desculpe, nem percebi que você estava caída.

Raquel assentiu, acompanhando o olhar de Rovo para o exterior. — Foi estupidez sair lá sem mais proteção. Fazia tanto tempo desde que tivemos algo próximo de uma luta real aqui que eu simplesmente... presumi que as negociações aconteceriam sem nenhum gatilho sendo puxado.

— Nunca parece funcionar assim com a gente.

— Aparentemente. — Raquel franziu a testa. — Você não disse nada sobre o outro. Renard?

Não havia muito o que dizer. Rovo tinha agarrado o oficial porque não queria arriscar Kaia indo atrás dela. Ele pensou que uma troca, entregar Renard pela criança, seria um truque mais fácil de executar. Quando isso deu errado, quando Vana atirou em Kashmal e fugiu com a menina mesmo assim, não havia muito motivo além de um vermelho cintilante e ardente. A armadura de combate havia feito seu trabalho e proferido uma sentença.

— Eu não tive a intenção de matá-lo — disse Rovo —, mas ele mereceu mesmo assim. Não era um homem bom.

Raquel não deu nenhuma pista de como recebeu esse raciocínio. Em vez disso, inspirou um ar que mal parecia tocar seus lábios. — Nos vários dias desde que seu esquadrão chegou aqui, quase trinta pessoas no meu planeta morreram. Todas afiliadas à DefenseCorp. Nossas próprias redes de mídia estão cobrindo isso como algum tipo de disputa corporativa, mantendo a Salinity fora por enquanto, mas há um pânico crescendo nas minhas ruas, Rovo. Ninguém quer sair de casa se houver chance de ficar preso em um fogo cruzado.

— Isso não vai durar muito mais — respondeu Rovo. — Ou Vana vai deixar o planeta com Kaia, e nesse caso vamos persegui-la. Ou vamos pegá-las primeiro, e então vamos embora.

— Então quem eu responsabilizo? — perguntou Raquel. — Quando tudo isso acabar, como posso enfrentar meus chefes e as pessoas que vivem aqui e dizer que todo esse dano, toda essa destruição, foi apenas um erro infeliz?

Rovo não tinha resposta para essa. Sever, e a maior parte da DefenseCorp, não lidava com a limpeza após suas missões. A maioria dos contratos que ele tinha visto excluía explicitamente essa parte: qualquer dano, qualquer trabalho de relações públicas, isso ficava por conta de quem contratava a empresa para entrar. Exceto que, agora, Sever tinha meio que seguido seu próprio caminho.

— Você pode culpar a DefenseCorp por tudo. Talvez tente cobrar deles pelos danos — disse Rovo. — Eles têm o dinheiro.

Raquel riu, uma risada sombria. — Você acha que eles vão pagar? Fazer um comunicado assumindo a culpa?

— Se vencermos, talvez. Se não vencermos — Rovo balançou a cabeça —, não vai importar de qualquer maneira.

Atrás deles, a sala de conferência zumbia. Aurora atuava como orquestradora, conversando com a segurança da Salinity sobre onde Vana poderia estar, providenciando para que fotos dela e de Kaia fossem espalhadas por toda Kaiyo e outras cidades de Gillane Quatro - Eponi tinha sido esperta o suficiente para gravar toda a troca na plataforma de pouso com as câmeras da *Prisa*. Raquel, a princípio, tentou ficar com Aurora, mas flutuou na direção de Rovo quando ficou claro que a experiência da capitã da Sever superava a patente oficial neste cenário.

— Você acha que é tão sério assim? — disse Raquel. — Sei que sou mais nova em tudo isso do que você, e menos familiarizada com a DefenseCorp, mas você está fazendo parecer que toda a galáxia pode pagar.

— Vai ter que pagar — respondeu Rovo. — Esse é o objetivo de Vana. Fazer da DefenseCorp uma máquina invencível, povoada com soldados em trajes que ninguém consegue ver, que podem ir a qualquer lugar. Agora, se você quer proteção da DefenseCorp, você escolhe pagar por ela. Se Vana conseguir o que quer, você não terá essa escolha.

— Mas ela precisaria de trilhões de soldados para cobrir

a galáxia. Trilhões desses trajes — Raquel balançou a cabeça. — Impossível. Impossível em qualquer futuro próximo.

— Meu pai sempre me disse que uma vida estável era a que valia a pena buscar — Rovo acenou lá fora, para o horizonte, como se essa existência estivesse esperando logo além da vista deles. — Aquela que tinha a melhor chance de te levar até o fim em boas condições. Uma vez que a Defense-Corp prove que é imbatível, quantas pessoas vão decidir que é o melhor caminho para essa vida?

Desta vez, Raquel não tinha resposta. Rovo podia imaginar o porquê. A Salinity tinha que operar com um ideal semelhante: uma bela série de planetas – Gillane Quatro era apenas um dos vinte que a Salinity havia transformado em operações aquáticas –, dinheiro constante na sua conta, e uma carreira junto a uma corporação que estava lá muito antes e estaria lá muito depois da sua vida.

A DefenseCorp poderia dizer o mesmo, mas suas fileiras estavam cheias de turbulência. A armadura de combate seguia seu caminho para preservar vidas, mas as batalhas ainda cobravam seu preço. O serviço de guarnição, por outro lado, era um dos trabalhos mais confortáveis que alguém poderia desejar. Gestão planetária, tributação orbital, todos esses empregos ofereciam tempo para saborear seu café da manhã e ponderar que filme assistir naquela noite.

E para aqueles que queriam a emoção, bem, os trajes de Vana ofereceriam ampla oportunidade para devastar qualquer planeta hesitante. Qualquer executivo que não quisesse assinar um contrato. Qualquer pirata intransigente sobre sua independência.

— Neste momento — continuou Rovo —, a Defense-Corp tem uma reputação para se manter sob controle. Não pode entrar em território indesejado sem fazer inimigos. Isso vai acabar quando ninguém ousar contra-atacar.

— Então, em vez disso, contra-atacamos agora.

— Tentamos, pelo menos.

As ligações chegaram ao mesmo tempo. Uma, da segurança da Salinity protegendo fontes de energia no nível inferior de Kaiyo, relatou um ataque por um agente solitário. Uma mulher, que eles achavam que havia assassinado um guarda da cabine antes de fugir em uma cápsula para outro local. E a segunda, Vana.

Raquel atendeu a primeira, ordenou que suas forças vasculhassem os níveis inferiores de Kaiyo, exceto a baia de salvamento e reparo. Aquela, ainda o alvo da missão da Sever, tinha que permanecer livre de interferência. E Raquel não queria que suas tropas se transformassem em baixas quando Gregor começasse a balançar seu martelo.

Vana, no entanto, pediu por Aurora e Rovo, então os dois foram para um escritório privado, ativaram a transmissão em um console montado na parede e observaram o rosto cansado da adversária.

— Onde está Kaia? — Rovo abriu a conversa, vendo apenas a cabeça de Vana em frente a um fundo de metal cinza que poderia estar em qualquer lugar. — Se você...

— Relaxe, Rovo — disse Vana, embora nenhum sorriso, nenhum toque maternal tenha surgido desta vez. — A menina está bem. Já fizemos nossas coletas, e os tubos já deixaram o planeta.

— Então você tem o que precisa — disse Aurora. — Pode deixá-la ir.

— Prefiro ser cautelosa — respondeu Vana. — Mais alguns dias, mais algumas coletas, e teremos o suficiente para tornar possível deixar a menina para trás. Deem-nos isso e prometo que Kaia não será machucada. — Vana franziu a testa, inclinou a cabeça e continuou antes que qualquer um dos Sever pudesse encontrar uma resposta. — O pai dela? Sobreviveu?

— Por que você se importa? — perguntou Rovo.

— Porque não sou Renard, e não sou um monstro — respondeu Vana. — Eu não queria atirar nele, mas tinha que manter Kaia. Ao contrário do seu piloto, que assassinou meus agentes, ou você, Aurora, matando-os enquanto não causam problemas a ninguém, eu prefiro deixar menos corpos para trás.

Rovo começou a se levantar, simplesmente porque ficar de pé faria a raiva súbita parecer melhor. Ficar sentado parecia passivo demais, e ele queria alcançar aquela tela e estrangular a agente. Aurora, no entanto, agarrou seu braço abaixo da câmera e manteve o novato em seu assento.

— Você ordenou a emboscada — disse Aurora, gelada e equilibrada de um jeito que Rovo não conseguia entender.

Ele tinha sido uma espécie de diplomata, mas sempre impessoal, sempre redigindo mensagens entre dois lados com os quais Rovo não se importava. Aurora conseguia desligar a emoção como um interruptor, mesmo nos assuntos mais pessoais.

Uma habilidade a aprender.

— Suas palavras provocaram o fogo — continuou Aurora. — Não tínhamos sacado uma arma, nem disparado um laser. Os corpos naquela plataforma de pouso são culpa sua, e só sua.

— Suponho que uma soldada como você tenha que encontrar alguma forma de massagear sua consciência — disse Vana, não se importando em se envolver. — Minha oferta permanece, Aurora. Três dias, e você pode ter a menina.

Aurora estava balançando a cabeça junto com Rovo,

desta vez. — Três dias vão custar a você muito mais agentes, Vana. Traga-a de volta agora, e salve seu pessoal, como você diz que quer fazer.

— Eles sabem pelo que estão lutando, e o custo que isso pode exigir — disse Vana. — Lamento que não pudemos chegar a um acordo. Eu realmente queria devolver a menina para o pai, mas se você insiste, continuaremos este pequeno jogo.

Vana cortou a mensagem ali mesmo, deixando Rovo e Aurora olhando para uma tela em branco. A capitã da Sever, no entanto, tinha um meio sorriso em seu rosto, do tipo que fez Rovo estremecer. Aurora, a predadora, havia encontrado uma maneira de capturar sua presa.

Assim que Aurora fez a ligação, a decisão se espalhou pelas fileiras com uma rapidez que deixou Rovo atordoado. Apesar de não ter notícias do trio da Sever enviado para sabotar a nave de Vana, Aurora colocou o plano de ataque em suave movimento. Vana tinha deixado escapar que havia enviado amostras de sangue para a órbita e além, mas o barco que a agente pilotava não havia feito nenhuma atracação registrada em Kaiyo. A agente tinha que estar em outra plataforma, o que significava que haveria corridas indo e vindo, carregando suprimentos e trazendo de volta o sangue.

A Salinity, uma corporação tão rígida quanto existia, conhecia suas rotas regulares de barcos. Eles encontraram vários voos extras não planejados cortando seu espaço aéreo, todos com os códigos adequados, e todos indo para uma espiga em particular. Algumas horas de viagem fora de Kaiyo, bem dentro do alcance para o conflito na ilha, e Sai havia mencionado que eles ficaram em uma das plataformas isoladas durante sua noite como refém.

— Os outros três Severs vão impedir Vana de qualquer

fuga de última hora — disse Aurora, instruindo Rovo, Raquel e um esquadrão de segurança que estava pronto desde o início da operação. — Rovo e eu vamos liderar o assalto. Vocês virão atrás, garantirão a área e impedirão qualquer fuga com a menina.

— As espigas só têm um elevador — disse Raquel quando Aurora passou a palavra para a líder da Salinity. — Seguramos isso e a plataforma de pouso no topo, e é uma garrafa que não pode ser aberta. Vamos manter tudo simples, eficiente. Fazemos isso certo e tornamos nosso planeta seguro novamente.

Rovo sentou-se ao lado da mulher no barco, disparando sobre a água. Outros cinco seguiam, carregados com forças de segurança armadas e perigosas, embora a maioria não visse ação há anos. Mais acima, a Salinity tinha parte de sua modesta força aérea fornecendo apoio de caças caso Vana conseguisse fazer uma corrida para a órbita.

Uma operação ajustada. Um plano perfeito.

— Pronto para trazer Kaia de volta? — perguntou Raquel, mais uma vez com colete, e parecendo pequena ao lado de Rovo em sua brilhante armadura de combate.

— Mais do que isso — disse Rovo. — Não vamos deixar Vana escapar. Não desta vez.

VINTE E UM

DENTRO DA ESPIGÃO

Aurora passou o voo escaneando as notícias de Kaiyo, correndo as manchetes de último segundo através de sua viseira, juntamente com verificações na banda da Sever. Gregor, Sai e Eponi haviam desaparecido várias horas atrás, e considerando a missão deles, isso não era um bom sinal. Aurora não conseguia imaginar Vana, mesmo que tivesse agrupado todos os agentes, sendo capaz de derrubar os três Severs sem um único pedido de socorro... e ainda assim.

Raquel e Rovo voavam atrás em outra lancha. A diretora de segurança da Salinity disse que havia emitido um alerta para toda sua força em Kaiyo, pedindo que ficassem atentos a qualquer sinal da Sever. Já haviam ocorrido alguns contatos estranhos, e quando Aurora pressionou Raquel por mais detalhes — o corpo na cabine e o encontro associado com a granada de gás a incomodavam mais — a mulher apenas sacudiu a cabeça e prometeu que Aurora saberia mais do que a própria Raquel.

Tudo isso para dizer que Aurora estava com os nervos à flor da pele, com os olhos semicerrados, e queria fazer algo além de sentar e esperar por notícias. Um ataque a um espigão no oceano exterior parecia que lhe faria muito bem.

As lanchas não tentaram esconder sua aproximação. Sob a luz do dia, em outro céu sem características de Gillane Four, o ataque se desenrolava, com o veículo de Aurora na liderança. O espigão, seu alvo e onde Vana deveria estar se escondendo, projetava-se do oceano como uma estaca prateada em um papel azul ondulante. No topo, uma plataforma ampla e plana com aquelas barreiras de laser circundando as bordas, já havia uma lancha estacionada.

— Sobrevoe a lancha — disse Aurora ao piloto. — E abra o teto.

— Abrir o teto? — O piloto olhou para cima, para a cobertura em forma de bolha sobre a lancha. A marca de gotícula da Salinity adornava o vidro, que de resto estava impecável. — Sem termos pousado?

— Faça isso — respondeu Aurora, novamente recorrendo ao tom que não admitia desobediência. Autoridade não precisava ser concedida. — Mantenha o controle da lancha quando eu saltar e dê a volta para desembarcar os outros.

Ela viu o piloto murmurando uma pergunta para si mesma, mas Aurora não se importava. Desde que suas ordens fossem seguidas, não importava o que o piloto pensasse.

O teto se abriu, trazendo consigo o vento uivante. Aurora não sentiu nada, segura na lancha, mas o cabelo do piloto e os fios mais curtos dos dois soldados da Salinity apertados atrás, rodopiaram. A armadura de Aurora tratou a nova variável do mesmo modo que tinha tratado tudo até agora: não era uma ameaça para seus sistemas otimizados, prontos e reparados após os golpes sofridos ao redor dos portos de atracação de Kaiyo.

A plataforma de pouso do espigão passou abaixo, e Aurora acionou os propulsores cinéticos do traje ao saltar. Os propulsores deram a Aurora alguns metros extras num estalo, o suficiente para afastá-la de seu transporte e enviá-la em queda livre diretamente para a nave atracada. Enquanto caía, Aurora sacou seu rifle, mirou para baixo e disparou dois raios antes de atingir o alvo.

Os lasers atingiram o teto da lancha, queimaram dois buracos e enfraqueceram sua coesão. Quando todo o peso de Aurora em queda livre aterrissou, o vidro não teve chance. Ele se estilhaçou quando Aurora o atravessou, os assentos abaixo não resistindo muito melhor. As botas pesadas da armadura potencializada atravessaram limpo o piso da lancha, quebrando canos e fazendo a bateria soltar faíscas que se transformaram em chamas.

Aurora não esperou para se queimar, mas, levantando as pernas impulsionadas pelo suprimento cinético recarregado na queda da armadura potencializada, ela subiu e saiu para a plataforma propriamente dita. A força da Salinity pousou para encontrá-la.

— Decidiu fazer uma entrada? — Rovo comentou enquanto a lancha danificada estalava e rangia atrás de Aurora.

— Decidi não arriscar uma fuga — respondeu Aurora. — Agora eles não podem fugir.

Enquanto as forças da Salinity desembarcavam, Aurora e Rovo foram até o elevador que levava para dentro do espigão. O único console que se projetava da estrutura exigia credenciais, que Raquel forneceu. A mulher hesitou antes de enviar a plataforma para baixo, olhando na direção de Aurora.

— Se nos amontoarmos todos na plataforma, ficaremos vulneráveis — disse Raquel. — Mas...

— Nós ficaremos bem sozinhos — disse Aurora. — Mande-nos. Quando ele retornar, volte com suas forças.

— Você não sabe quantos ela tem lá embaixo — protestou Raquel, mas Aurora reconhecia um argumento real quando o via, e Raquel não estava lutando de verdade aqui.

As forças da Salinity ao redor deles estavam armadas, sim, mas eram inexperientes. Elas não poderiam enfrentar agentes treinados da DefenseCorp sem perder cinco para um ou pior. Aurora não queria ter que cobrir suas costas junto com as suas próprias.

— Ficaremos bem — disse Aurora. — Mande-nos.

— Ela é a pessoa mais mortal que conheço — acrescentou Rovo. — Exceto Gregor com um martelo. Talvez. Confie nela, Raquel.

O endosso pareceu surtir efeito. Raquel digitou o comando e saiu da plataforma enquanto esta fazia a contagem regressiva para sua descida. Aurora orientou Rovo a ficar do lado oposto a ela, ambos afastados do centro da plataforma. Melhor se posicionar longe do ponto mais fácil de atirar, melhor ter uma borda para olhar por cima e ao redor.

— Ela confia em você — Aurora disse a Rovo pela banda de curto alcance da Sever. — Isso é bom.

— Nós dois queremos ver Kaia segura — respondeu o novato. — Acontece que é fácil criar vínculos quando se resgata uma criança.

— Mantenha esse vínculo forte — respondeu Aurora. — Vai nos ajudar mais tarde.

O elevador desceu gradualmente, mergulhando abaixo da plataforma. Imediatamente sob a superfície, o comprometimento da Salinity com a funcionalidade ficou claro: a decoração, além de uma grande etiqueta pintada de branco dando ao espigão um número, estava ausente. Uma luz azul fantasmagórica subia de baixo, envolvendo a plataforma e emanando de tubos pulsantes de água.

— Nos ajudar mais tarde? — disse Rovo. — O quê, você já está pensando em contratos futuros? Não acho que a Salinity vai nos querer no planeta depois de toda a destruição que causamos.

— Veremos — respondeu Aurora.

Ela havia trabalhado com a DefenseCorp tempo suficiente para saber que alguns de seus melhores clientes recorrentes sofriam todo tipo de desastre pelas mãos da DefenseCorp. O que importava era que, no final, através de todo o fogo e as explosões e a fumaça e morte, o trabalho fosse concluído da maneira necessária.

Este não seria diferente.

— Quando isso desmoronar — disse Aurora, escaneando as paredes, a luz azul em busca de surpresas escondidas —, preciso que você me escute. Faça o que eu mandar.

— Pensei que não se tratasse mais de ordens?

— Isso mudou quando você estragou tudo na ilha — disse Aurora. Até agora, nenhum agente pendurado nas paredes. Nenhuma bomba piscando, minas configuradas para explodir a Sever em pedaços. — Estou arriscando minha vida, Raquel e suas forças estão arriscando as delas. Você vai ser profissional, e vai ser competente, ou estará fora.

Rovo não respondeu imediatamente. Um bom sinal. Aurora não queria estabelecer o nível assim na frente do esquadrão, mas tinha chegado a essa decisão à medida que as horas passavam desde o desastre da ilha. O desempenho desesperado de Rovo havia colocado o esquadrão em risco, e sua impulsiva quebra do pescoço de Renard matou uma grande chance de obter informações. Aurora podia lidar com canhões descontrolados.

Ela não faria papel de babá para uma criança.

— Espere — disse Rovo, acompanhando a palavra com um giro pesado. Aurora teria perguntado sobre o que o novato estava falando, exceto que seu tom indicava que ele havia passado da disciplina para algo mais perigoso. — Você está vendo isso?

Aurora acompanhou seu olhar, embora estivessem em lados opostos do elevador em descida. Os tubos azuis agora subiam ao lado da plataforma, colocando os dois membros da Sever entre seus túneis aqua gêmeos. Rovo olhava para o que estava mais próximo dele, para um ponto a dois metros de altura e contando acima de sua cabeça.

O tubo, ali, parecia piscar. Sombras negras passavam rapidamente pelo que deveria ser água perfeita.

— Mova-se! — gritou Aurora, erguendo seu rifle, mas segurando o disparo. Ela não podia simplesmente atirar nos tubos, o que poderia causar uma ruptura que destruiria o espigão, afogaria a todos ou algo ainda pior. — Trajes!

Rovo passou no primeiro teste. O novato se abaixou para o lado, suas mãos alcançando e sacando a arma de foice de duas peças que ele carregava desde Wexer. O glitch preto se moveu, suas linhas cortantes caindo e aterrissando, com um baque apropriado, na plataforma.

Havia seis trajes no *Nautilus*. Dois foram despedaçados por Gregor, mas os outros quatro, um dos quais Vana havia usado para sair, provavelmente chegaram até aqui. Sai disse que encontrou um queimado na ilha, um golpe de sorte. O que deixava três.

Rovo balançou a foice em direção ao som, a extremidade em gancho atacando, enquanto, com um movimento de pulso, o novato fez a metade da barra se estender em um escudo elegante, ainda que fino. Aurora ajustou sua mira, mas o traje ainda tinha os tubos condutores de água do outro lado, tornando um tiro errado fatal. O piloto do traje bloqueou o golpe de Rovo com uma longa e grossa faca, as mesmas lâminas que eles tinham no *Nautilus*.

Aurora moveu-se para a esquerda enquanto Rovo caía em uma postura defensiva, bloqueando mais do que atacando. Seu oponente parecia adotar uma abordagem calculada, atacando com estocadas e cutiladas para testar os reflexos de Rovo, em vez de pressionar em uma tentativa frenética de equilibrar as probabilidades sendo em menor número.

O que significava...

Já se virando quando o segundo *baque* soou, Aurora mais uma vez sacrificou seu rifle para bloquear o ataque de um inimigo, este um golpe cortante em direção ao rosto de Aurora. O rifle levou o golpe no centro, dividindo o pacote de energia da arma e liberando o gás ionizante, inofensivo, no ar. A faca ficou presa nas entranhas do rifle, e Aurora arrancou a grande arma, jogando ambas as armas no chão, onde a faca, comprando-se no mesmo tecido que o traje de onde veio, filtrou-se em preto para combinar com o solo da plataforma.

— Realmente odeio essa tecnologia — murmurou Aurora, saltando para o espaço de onde o corte tinha vindo.

Sem os tubos azul-brilhantes por trás, o traje não se revelava, e o salto de Aurora errou. Aurora não tinha atacado, simplesmente, nada por tanto tempo que a momentânea sensação flutuante pareceu solta, estranha, antes de terminar com um golpe duro seguido de rolamento na superfície do elevador. Pressionando as mãos no chão para parar o deslizamento, Aurora então jogou seu braço esquerdo de volta em direção ao centro da plataforma, onde ela esperava que o traje tivesse se movido.

Uma segunda faca cortou, atingindo o braço de Aurora e deixando um sulco em sua armadura. A viseira brilhou em vermelho com a ameaça, travando no traje e dando a Aurora um alvo para mirar. Gregor havia mencionado a assistência em sua própria batalha no *Nautilus*, e agora Aurora via o destaque vermelho como sua única chance de combater seu oponente invisível.

Voltando aos seus pés, Aurora sacou sua própria faca longa, a lâmina refinada destinada como último recurso para um soldado da DefenseCorp que tivesse esgotado sua munição. Ela tinha pistolas, mas os malditos tubos impediam Aurora de voltar às armas de energia. Em vez disso, ela atacou diretamente à frente, uma estocada que teria acertado o traje no estômago se a mesma faca não tivesse voltado para desviar.

O movimento deu à mão esquerda de Aurora a oportunidade de dar um soco impulsionado cineticamente, que o traje invisível fez o melhor para esquivar. Um soco normal, em velocidades humanas normais, teria voado bem acima do traje agachado, mas um lançado a uma taxa mais rápida do que a biologia sozinha permitiria pegou o traje no meio do movimento. Aurora sentiu o impacto estremecer pelo seu braço, ouviu os estalos rolantes enquanto seu alvo quicava pelo chão.

E viu aquela doce segunda faca voar e se cravar na parede do espigão, caindo fora de alcance enquanto a plataforma descia. Aurora a ignorou, avançando e pegando a primeira faca do chão, sua camuflagem fazendo com que Aurora a pegasse pela lâmina. Ela ignorou os cortes em suas luvas, virou a arma e avançou na direção do inimigo marcado pela viseira para dar o toque final.

— Uma ajuda aqui? — gritou Rovo, desviando a atenção de Aurora para sua direita.

O novato havia perdido seu escudo, a coisa deitada no elevador à esquerda do novato. Rovo trabalhava sua arma com gancho para frente e para trás, tentando manter o que pareciam duas facas à distância. A estratégia da armadura potencializada de Rovo não estava funcionando muito bem, com sulcos profundos e algumas partes soltando faíscas espalhadas por seu peito e cintura.

Segurando sua faca roubada, Aurora deixou que sua viseira encontrasse o outro lutador. Com um arremesso forte, Aurora lançou a faca contra o alvo, assentiu quando a lâmina se cravou nas costas do traje, fazendo-o tropeçar. Rovo deu um chute forte, derrubando o inimigo no chão.

— Obrigado — disse Rovo, plantando uma bota sobre o traje enquanto Aurora imobilizava o seu com uma chave de cabeça. — Aparentemente eu preciso de mais treinamento corpo a corpo.

— Você precisa de muitas coisas — respondeu Aurora, então voltou sua atenção para os cativos.

Ou melhor, teria voltado, exceto que o elevador chegou ao fim, encaixando-se na base do espigão. Esperando por eles, com armas em punho, estavam vários outros agentes. Entre eles, com os braços cruzados e um olhar fulminante, estava a razão do ataque: a própria Vana.

— Toda vez que vejo você, espero que seja a última — disse Vana. — E toda vez, não é. Vamos mudar essa tendência, sim?

VINTE E DOIS

DESCENDO E SUBINDO

Dez níveis abaixo, Sai saiu da cápsula com sua katana erguida, pronto para qualquer coisa.

Exceto comida.

A cápsula o tinha levado a uma estufa, um nível repleto de plantas bombeadas com tantas proteínas fertilizantes que as coisas ocupavam cada centímetro disponível. Da plataforma da cápsula, Sai podia ver os corredores, monitorados por robôs rolantes que cortavam e colhiam frutas, ervas e vegetais. Uma névoa leve preenchia o ar, garantindo que as plantas não ficassem com sede. Nenhuma alma viva à vista.

— Então nada de emboscada — disse Sai, abaixando sua katana enquanto continuava olhando ao redor.

Nenhum agente apareceu para atacá-lo, nenhum perigo surgiu para acabar com sua vida.

Levantando seu bracelete, Sai digitou uma mensagem para Eponi e Gregor, perguntando para onde as cápsulas deles os haviam enviado. Parecia óbvio que alguém com acesso às cápsulas havia confundido seu trânsito, mas a questão agora era: por quê? O que eles ganhavam enviando Sai para o andar de frutas e vegetais?

Sai balançou a cabeça. Não era problema dele tentar descobrir isso. Ele se virou para a direita, pronto para voltar a uma cápsula que subisse, e viu o motivo. A plataforma que ia para cima estava toda coberta de fita adesiva, com sinais indicando que a doca de carregamento estava instável. Rachaduras no tubo de vidro atrás da fita mostravam que não era mentira. Alguém deve ter estragado um trabalho de carregamento.

A fita respondia por que Sai havia sido enviado para lá. Um atraso. Mais tempo para Vana chegar à sua nave e decolar do planeta. Eponi e Gregor provavelmente estavam enfrentando problemas próprios.

Ele precisava se mover.

Deslizando o dedo em seu bracelete, usando o acesso que Raquel havia dado a cada um deles, Sai navegou rapidamente pelo mapa do andar do seu nível. As escadas, naturalmente, ficavam na extremidade oposta do nível. Parece que ele teria que fazer uma caminhada e talvez pegar um lanche no caminho.

A marcha pela estufa não foi exatamente desagradável. Passando tanto tempo no espaço, Sai raramente via plantas em qualquer forma de florescimento natural. Estas eram exuberantes, felizes. Dynas tinha vida selvagem, é verdade, mas aquele planeta era um lamaçal pantanoso com a morte espreitando a cada passo. Muito mais fácil apreciar uma flor ou duas com chão firme sob seus pés e robôs inofensivos passando por perto.

Sai sentia a urgência — realmente, ele sabia que precisava continuar se movendo — mas Vana não estaria usando truques como esse se tivesse uma resposta eficaz para o ataque de Sever. Esta manobra não atrasaria Sai mais do que alguns minutos, então ou Vana estava desesperada e usando qualquer recurso que tivesse, ou...

Ele afastou um galho de macieira que se estendia e começou a correr. Vana tinha separado o grupo Sever, com certeza, mas Eponi e Gregor estariam fazendo exatamente o que Sai estava: tentando voltar para a nave. Se Vana tivesse enviado cada membro do Sever para um nível diferente, então cada um poderia voltar em momentos separados. O que teria sido uma luta difícil para os agentes de Vana com o trio junto poderia ser uma batalha fácil com cada um chegando em turnos separados.

Sai verificou novamente seu bracelete ao chegar ao lado oposto do nível. Nenhuma resposta.

Nada bom.

A porta da escada não tinha fechadura, embora a entrada tivesse uma placa útil sugerindo as cápsulas em vez dos muitos degraus que subiam e desciam. Além da placa estavam as próprias escadas, degraus rasos com saliências de concreto e apresentando a marca brilhante da água. Pingos e gotas soavam por toda parte, e Sai sentiu uma espirrar contra sua cabeça enquanto entrava.

Salinity, aparentemente, não se importava muito com suas escadas e com os vazamentos que poderiam entrar ali.

Não que isso importasse. Sai tinha sete níveis para subir antes de chegar ao seu destino. Escalando o primeiro conjunto, pulando dois degraus por vez enquanto sua katana balançava em suas costas, Sai considerou abrir passagem para o próximo nível e pegar uma cápsula. Isso, porém, poderia levar ainda mais tempo, e quem sabia o que o próximo nível poderia ser: um encontro com um guarda de segurança surpreso ou um robô encarregado de manter afastados os visitantes não autorizados poderia tomar mais tempo do que Sai gostaria de perder.

Três níveis depois, Sai e sua frequência cardíaca se arrependeram de sua decisão.

Dois níveis depois disso, ofegante e pisando forte nos degraus molhados, Sai quase esbarrou na pessoa que o esperava no próximo patamar.

O homem tinha um largo sorriso no rosto, roupas largas que sugeriam muita perda de peso sem um novo guarda-roupa, e uma pistola na mão.

— Você está atrasado — disse o homem, ergueu a arma e atirou.

Normalmente, degraus molhados seriam um perigo à segurança. Normalmente, Sai consideraria os tolos que deixaram seu caminho para cima se tornar tão perigoso como, bem, tolos.

Os tolos salvaram a maldita vida de Sai.

Ver o homem, com o foco de Sai tão completamente em mover-se de um degrau para o próximo, assustou Sai a ponto de ele dar um solavanco que fez suas pernas escorregarem. Sai caiu para trás, o laser brilhando sobre sua cabeça contra a parede da escada atrás dele. O escorregão que preservou sua vida cobrou sua vingança meio segundo depois, quando Sai bateu nos degraus, sua katana proporcionando um primeiro contato terrível. A pancada tirou o fôlego de Sai, embora ele mal tivesse tempo de considerar isso antes que seu peso o empurrasse de volta pelos degraus, derrubando-o em um monte no patamar abaixo do homem.

Que riu, que gargalhou como se a queda de Sai fosse a coisa mais engraçada que ele vira o dia todo.

— Nunca vi uma esquiva assim! — gritou o homem, inclinando-se com as mãos nos joelhos, pistola para o lado. — Cair pelas escadas? Clássico. Simplesmente clássico.

Sai lutou contra objetivos concorrentes: descobrir por que ele continuava encontrando maníacos entre esses agentes e fazer seu corpo se mover novamente.

— Quer dizer — disse o homem, entre gritos ofegantes.

— Vana disse que você era o melhor dos melhores, mas aqui está você, como um figurante em um filme ruim. — Ele balançou a cabeça, enxugou lágrimas aparentes. — Quase me dá pena de fritar você, cara.

— Então não frite — disse Sai, recuperando fôlego suficiente para responder. — Quem está te forçando?

A mão esquerda de Sai, trabalhando na pistola em seu cinto, chegou mais perto do gatilho.

— Me forçando? — O homem olhou para si mesmo. — Eu estou me forçando, cara. Não tenho escolha! É como, se eu não conseguir a próxima dose, tudo vai para o inferno, sabe o que estou dizendo?

A próxima dose?

— Não, não sei o que você está dizendo — respondeu Sai, continuando a trabalhar na pistola. Ele a tinha libertado do coldre agora, ainda mantendo-a escondida atrás das costas. Ele precisava orientar sua mão esquerda, pronta para tirá-la e atirar em um único movimento. — O que você quer dizer com dose?

O agente escorregou para um sorriso mais sutil, recuperando-se. Mirou aquela pistola novamente, e Sai atirou. O raio subiu pelas escadas, acertou o agente bem no peito. O agente olhou para o buraco fumegante, deu de ombros, e Sai atirou de novo, a mão esquerda trazendo sua própria pistola para uma mira melhor. O agente revidou, acertando Sai bem no colete.

Calor suficiente se espalhou para avisar Sai que o colete havia feito seu trabalho, que não deveria ser solicitado a fazer muito mais. O agente não teve tanta sorte: o segundo disparo de Sai atingiu um ponto sem volta, e o homem caiu no chão com força.

— Vou ter que agradecer à Raquel — murmurou Sai enquanto se levantava e começava a subir os degraus.

Salinity havia fornecido os coletes, depois que eles se opuseram a enviar Sai, Eponi e Gregor com armaduras completas. Pânicos na cidade toda eram ruins para os negócios. Eles chegaram a um acordo com o tecido absorvente de laser, que funcionava muito bem desde que os inimigos mirassem no peito e só acertassem algumas vezes. Dado o desempenho médio do Sever, Sai seria um homem morto em breve.

Sai olhou para o agente ao passar, tentando entender o que o homem estava dizendo. Falando sobre uma dose, e aquela risada, como alguém perdendo o controle... lembrava Sai de Abbad, o capanga de Renard e Vana. Sai teria considerado isso uma estranha coincidência, exceto que ele teve um encontro profundo e íntimo com um vírus não faz muito tempo.

Talvez Helix não tivesse parado. Talvez o sangue de Kaia não fosse o único brinquedo genético com que Vana brincava.

Sai subiu os últimos degraus correndo, com a pistola em punho e pronto para mais surpresas. Nenhuma interrompeu a jornada até o nível de salvamento, marcado por letras brancas rabiscadas na pesada porta. Nenhum cadeado neste, nada além de uma maçaneta comum. Posicionando-se de lado, Sai abriu o caminho lentamente, mantendo o volume da porta entre ele e o que estava além.

VINTE E TRÊS

A ESPIRAL

A cápsula foi até o fundo. Gregor observou o contador de níveis descer, as luzes ao redor do tubo e a frequência das paradas diminuindo à medida que a distância entre cada nível aumentava. Em algum momento durante a descida, a cápsula passou por baixo da superfície da água, uma sensação marcada por nada além de um indicador ao lado dos níveis: uma pequena linha d'água iluminada em azul.

Depois dos primeiros segundos se aclimatando à sensação de queda, Gregor fez a suposição razoável de que Vana e seus agentes haviam ajustado as entradas da cápsula do Sever, enviando-os para lugares diferentes. A questão agora era se esses lugares foram escolhidos com alguma razão específica ou aleatoriamente.

Difícil acreditar que um número aleatório escolheria o ponto mais profundo disponível.

Gregor manteve um aperto firme em seu martelo enquanto a cápsula se abria. Diferentemente das outras plataformas acima, esta tinha apenas dois tubos. Um subindo, outro descendo, ambos terminando exatamente onde Gregor estava, banhado por uma luz azul profunda, como se os designers daqui tivessem decidido explorar a vibração submarina. Não que muitas pessoas viriam ver isso.

A ponta de Kaiyo se estreitava até um final surpreendente. Gregor esperava uma pequena sala, talvez alguns consoles monitorando várias coisas que Kaiyo queria acompanhar. Em vez disso, a cápsula empurrou Gregor para um espaço que se abria como um cogumelo. Não era tão grande, mas era bonito.

O vidro reforçado se arqueava a partir da plataforma da cápsula, expandindo-se em uma câmara circular. Nesta profundidade, qualquer luz da superfície havia cessado sua jornada e se dissipado, deixando uma escuridão fracamente penetrada por diodos brancos suaves que entrelaçavam o vidro em padrões de linhas retas. Vida marinha, talvez atraída pelo calor da estrutura ou pela novidade da luz tão longe abaixo, aglomerava-se ao redor, nadando até a visibilidade e depois desaparecendo nas sombras.

Impressionante, de certa forma, e Gregor decidiu que não se importava realmente com o truque de Vana, nem que fosse apenas porque nunca teria visto isso.

Para além da vista do mar, entretanto, a câmara adotava propósitos mais funcionais. Uma escada demarcada oferecia a chance de descer ainda mais para qualquer manutenção necessária na âncora profunda de Kaiyo, que corria abaixo do solo de Gillane Quatro. Um console considerável fazia sua presença conhecida, agachado contra uma parede, com o logotipo da Salinity brilhando contra uma tela bloqueada. Uma máquina de venda automática de proteínas e água ficava no lado oposto, próxima a uma mesa, cadeiras e o que parecia ser um sofá que poderia se transformar em cama.

Alguém trabalhava em turnos aqui embaixo, mantendo controle sobre o fundo absoluto.

Gregor deixou seu martelo escorregar de suas mãos, batendo a cabeça no chão. Sem uma ameaça imediata e sem qualquer outra maneira de deixar este nível, Gregor foi até a chamada da cápsula de subida e parou sobre ela.

Tarde demais. A cápsula em que ele havia estado girou e subiu antes que Gregor chegasse, desaparecendo em direção à superfície. Quem sabe quanto tempo ele teria que esperar até que outra fizesse a viagem até tão longe abaixo.

Enquanto o som do martelo de Gregor se dissipava, uma resposta ecoou vinda da escada. O bater constante de pés nos degraus. Os sons misturados levaram Gregor a pensar que poderia haver mais de uma pessoa subindo, possivelmente várias. Considerando o sofá único aqui embaixo, fazia sentido que a Salinity tivesse apenas um trabalhador solitário tão longe abaixo por vez.

O que significava que as chances não eram zero de que algo estivesse errado.

O que significava que Gregor deveria pegar seu martelo e ir para um lugar melhor.

Deixando o ponto da cápsula, Gregor foi para o lado oposto da escada, esperando onde qualquer pessoa subindo os degraus deveria estar de costas. Como a escada afundava diretamente no chão, apenas um leve gradil de metal servia para separar Gregor de seu alvo que se aproximava, e o homem grande poderia dar um golpe de martelo sobre esse gradil sem problemas.

No entanto, quando chegou a hora, quando apareceu um mop desgrenhado de cabelos loiros irregulares, Gregor não balançou. A oportunidade suculenta passou porque Gregor viu o uniforme carmesim da DefenseCorp, com as barras pretas marcando uma carreira de agente. Isso sozinho não teria detido o golpe, exceto pelo fato de que o uniforme pendia nos ombros do homem em farrapos, e por baixo havia algo que deixou Gregor paralisado.

Você não esquece uma visão como a de Felix.

O outrora humano, em Dynas, tinha sido um primeiro tipo de sucesso para o trabalho viral que acontecia lá. Gregor nunca entendeu exatamente o objetivo, mas Felix havia sido isolado nas profundezas do pântano do planeta, onde o homem havia suportado testes e sido mantido vivo enquanto a mutação viral reconfigurava seu corpo. Felix tinha sido capaz de espalhar o vírus para guardas e outras pessoas que cometeram o erro de chegar perto dele, e a marca dessa propagação vinha em crescimentos escuros e pulsantes ao longo das vítimas.

Marcas que pareciam muito semelhantes ao que ele via agora.

Quando Gregor viu Felix pela última vez, o homem era uma casca esvaziada pela infecção. O vírus, como Felix disse, comia e comia e comia até que nada restasse. Naquela época, Gregor havia balançado o martelo e libertado Felix de seu tormento.

Desta vez, ele faria algumas perguntas primeiro.

— Pode parar aí — disse Gregor quando o homem se aproximou do último degrau. Atrás do homem, uma segunda pessoa, desta vez uma mulher e parecendo ainda pior, seguia, curvada. — Mais um passo e será o seu último.

— Como se isso fosse uma ameaça — o homem falou como um assobio através de cascalho. — Você não pode esperar que os condenados se importem com uma partida antecipada.

Então, como se achasse suas próprias palavras hilárias, o homem soltou uma risada seca. A mulher, abaixo, juntou-se a ele, sua voz tão fraca quanto um sussurro.

— Porque vocês estão infectados? — perguntou Gregor.

— É tão óbvio agora? — O homem se virou, desafiando Gregor a golpear, e quase caiu pelas escadas. Com uma mão, o homem se segurou na parede da escada, lançando um olhar para Gregor como se dissesse, não é divertido? — Só dois dias desde que nos cortaram. Dois dias, e é isso que acontece.

Gregor deixou seu martelo em sua mão esquerda e sacou sua pistola com a direita. Ele não via uma arma no homem, e a mulher, que havia caído de quatro nos degraus, não parecia capaz de nada perigoso.

— Quem cortou vocês? — perguntou Gregor. — E por que vocês estão aqui?

O homem, aparentemente decidindo que ficar em pé exigia muito esforço, sentou-se no degrau de cima e inclinou a cabeça na direção de Gregor. Sob o queixo do homem, dominando seu pescoço, havia outro crescimento, preto e contorcendo-se. O estômago de Gregor revirou. Ele não temia a morte, mas isso?

— Você é aquele que devemos atacar — disse o homem, acenando para o martelo de Gregor. — Mate você, disse Vana, e conseguiríamos nossas doses. — Outra risada, ofegante e curta. — Como se fôssemos viver tanto tempo, mesmo que você fosse gentil o suficiente para morrer por nós.

Um som de sopro chamou a atenção de Gregor para além do homem, de volta para os tubos da cápsula. Seu chamado havia sido atendido, e uma nova cápsula estava esperando. Gregor poderia abandonar esses dois, voltar para cima, onde Eponi e Sai poderiam precisar dele. A missão chamava.

Mas, assim também chamava a memória de Felix e do homem. Havia respostas esperando aqui, que Gregor poderia nunca encontrar se saísse agora.

— Eu já vi sua infecção antes — disse Gregor, optando pela verdade crua. Esses dois estavam longe demais para quaisquer jogos. — Em Dynas. Aquele não viveu muito.

— Helix — respondeu o homem enquanto a mulher, rastejando lentamente, veio para o seu lado nos degraus. — Uma fachada, mas uma grande. Renard tinha convencido tantos de que os avanços estavam quase lá. Um ambiente controlado, livre para testar.

— Três anos — disse a mulher, e Gregor teve que se concentrar para ouvir sua voz. — Três anos estivemos lá. Observando, rastreando, protegendo Anaskya e seu trabalho. É isso que recebemos?

— Renard prometeu que nunca mais teríamos que nos preocupar com dinheiro — disse o homem. — Se Helix funcionasse bem, a DefenseCorp teria um suprimento interminável de soldados fanáticos e invencíveis. Nenhum planeta poderia resistir. Aqueles de nós na linha de frente, que trabalharam com ele, seriam recompensados.

— Uma falsa promessa — acrescentou a mulher.

— Eu não acho — respondeu o homem, franzindo a testa para ela. — Renard acreditava nisso. Acho que ele teria feito isso, também, se ela não tivesse aparecido.

Gregor bateu seu martelo no chão, virando as duas cabeças de volta para ele.

— Você quer dizer Vana? — Eles assentiram, devagar e juntos. — Quando ela chegou?

Os dois se olharam, então voltaram a olhar para Gregor.

— Depois do *Nautilus*. Renard estava desesperado, e Vana tinha as respostas para todos nós. Ela disse que você estaria seguindo, e que tínhamos que nos preparar. Tínhamos que ser mais fortes.

Semanas haviam passado entre a luta no *Nautilus* e a chegada de Sever em Gillane Quatro. Tempo mais que suficiente para mudar de estratégia, para Renard e Vana convencerem seus agentes de que este era o caminho a seguir. No entanto, Gregor precisava encontrar uma peça que faltava.

— De onde veio o vírus? As doses? — perguntou Gregor. — Eles não estariam no *Nautilus*.

— Como você sabe? — respondeu o homem. — Aquele navio é grande. Muitos segredos lá.

— Eu sei — disse Gregor. — Deepak não permitiria um contágio como o seu em seu navio.

O homem deu de ombros, mas a mulher se inclinou para frente, quase caindo pelas escadas.

— Prometa-nos e eu te direi.

— Prometer o quê?

— Já cuidamos do pobre homem que vivia aqui embaixo. Isso foi há horas. Precisaremos de mais, em breve, e as únicas pessoas aqui somos nós mesmos — disse a mulher. — Fizemos a escolha errada e sofremos o suficiente. Por favor. Faça o que você veio fazer.

— Ninguém deveria ter que machucar aquele que ama — disse o homem, apoiando-se na mulher. — Nem mesmo nós.

Se havia simpatia a ser encontrada pelos dois agentes, Gregor não foi procurá-la. O par havia tomado inúmeras decisões que os levaram a este ponto, incluindo anos em Helix. Um único dia naquele planeta, naquela cidade amaldiçoada, deveria ter revelado seu erro.

Mas Gregor poderia trocar misericórdia por informação.

— Vocês obterão o que merecem — disse Gregor. — Agora expliquem.

Trabalhando juntos, já que ambos pareciam precisar de frequentes oportunidades para recuperar o fôlego interrompido, os dois pintaram uma história sombria sobre as consequências da insurreição fracassada do *Nautilus*. Várias centenas de agentes empacotados no grande transporte, logo acompanhados por Vana, Renard e seu refém. O fato de não terem tido sucesso com o *Nautilus*, que uma mensagem tinha sido enviada por toda a DefenseCorp alertando sobre levantes semelhantes, arruinou o que seria um triunfo de que vários trajes experimentais, junto com o conhecimento do paradeiro de Kaia, haviam sido capturados.

Um voo direto para Gillane Quatro teve uma interrupção que mudou tudo. Um interceptação com uma nave danificada, pilotada por um mercenário e carregando uma médica lamentável. Gregor sabia o nome antes que eles o dissessem, Anaskya tendo deixado uma mancha grande o suficiente em sua memória. Ela negociou seu conhecimento, e Renard providenciou envios rápidos dos remanescentes do trabalho de Helix em Dynas para encontrar o transporte em órbita sobre Gillane Quatro.

Mas as injeções foram ideia de Vana. Renard levou Anaskya para alguma outra instalação, junto com o processo de fabricação dos trajes. Preparando-se para quando os agentes capturassem Kaia.

— Vana, no entanto, estava conversando com seu homem, o refém — disse a mulher, chegando ao fim da história. — Ele continuava dizendo a ela que não tínhamos chance. Que seríamos dominados. Então ela nos disse, e assim acreditamos que o grande segredo de Helix tinha sido seu sucesso, e seríamos os primeiros a introduzi-lo na galáxia.

— Olhe para nós — o homem riu. — E maldito seja o riso. Um efeito colateral, aparentemente, das doses que nos mantiveram vivos por tanto tempo. Tanto poder, e agora Vana nos joga para nossas mortes.

— Ela calculou mal — disse Gregor, erguendo o martelo

e contornando a escada. Ele ouviu o que precisava ouvir, e agora sua parte do acordo seria cumprida. — Nenhuma droga pode substituir a habilidade.

— Ainda não — disse a mulher, aproximando-se mais do homem. — Mas amanhã? Talvez.

— Prontos? — disse Gregor, em posição.

O abraço deles serviu como resposta.

VINTE E QUATRO

PANCADAS

A agente sorridente disse que queria jogar um jogo. Para Eponi, esse jogo começou e terminou rapidamente, com um chute afiado na cabeça e um período de inconsciência que concluiu com Sai subindo sorrateiramente pela rampa de embarque. A desorientação se misturava com o zoológico de dores que percorria seu corpo, uma coleção de golpes que tiravam o fôlego e que Eponi só conseguia desviar focando em Sai.

Mas ela tinha sido muito lenta. Seu aviso, tarde demais.

Agora Sai estava de costas para Eponi enquanto os agentes subiam pela rampa para fazer com ele o que acabaram de fazer com ela. Ela precisava ajudar o espadachim e, para alguma surpresa, Eponi descobriu que suas mãos não estavam algemadas. Ela não estava amarrada ao sofá, mas deitada ali como se a agente, arrependida da surra, tivesse colocado Eponi para se recuperar.

Improvável.

O primeiro rosto fez sua entrada acenando com um grande cano de metal, uma barra corroída verde-preta que deve ter canalizado o refrigerante de uma nave em sua vida passada. Eponi não conseguia distinguir muito além do corpo de Sai bloqueando sua visão, então tentou se sentar.

Péssima ideia.

Algo revirou em seu estômago quando ela fez o movimento, mais hematomas se revelando, e os olhos de Eponi saltaram enquanto ela tentava manter seu interior no lugar.

— Não se mova — disse Sai, enquanto guardava a pistola e mudava a katana para uma posição de prontidão. — Eu cuido disso.

Na maioria dos dias, Eponi resistiria à ideia de Sai precisar fazer qualquer coisa por ela, mas hoje? Agora? Ela não se importava em dar sinal verde para Sai. Valor e vaidade e todo o resto poderiam esperar até que suas entranhas não se sentissem como frutas podres se desfazendo.

Além disso, se esses dois realmente viessem para cima de Sai com sucata como armas, ele não precisaria de ajuda.

Sai parecia pensar o mesmo, porque ele simplesmente perguntou aos agentes que se aproximavam o que estavam fazendo.

— Estranho abordar um alvo sem disparar um tiro — disse Sai, alto o suficiente para ser ouvido até o final da rampa. — Qual é o seu plano?

— As regras são claras — respondeu o homem que empunhava a barra, ainda se aproximando. — Só conseguimos as doses se não danificarmos a nave.

Eponi tentou entender qual "dose" possível poderia fazer alguém se aproximar de Sai e sua katana erguida enquanto o homem da barra fazia seu movimento. O agente saltou pelo último metro da rampa, pousando com um golpe baixo em direção aos joelhos de Sai. O espadachim se moveu para bloquear, descendo a katana e interceptando a barra. A sucata resistiu melhor do que o imaginado, suportando o golpe e prendendo o fio da katana em suas rebarbas irregulares.

Puxando a barra de volta, o agente arrancou a katana do aperto de Sai, abriu o rosto num sorriso presunçoso, apenas para receber um soco da mão livre de Sai. O golpe atordoou o agente, e Sai continuou o ataque com um golpe descendente na mão que segurava a barra, derrubando a arma e sua espada no chão. Antes que Sai pudesse prosseguir, como se a batalha na rampa da nave tivesse se transformado em um jogo de carnaval, um agente diferente substituiu o vacilante portador da barra. Eponi reconheceu este, o agente que a chutara até a inconsciência.

Se o primeiro agente entrou pesado com a barra, este empregou sucata menor. Lâminas, talvez com meio metro de comprimento cada, foram empurradas em direção a Sai e pegaram sua jaqueta, rasgando o colete por baixo. Sai recuou, fingiu alcançar a katana, ainda presa à barra, e atraiu o agente de armas duplas para uma forte estocada adiante onde Sai deveria estar.

O golpe no vazio trouxe o agente para o último degrau da nave, colocou todo o seu corpo em posição quando Sai sacou sua pistola, inclinou a cabeça e atirou. Uma, duas vezes, e o agente, parecendo chocado demais para falar, caiu para trás e despencou da rampa. Em vez de prosseguir, Sai foi até o painel de controle próximo, batendo nele e fechando a rampa bruscamente.

— Bons movimentos — disse Eponi enquanto a nave se selava, sem mais agentes se atrevendo a entrar.

— Luta suja — Sai puxou sua katana da barra e examinou a lâmina.

— Com uma vitória limpa e clara — respondeu Eponi.

Novamente, ela tentou se mover para fora do sofá. Novamente, a náusea e a dor quase a nocautearam, mas quando Eponi se colocou sentada, ela encontrou algo para se agarrar. Um degrau acima de um lago de ácido borbulhante, mas um degrau, de qualquer forma.

— Você está bem? — perguntou Sai, observando-a com olhos preocupados.

— Super bem — respondeu Eponi, dirigindo os olhos para o chão de metal da nave. Vana não queria que a nave ficasse suja, mas... — Ei, se importa de verificar se tem, tipo, alguma coisa nesta nave?

— Certo — disse Sai — exceto que não sei quanto tempo vamos aguentar. Eles podem conseguir abrir a rampa de lá fora.

— Me dê sua pistola. — Eponi estendeu uma mão mole. — Se eles abaixarem, eu atiro neles.

— Aham. — Sai, no entanto, fez como Eponi sugeriu e entregou a arma. — Não morra na minha frente.

— Ah, não vai ser na sua frente. Não se preocupe.

Sai forçou uma risada, deslizou a katana na bainha e saiu pisando forte pela nave para encontrar, com sorte, algo com drogas que pudesse colocar Eponi de volta em algo próximo da forma de jogo.

Drogas, doses. O agente falou sobre as doses como se fossem dinheiro, mas melhor. Estar disposto a arriscar sua vida, um negócio único, por uma dose significava que o que Vana estava preparando era grande.

Inferno, pelo jeito que se sentia, talvez Eponi pudesse colocar as mãos em algumas. Dar uma levantada.

Especialmente com a rampa apitando, sinalizando um desbloqueio externo. O movimento de pânico de Sai tinha lhes comprado alguns minutos, nada mais.

— Ei, parceiro — chamou Eponi, odiando como as palavras queimavam sua garganta machucada. Os agentes tinham tornado sua coisa favorita – fazer piadas – miserável, e isso simplesmente não serviria. — Como está essa busca?

Sai apareceu como se invocado, voltando à câmara central e lançando uma careta para a rampa enquanto ela começava a deslizar para baixo novamente. Suas mãos seguravam um kit de primeiros socorros padrão, bom para cortes e o ocasional enjoo espacial.

— Tem alguns analgésicos aqui — disse Sai. — Não muito mais que possa ajudar.

— Me dá — respondeu Eponi, e Sai obedeceu.

Renard devia ser um daqueles que desaprovavam os prazeres anestésicos da medicina moderna. O kit tinha a menor quantidade de coisas boas que Eponi já tinha visto, mas ela se virou engolindo algumas pílulas para amortecer os nervos enquanto Sai se colocava em perigo. O efeito não seria instantâneo, mas Eponi poderia ser capaz de ficar de pé antes que os agentes matassem os dois.

— Acha que eles vão subir em fila indiana de novo? — perguntou Eponi.

— Só podemos esperar.

Em vez disso, ninguém apareceu. A rampa desceu, tocou o chão, e o painel de controle apitou de acordo. Saída, entrada, ambas estavam liberadas e nenhuma parecia estar acontecendo.

Ainda no sofá, segurando a pistola, Eponi fez sinal para Sai se afastar, encostar as costas na parede interna da nave, liberando sua zona de tiro. Se os agentes lá embaixo quisessem esperar a dupla da Sever, bem, Sai e Eponi podiam esperar.

Fazer eles virem até nós? Sai sinalizou, usando os sinais de mão que a Sever desenvolveu ao longo dos anos.

Eu não vou até eles, respondeu Eponi, desejando que a linguagem de dedos tivesse um vocabulário mais amplo para que ela pudesse colocar os palavrões apropriados onde pertenciam. Eponi calculou que suas chances de ficar de pé sem cair de cara eram catastróficas, então não havia chance de um êxodo heroico.

Sai pareceu entender e se posicionou. Lá fora, vozes subiam pela rampa. Conversas entre vários agentes, rápidas e se misturando de vez em quando com aquela estranha risada. Poucas coisas amplificavam mais as vibrações sinistras do que pessoas tramando sua morte e rindo enquanto faziam isso. Minutos se passaram, a conversa continuou, e Eponi atingiu seu limite.

— Vocês vão entrar ou não? — Eponi gritou através da porta. — Estou ficando entediada aqui em cima!

Em resposta, duas pequenas cápsulas escuras saltaram pela rampa. Qualquer soldado da DefenseCorp que tivesse passado mais de uma semana na companhia saberia o que essas cápsulas significavam. Eponi fechou os olhos com força, tentou levar os dedos aos ouvidos.

As granadas de luz e som fizeram seu trabalho. Ferramentas testadas e comprovadas que existiam muito antes de Eponi presentear a galáxia com sua presença viva, as malditas coisas ganharam seu mérito brilhando através de seus olhos fechados, estourando seus ouvidos com tanta força que sua cabeça já tonta zumbia. Incapaz de manter qualquer compostura real com seu corpo em modo de pânico, Eponi caiu para frente, saindo do sofá e batendo com força no chão de metal da nave.

A queda salvou sua vida.

Com os ouvidos zunindo, os olhos cegos, Eponi não podia ouvir, não podia ver. Ela podia, no entanto, sentir. Tremores percorreram o chão e tocaram seus dedos enquanto pés batiam na rampa. Eponi rastreou esses tremores, apontou a pistola na direção deles e esperou que não estivesse prestes a atirar em Sai.

Ela puxou o gatilho. Uma, duas, três vezes. Os flashes da pistola se somaram à dor colorida atrás de seus olhos, mas Eponi sentiu o baque mais pesado quando o corpo de alguém atingiu o chão. Antes que ela puxasse o gatilho uma quarta vez, porém, a pistola deixou suas mãos, deslizando pelo chão. Um pé pisou forte em seu braço esquerdo, e Eponi sentiu um osso quebrar. Dor aguda, um grito, e apenas a adrenalina, apenas os analgésicos que havia engolido, a impediram de cair na escuridão total.

Olhando para cima, seus olhos voltando ao foco cinzento, Eponi viu o agente sobre ela. O homem tinha aquele sorriso largo, o pé plantado, e o que parecia uma sombra escura crescendo em seu pescoço. O agente brincava com uma faca de combate, segurando-a com as duas mãos para mergulhar nas costas de Eponi. Ela não conseguia colocar as pernas em posição para um chute, e deitada sobre o peito, braço preso sob a perna do agente, não dava a Eponi muitas opções.

— Não se mova agora — disse o agente, esfaqueando para baixo.

Eponi se enrodilhou. Rolou para o lado, ofegando com a dor lancinante de seu braço esquerdo quebrado, e levou a faca no lado. O golpe, uma estocada certeira em um inimigo que não deveria esquivar, cortou a seção média de Eponi, mas não foi profundo, pegando principalmente roupas em seu caminho até o chão. Eponi continuou se movendo, colocando a mão direita na perna esquerda do agente, usando o puxão como alavanca para derrubar o agente.

Esse movimento não teria funcionado se o homem estivesse em terreno plano, mas o braço de Eponi, mesmo quebrado, não fornecia estabilidade. O agente caiu para trás, batendo com o traseiro no chão. Atrás dele, Eponi viu Sai, desarmado, lutando com outro par. Eles também pareciam estar trabalhando com facas, tomando cuidado para não danificar a nave sagrada de Vana.

Eponi também viu sua pistola, caída a alguns metros de distância no chão. Empurrando com os pés, Eponi se arrastou em direção a ela, arrastando seu braço dolorido junto. O agente se levantou, rindo o tempo todo, e a perseguiu. Eponi tentou dar um chute enquanto rastejava, mas o homem não foi enganado desta vez. Ele passou por ela, abaixou-se e pegou a pistola escolhida. Virou a empunhadura e empurrou Eponi com ela, um golpe que fez sua visão embaçar.

Um golpe que esgotou Eponi. Suas baterias acabadas, sua corrida terminada. Ela tentou se mover, tentou encontrar o esforço para continuar lutando enquanto o agente levantava a faca novamente. Seu corpo não respondia, não conseguia escalar aquela montanha sobre a dor, o choque, a sobrecarga. Como um kart que tinha sido jogado através de uma manobra a mais.

Um baque pesado ondulou pela nave, percorrendo os dedos de Eponi. Reforços, talvez. Condenando Sai também. O agente, no entanto, pausou em seu golpe fatal, o rosto se virando em direção à rampa, o sorriso se transformando em uma careta. Eponi também teria se virado, exceto que seu pescoço não parecia querer funcionar daquela maneira mais.

— Não. — Uma palavra, mais rosnada do que falada.

A esperança de Eponi encontrou uma faísca ali. E quando o martelo assobiou, esmagando o agente e levando sua ruína para o canto distante da sala, a esperança de Eponi encontrou uma chama.

Ela desmaiou um segundo depois, para os sons absolutamente doces, doces de Gregor fazendo o que ele fazia melhor do que qualquer um.

VINTE E CINCO

A ESCALADA

Para um momento de triunfo, derrotar os dois soldados na torre certamente não durou muito. Rovo, saindo de uma tentativa relativamente estável de usar a foice, passou rapidamente da vitória entusiasmada à raiva latente quando Vana e seu círculo de amigos apareceram, pistolas em punho, ao redor do elevador que havia descido.

A armadura de energia de Rovo deu a ele um contorno quase sólido em vermelho sobre sua visão, destacando as ameaças potenciais literalmente em todas as direções, exceto diretamente acima. Infelizmente, a armadura não permitia que ele voasse. Também infelizmente, Aurora parecia estar negociando com a sequestradora de Kaia.

— Entregue a menina e deixaremos vocês irem — dizia Aurora, ainda mantendo, como Rovo, seu oponente de armadura que ela havia imobilizado no chão. — Vocês já têm o que precisam dela.

— Uma declaração ousada quando temos vocês cercados — respondeu Vana. — Proponho uma troca diferente: vocês nos deixam sair deste mundo com a menina, e nós deixamos vocês manterem suas vidas.

A oferta pareceu um tanto estranha para Rovo: por que Vana simplesmente não eliminaria os dois Severs ali e agora, para depois negociar com Salinity, que seria uma entidade mais neutra em todo o caso? Raquel já havia declarado que seu objetivo principal era evitar que mais cidadãos de Gillane Quatro morressem no conflito. Ela seria maleável.

Mas talvez Vana não soubesse disso.

— Você ouviu minha oferta — retrucou Aurora. — Isto não é uma negociação.

Vana suspirou.

— Então você está disposta a morrer pela menina?

— Eu estou — manifestou-se Rovo. — Como Aurora disse, vocês não precisam mais dela. Por que estão fazendo isso?

— Uma apólice de seguro. — Vana parecia querer continuar, mas seu comunicador de pulso vibrou. Desta vez, o suspiro foi mais profundo que antes. — Mas parece que meu seguro não é tão bom quanto já foi. Talvez, Aurora, eu aceite sua proposta.

Rovo piscou. Ele não esperava essa reviravolta.

— Então onde está a menina? — disse Aurora. — Entregue-a, subiremos e sairemos, e depois vocês podem ir.

— Ela não está aqui — Vana indicou todos os agentes armados com pistolas ao redor. — Você acha que este é lugar para uma criança? Depois que fizemos as coletas, mandei levá-la. Depois que partirmos, enviarei as coordenadas para vocês a encontrarem.

— Como se pudéssemos confiar em você — disse Rovo.

— Como se vocês tivessem escolha — respondeu Vana, e Rovo odiava como Vana sempre soava tão calma. Como se tudo estivesse acontecendo de acordo com seu plano. — Proteste, lute, faça o que quiser, mas se quiser encontrar a menina, você precisará da minha ajuda.

Aurora olhou na direção de Rovo, e naquele rosto ele viu a resposta que procurava. O novato queria Kaia viva, queria que ela estivesse segura, mas não podia confiar em Vana. Não depois das armadilhas, das traições, da coerção contínua. Raquel e Salinity mantinham o planeta sob observação próxima. Os agentes não conseguiriam tirá-la, e Salinity rastrearia a criança sem muita dificuldade.

Rovo tinha que acreditar nisso, porque o inverso, deixar Vana ir agora...

— Estou apostando em outra coisa — disse Rovo.

— O quê? — perguntou Vana, e Rovo respondeu arremessando a faca roubada por cima da multidão ao redor.

A lâmina atingiu o grosso tubo que levava água através das bobinas de aquecimento. O vidro, projetado para resistir a terremotos e suportar calor, não foi construído para lidar com uma estocada direta de um objeto projetado para cortar armaduras. A faca perfurou, o tubo rachou e o jato começou.

— Botes salva-vidas! — o grito de Vana se sobrepôs ao pânico repentino quando a água fervente jorrou na câmara do elevador.

Duas portas, que levavam a algum lugar que Rovo não conhecia, ficaram congestionadas enquanto os agentes corriam para atravessá-las. Nenhum pensou em atirar em Rovo e Aurora. Nenhum pensou em ficar no caminho enquanto os dois Severs tomavam um caminho diferente.

Aurora fez o movimento mais rápido, saltando do soldado imobilizado para agarrar Vana enquanto a líder dos agentes corria para uma das portas. Quando Aurora agarrou o braço de Vana, o tubo de água rachou mais, o vidro cedendo com o jato, transformando-o em um dilúvio. A estrutura começou a tremer, os alarmes soaram e os agentes continuaram a fugir.

— Raquel? — Rovo gritou em seu comunicador de pulso, saindo de cima da armadura imobilizada e deixando que aquele agente também corresse para as portas. Com uma armadura daquelas, o homem nunca caberia em um bote salva-vidas de qualquer maneira. — Tire seu pessoal desta coisa!

— O que está acontecendo? — Rovo mal conseguia ouvir Raquel por causa do barulho.

— Pequeno problema com a torre! Fique atenta aos agentes saindo nos botes salva-vidas, eles precisarão ser recolhidos. Ou você pode simplesmente atirar neles.

— Rovo! — gritou Aurora, e o novato percebeu que a água na torre havia chegado aos seus tornozelos, crescendo rapidamente. — Hora de se mover!

A capitã Sever segurava Vana firmemente com o braço esquerdo, enquanto o direito de Aurora puxava o gancho de sua armadura e se preparava para lançá-lo para cima. Acima, a longa torre se estendia com suas luzes azuis – e agora vermelhas piscantes de alarme. Eles poderiam ter passado pelas saídas após os agentes e esperado que seus inimigos deixassem espaço para eles nos botes salva-vidas.

Improvável.

Então isso significava subir. Correndo contra a água.

Por um breve momento, Rovo considerou apenas nadar. Boiando na água enquanto ela subia. Esse pensamento morreu rapidamente quando seu visor o alertou sobre o aumento do calor em seus pés. Não era água fria do mar, mas líquido quase fervente superaquecido enquanto a torre cumpria seu propósito. Além disso, a torre havia sido danifi-cada. Circuitos potencialmente expostos. A qualquer momento, a poça crescente poderia se transformar em uma armadilha mortal eletrificada.

Legal.

Aurora saltou, lançando o gancho enquanto pulava. O gancho mordeu o tubo de água mais acima, cravando no vidro e segurando firme. Com o vazamento lá embaixo, mais água não jorrava da nova rachadura.

— Belo arremesso — disse Rovo, abaixando-se para pegar seu escudo-foice perdido debaixo d'água e encaixando-o em seu cinto. — Avise se precisar de ajuda.

— Apenas se mexa — Aurora gritou para baixo.

Em vez de usar o gancho, Rovo pegou sua faca de combate, colocou-a na mão esquerda, enquanto mantinha sua foice de gancho longo na outra. Ligando os propulsores cinéticos, Rovo saltou da piscina que já chegava aos joelhos e cravou suas armas na parede da torre. O metal, como o vidro, não havia sido projetado para resistir a golpes afiados, e as lâminas de Rovo penetraram bem.

Agora o novato tinha que fazer algo que nunca havia feito antes: escalar usando facas como mãos.

Rovo começou com a foice, um movimento brusco que o moveu um metro para cima. A faca de combate não oferecia um apoio tão profundo, e foram necessárias algumas estocadas para que a arma ficasse estável o suficiente para que Rovo colocasse algum peso sobre ela, mas ele se moveu. A armadura compensava seu próprio peso, fazendo o que podia para adicionar força de preensão.

Mesmo assim, Rovo sentiu como se estivesse levantando um caminhão.

Aurora, do lado oposto, adotou uma abordagem diferente. Uma que parecia, francamente, mais inteligente. Usando as presilhas das botas da armadura, Aurora prendeu suas pernas na lateral da torre, usando os próprios estabilizadores da armadura para ajudá-la a se sentar ereta, com Vana aninhada em seu peito, enquanto Aurora removia e então lançava o gancho mais para cima.

Vana não parecia estar lutando. Talvez não quisesse ser cozida na espuma fervente abaixo deles.

Uma escolha razoável.

Depois do terceiro esticão com a foice, Rovo abandonou sua faca de combate e adotou o fluxo de Aurora. Rovo tinha orgulho de sobra, mas podia ver quando havia feito a escolha errada. Alcançando seu gancho, Rovo mirou no tubo do seu lado, lançando o gancho em direção ao vidro. O gancho se prendeu, como o de Aurora, e Rovo sentiu aquela breve emoção que vem quando você replica o movimento de um mentor.

Com um puxão no gancho, a armadura entrou em ação, enrolando o fio metálico do gancho e puxando Rovo para cima. Abaixo dele, a água continuava a se aprofundar, mas não tão rápido a ponto de Rovo sentir muita ameaça. Não seria uma escalada rápida até o topo, mas com os ganchos, eles conseguiriam. Sem problemas.

A menos que a torre decidisse quebrar.

A estrutura não estava lidando muito bem com o influxo de água. Seus alarmes soavam, as luzes piscavam, mas a piscina crescente fazia as paredes tremerem enquanto Rovo e Aurora, com Vana aninhada contra ela, escalavam. Gemidos altos ecoavam pelo ar, pontuados por estalos enquanto juntas e molduras se partiam, quebravam e esti-lhaçavam ao redor deles.

— Acho que devemos nos apressar! — Rovo gritou do outro lado da torre. Ele estava acompanhando Aurora, tendo-a alcançado agora. Parecia falta de educação aban-donar a capitã que carregava a prisioneira. — Você pode ir mais rápido?

— Se eu jogasse Vana na água — Aurora respondeu, lançando o gancho para cima novamente.

Não era a pior ideia. Rovo confiava que Salinity poderia

encontrar a criança, mas se Sever já tinha Vana, parecia uma jogada decente mantê-la viva. Até, pelo menos, terem Kaia em suas mãos.

Rovo já havia quebrado um pescoço em Gillane Quatro. Ele poderia fazer isso duas vezes.

O pensamento abalou o novato enquanto ele subia mais um trecho da torre. Nada como um pouco de autorreflexão no meio de uma crise. E, no entanto, Sever sempre parecia estar em uma dessas. O contínuo ataque contra a própria vontade de Rovo a havia desgastado até que ele não tivesse nada além de raiva frustrada? Onde os fins, salvar Kaia, mais do que justificavam meios assassinos?

Qualquer resposta para essa pergunta teria que esperar, porque o tubo que Rovo estava usando para seu gancho se descolou da parede. Não, a própria parede estava se partindo. A água derramava entre os painéis de metal, encharcando Rovo com líquido gelado. A água fria do mar despencava na piscina quente abaixo, subindo o vapor que transformou a visão dentro da torre em uma névoa impenetrável.

Rovo cravou sua foice profundamente na parede, esperando que esta seção não se rompesse ainda. Levantando seu comunicador de pulso à boca, ele ordenou que o dispositivo contatasse Raquel, e o comunicador obedeceu.

— Rovo? — a voz de Raquel chegou, conectando-se ao visor do novato. — Onde estão vocês dois? Tenho a última nave, estamos esperando...

— Abra a escotilha superior — disse Rovo. — Por favor, agora!

— Entendido — disse Raquel enquanto Rovo sentiu seu gancho se soltar e cair. Sem conseguir ver, ele teria que voltar à escalada manual. — Quão perto vocês estão?

— Não dá para dizer — disse Rovo. — Estamos chegando mais perto. Aguente firme e chegaremos aí.

— A torre não está muito...

A conexão com Raquel foi cortada quando a voz de Aurora, assumindo prioridade na banda do esquadrão, interrompeu:

— Rovo, vá. Não posso usar o gancho com esta névoa. Suba até o topo, solte sua linha e subiremos por ela.

Uma corrida contra a água que agora subia rapidamente com mais derramando de todos os lados. Talvez não tão quente a ponto de queimar a pele, mas nem mesmo o melhor nadador conseguiria escapar de ficar sepultado na torre em colapso.

A névoa de vapor se rompeu quando a luz do dia brilhou lá de cima. Raquel havia feito seu movimento, aberto a escotilha, e Rovo continuou escalando em sua dire-ção, voltando à combinação de faca e foice, agarrando-se aos painéis de parede oscilantes, até chegar ao topo da torre. Agora ele tinha que ir na horizontal, escalando ao longo do teto da torre enquanto a estrutura se desintegrava ao seu redor.

Sabe, apenas um dia normal no esquadrão Sever.

Abaixo, Aurora e Vana se agarravam à parede, com a água as alcançando. A confusão turbulenta continuava a subir vapor, embora pelo menos os alarmes estivessem morrendo agora, seus geradores falhando enquanto a torre continuava seu colapso em direção ao fundo do oceano.

Rovo tentou cravar a foice no teto, mas as paredes aqui eram mais grossas, projetadas para suportar naves de pouso. A arma não mordeu, muito menos aguentaria o peso de Rovo. Ele precisaria de uma tática diferente. Usando as presilhas das botas, Rovo se reorientou, virando-se para o centro da torre. Ele desceu um metro, aproveitando a foice, para ter um ângulo melhor.

— O que você está fazendo, Rovo? — a voz de Aurora, ainda tensa com autoridade, ganhou um tom preocupado.

— Sendo incrível — respondeu Rovo.

Acionando a energia, Rovo impulsionou-se da parede em um salto mais horizontal que vertical. O salto levou o novato sobre o vão central, aureolando-o por um momento quente na luz do dia. Rovo esticou-se para cima, estendendo-se com a foice, e quase arrancou seu braço quando a coisa se prendeu. Pendurado sobre o eixo da torre e uma sepultura aquática muito, muito profunda abaixo dele, Rovo se recusou a olhar para baixo.

Em vez disso, ele enviou o pouco de energia que restava do salto para os propulsores em suas botas. O chute, sem algo para se empurrar contra, não foi muito, mas a foice aguentou, e a mão esquerda de Rovo conseguiu subir o suficiente para agarrar-se. Mais mãos caíram ao seu redor quando Raquel e alguns guardas leais de Salinity se apressaram, prontos para puxar enquanto Rovo dava um impulso com a foice.

A arma mordeu a superfície da torre e, com a armadura ajudando, junto com o trio humano meio útil – a armadura tinha muito peso para que seus puxões fossem mais que mínimos – Rovo se arrastou para a superfície da torre.

E quase rolou.

A torre inclinou-se para o lado, transformando a plataforma nivelada em uma colina. As duas naves que permaneciam próximas não estavam mais realmente atracadas, mas pairando nas proximidades. Aquela inclinação, embora Rovo não a tivesse percebido lá dentro, tornou possível que seu salto desesperado tivesse sucesso em primeiro lugar. Às vezes, o desastre trabalha a seu favor.

— Rovo! — a voz de Aurora falhou. — A qualquer momento agora!

Virando-se, Rovo soltou seu gancho em direção a Aurora. Banhada nos remanescentes azuis cintilantes, junto com a luz do dia, sua capitã e sua prisioneira, com a água beijando os calcanhares de Aurora, pareciam fantásticas. Aurora prendeu o gancho em seu cinto, depois impulsionou-se com seus propulsores cinéticos, lançando-se em direção à saída.

Vana subiu primeiro quando elas se aproximaram, movendo-se pelos ombros de Aurora. Rovo estendeu a mão, agarrou a mão de Vana. Ele a traria para cima, a entregaria, depois se estenderia para Aurora. Simples o suficiente.

A agente subiu prontamente, atingindo a superfície da torre.

— Obrigada pelo resgate — disse Vana. — Mas você realmente não deveria ser tão gentil.

Rovo, já se movendo para alcançar Aurora, olhou na direção de Vana.

— O quê?

— Você sempre acabará se machucando no final — disse Vana, e enquanto Raquel e seus dois guardas iam atrás dela, Vana bateu no liberador do gancho na armadura de Rovo.

O cabo se soltou, assobiando sobre a borda. Aurora, segurando a extremidade do gancho, caiu com o cabo, desaparecendo no mar agitado.

VINTE E SEIS

PARA UM MERGULHO

Aurora atingiu a água com uma calma que vinha de mil situações ameaçadoras já conquistadas. A armadura de potência reagiu de forma semelhante, seguindo sua programação prescrita para fechar firmemente cada válvula e fenda para manter Aurora seca e, mais importante, respirando o oxigênio armazenado nos bolsões da armadura para situações exatamente como esta.

Não que a DefenseCorp aconselhasse os usuários de suas armaduras a fazerem mergulhos profundos – a roupa eventualmente ficaria sem energia e sem capacidade de manter qualquer fluxo de ar real, deixando seu piloto imerso em um casulo eterno no fundo de algum oceano. Os mesmos princípios se aplicavam ao vácuo, embora o espaço sideral pelo menos desse ao viajante condenado uma vista melhor antes de transformá-lo em gelo.

Aurora absorveu todos esses pensamentos em um rápido flash enquanto o traje afundava através de uma torre em que ela já havia passado tempo demais dentro. O truque de Vana persistiu enquanto Aurora pegava seu próprio gancho, descobriu que era inútil na água e então tentou nadar. Suas pernas e braços, impulsionados pela energia cinética que atravessava o traje, fizeram um trabalho admirável impulsionando Aurora para cima. A água que estivera fervendo, pronta para cozinhar uma versão anterior da Sever caindo em um jantar a vapor, agora apenas acionava os sensores de calor médio da armadura, aparentemente resfriada o suficiente pelo oceano ao redor.

— Troque isso por um maiô e eu até poderia gostar — murmurou Aurora enquanto seus chutes alcançavam a borda externa da torre.

O que havia sido uma parede lisa agora se enrugava e se dobrava enquanto a pressão da água puxava o edifício aos pedaços. De certa forma, isso tornava as coisas mais fáceis para Aurora, já que a parede agora tinha pontos de apoio em abundância. Aurora encontrou onde agarrar e puxou, impulsionando-se uma explosão e uma pegada de cada vez. A superfície não estava tão longe, cintilando à luz do dia.

A disputa, agora, tornava-se menos uma batalha contra o afogamento e mais sobre se Aurora conseguiria chegar à superfície antes que a torre cedesse e desabasse completamente. Nadar com a armadura já era difícil o suficiente, fazê-lo enquanto desviava de placas de metal em queda?

— Aurora, você ainda está aí? — a voz de Rovo crepitou pelo comunicador, na frequência do esquadrão Sever.

— Não, eu desapareci — Aurora respondeu bruscamente. — Estou subindo.

— Seja rápida. As lanchas estão tendo dificuldade para se manter niveladas com a plataforma agora.

— Onde está Vana?

— Raquel está com ela. Elas estão voltando para a base de Salinity.

— Você não? — Aurora queria socar Rovo, mas se contentou com outro alcance e puxão. Mais um metro ou dois e ela estaria de volta ao ar fresco, pronta para a ascensão final. — Por que você deixou Vana ir?

Rovo não respondeu imediatamente. Bom. Pelo menos o novato tinha a sensatez de perceber quando tinha feito algo estúpido.

— Você sempre diz que o esquadrão é o mais importante — respondeu Rovo. — Eu não queria deixar você.

— Eu não estou cercada por inimigos nem sangrando até a morte, Rovo — disse Aurora. — Você pode entrar naquela lancha?

— Ela já foi embora.

A maldição de Aurora coincidiu com outro puxão, um que a levou para além da superfície turbulenta. Água agitada bateu em sua viseira, confundindo seus sensores enquanto eles tentavam encontrar o melhor espectro. Não que isso importasse: ela teria que estar totalmente cega para não ver o grande e cintilante buraco no meio da torre.

Menos fácil de ver, mas não menos crítico, era o braço de Rovo. O novato o tinha estendido em um longo alcance, balançando para que Aurora desse um salto com impulso de nado. A capitã da Sever fez o que a situação exigia, empurrando-se para cima com toda a força que podia, adicionando um impulso extra com o último pouco de energia cinética do traje, carregada enquanto batia água. Como algum golfinho de metal, feio, Aurora rompeu a superfície e se alongou.

Em um filme, Aurora sentiu que o momento teria sido em câmera lenta.

Em tempo real, ela nunca teve chance.

Quando Aurora se libertou da agitação, a torre de Salinity teve seu último momento como uma estrutura sólida. As fibras que mantinham a coisa em pé dobraram-se e estalaram sob a pressão da água, proporcionando um excelente estalo ao movimento chamativo de Aurora enquanto sinalizavam o fracasso desse mesmo movimento.

A plataforma de pouso do nível superior inclinou-se para o lado, jogando Rovo para trás de seu poleiro e para fora de vista. Aurora ouviu o grito surpreso do novato pela frequência, misturando-se com seu próprio grito enquanto o salto a levou ao alcance de um tapa no topo da torre, sem nada para se agarrar. Sua mão direita escorregou do metal e Aurora caiu de cara.

A água corria ao redor de acordo com leis da física decididamente não favoráveis a Aurora. Em vez de uma queda de volta à piscina profunda, Aurora foi atingida por uma onda de água corrente que a empurrou em direção ao buraco que ela estava tentando alcançar. Só que desta vez, em vez de uma mão útil e um puxão para uma fuga valente, a água expulsou Aurora através do buraco, para o ar muito acima da superfície do oceano.

A cabeça de Aurora, saindo primeiro, puxou seu corpo em um giro enquanto ela alcançava e agarrava a beirada da plataforma de pouso. Chutando suas botas em volta, Aurora ativou as garras, cravando-as na superfície plana. A água derramava sobre e ao seu redor, a viseira mantendo-a longe de seus olhos.

— Onde você está? — chamou Rovo, uma surpresa já que Aurora achava que ele teria despencado em um impacto que quebraria suas costas na superfície da água.

— Segurando na ponta da torre. — A avaliação de Aurora tinha estrita precisão no momento, mas a contínua queda da torre, um colapso em câmera lenta enquanto a estrutura separava sua metade superior de sua base, forçaria uma evacuação a qualquer segundo. — Onde você está?

— Pulei para uma lancha — disse Rovo. — Vamos entrar, pegar você.

— Negativo — disse Aurora, sentindo o topo da torre continuar sua rotação. — Me pegue da água depois.

A água rugiu sua fúria, depois diminuiu para um gotejamento enquanto o colapso continuava, separando o topo da torre do fluxo oceânico abaixo. O estômago de Aurora deu uma cambalhota quando a capitã da Sever girou de costas em direção ao mar, agora pendurada de cabeça para baixo graças às garras de suas botas. Cabos estourando e placas rachando fizeram uma cavalcada estridente enquanto a torre começava sua queda direta. A viseira de Aurora calculou a queda em cerca de cem metros, e ela atingiria a água seguida por quem sabe quantos quilos de metal quebrado.

Nada bom.

Aurora respirou fundo. A DefenseCorp não tinha nenhum treinamento para isso – normalmente, artilharia ou bombardeio orbital derrubavam qualquer edifício importante antes da Sever chegar. Em vez disso, ela teve que recorrer ao instinto. Ao momento.

Soltando seu aperto na borda da plataforma de pouso, mas mantendo suas botas travadas, Aurora se empurrou para um balanço. No ápice, enquanto a torre caía em direção ao oceano, Aurora soltou as botas. Destravadas, com o peso da armadura puxando-a junto, Aurora voou – tanto quanto alguém em um traje volumoso poderia voar – para baixo e para longe da torre em queda.

A velocidade adicional empurrou Aurora para a água como um míssil, e ela direcionou seus braços para cortar as ondas, mergulhando-a profundamente. Sua mira a levou direto para a estrutura ainda de pé da torre, suas luzes subaquáticas dando a Aurora um alvo mesmo quando a metade em colapso entrou no mar atrás dela. O metal em queda empurrou a água para frente em um jato, arremessando Aurora para frente até que ela se chocasse contra a metade inferior da torre.

Seu traje de potência gemeu junto com os músculos de Aurora, e seus olhos lampejaram algumas cores frias enquanto seu cérebro levava um chacoalhão. A pressão móvel da água manteve Aurora presa contra o lado da torre por um longo suspiro, mas a sucção reversa começou rapidamente. Usando as travas das botas – Aurora queria encontrar quem as havia feito e presenteá-los com todo o dinheiro que pudesse poupar – a capitã da Sever se fixou à parede externa, observando a água correr de volta ao seu redor.

A metade superior da torre flutuou para baixo, bolhas subindo por toda a estrutura massiva como uma procissão fúnebre natural. Aurora a observou deslizar passando por ela, indo mais fundo nas profundezas do oceano. Ela acabara de estar dentro daquela coisa, acabara de tentar chegar ao seu topo, e agora lá ia ela, perdida para sempre em uma escuridão que Aurora esperava nunca penetrar.

— Capitã? — a voz de Rovo, arranhada enquanto passava por toda aquela água, chegou até ela.

Aurora não respondeu de imediato. Ela respirou. Esperou. Reconciliou-se com o fato de que não estava prestes a morrer com o que acabara de acontecer.

— Aurora? — Rovo colocou alguma tensão desta vez, um pouco de pânico. — Por favor, me diga que você está aí.

— Estou aqui — disse Aurora, sem se mover. Sem ousar destravar suas botas. — Estou debaixo d'água. Presa aos restos da torre.

Nadar até a superfície, ou escalar até ela, parecia uma tarefa impossível. Sua viseira dizia que ela tinha ar suficiente para trinta minutos. Aurora podia se dar ao luxo de se recompor.

— Você está ferida?

Aurora fechou os olhos. — Não estou ferida. Cansada, mas não ferida.

Tão frequentemente, só depois do momento ter passado, Aurora sentia qualquer medo, qualquer preocupação com o que havia acontecido. Naqueles momentos decisivos, travando as botas ou dando o salto para a mão de Rovo, o objetivo mantinha-se primordial na mente de Aurora. As ações físicas necessárias para completar esse objetivo atropelavam quaisquer emoções que pudessem atrapalhar.

Agora? Agora Aurora tinha tempo para reconstruir o quadro completo.

— Foi um bom tiro — disse Aurora.

— O quê?

— Para quebrar a torre. Você sabia que isso aconteceria?

Rovo riu, o som cansado e excitado de um vencedor. — Eu não tinha ideia. Pensei que poderia borrifar um pouco de água. Talvez disparar um alarme que pudéssemos usar como distração. Pegá-los de surpresa.

— Em vez disso, você custou muito a Salinity. Raquel não vai ficar feliz.

— Mas estamos vivos — disse Rovo. — Isso tem que contar para alguma coisa.

— Vamos ver quanto — respondeu Aurora. Tomando outro fôlego profundo, ela suspirou. — Traga minha carona até a superfície. Perto do que sobrou. Vou fazer a escalada.

— Vejo você em breve, capitã.

A lancha, com Rovo e Aurora esmagados nos bancos traseiros, seguiu de volta para a instalação de Salinity com toda a velocidade que o piloto conseguiu extrair dela. O traje de Aurora pingava uma poça no chão, sua pintura preta e branca brilhando sob a luz do dia, um contraste bonito com o rosto frustrado de sua piloto. Eles haviam deixado os agentes em suas cápsulas de emergência, flutuando nas ondas abertas. A segurança de Salinity viria buscá-los mais tarde, acusá-los de quem se importava com o quê, desde que os agentes ficassem fora de ação.

— Raquel ainda não está respondendo? — Aurora perguntou a Rovo pela quarta vez na hora desde que eles haviam decolado.

— Não, mas ela provavelmente está ocupada — respondeu Rovo. — Talvez.

Raquel havia levado Vana, supostamente para a mesma instalação para onde Aurora e Rovo estavam se dirigindo agora. Colocar a agente, uma lutadora forte com, claramente, nada a perder, em uma lancha sem nenhum Sever ao lado dela tinha sido uma decisão estúpida. O silêncio de Raquel poderia significar que a mulher estava envolvida em colocar Vana em uma cela, mas Aurora sabia em qual direção suas apostas estariam.

Uma preocupação igual vinha dos outros três. Gregor, Sai e Eponi haviam completado a missão, plantando as granadas EMP no navio de Renard, mas não tinha sido exatamente um sucesso furtivo. Os agentes sabiam que Sever faria alguma tentativa na embarcação, e Eponi havia sido bem surrada. Sai e Gregor haviam carbonizado os agentes que montavam guarda, e ambos acreditavam que ninguém viu as granadas sendo plantadas, então essa parte do plano ainda poderia funcionar.

Se Vana sequer se importasse com o navio, sabendo agora que estava comprometido.

De qualquer forma, os três estavam em sua própria lancha, voando de volta para a instalação de Salinity para discutir os próximos passos. Para, com sorte, descobrir de Vana onde ela havia escondido Kaia.

— Tente a instalação — disse Aurora. — Raquel já deveria ter chegado de volta, certo?

— Deveria — respondeu Rovo, então fez o que Aurora pediu. A chamada foi feita e retornou quase imediatamente.

Raquel não havia pousado, e sua lancha não havia feito nenhuma chamada.

Aurora teria xingado, mas em vez disso, ela fez o que tinha que fazer: começou a fazer planos. Da próxima vez, ela seria a responsável por Vana.

Ninguém mais.

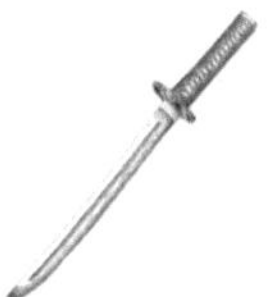

VINTE E SETE

CICATRIZES DO PASSADO E DO FUTURO

Com Gregor carregando Eponi e Sai empunhando sua katana como um farol protetor e guia, o trio deixou a nave de Renard e atravessou o depósito de salvados em direção às cápsulas. Com a ajuda de Gregor dentro da nave, os agentes atacantes haviam sido reduzidos a cartilagem e ossos dilacerados. Embora a nave tivesse escapado de danos sérios, o interior precisaria, no entanto, de uma limpeza profunda para ficar novamente em ordem.

O combate moderno, frequentemente repleto de lasers, tendia a ser mais limpo. Os disparos incandescentes cauterizavam ferimentos, deixando as vítimas feridas ou mortas, mas sem o típico espetáculo físico. Até mesmo a katana de Sai, afiada o suficiente para cortes limpos, evitava grandes confusões. O martelo de Gregor, no entanto, remetia aos antigos tempos brutais: sua destruição deixava para trás uma história bárbara, uma que seguia os passos de Sai como uma sombra.

Sever e Sai haviam dançado com a morte vezes demais desde Dynas. A variedade fez Sai se estremecer enquanto o trio subia nas cápsulas. A espera enquanto Eponi carregava a dela lentamente, enquanto Gregor se espremeu na dele cuidadosamente, fez repetir na mente os danos sofridos. Sai quase fora lançado no vácuo, injetado com um vírus mortal, e estivera na mira de sabe-se lá quantas pistolas, rifles e torres de armas de naves estelares.

Em algum momento, você tem que olhar ao redor e se perguntar como ainda está vivo.

A resposta, é claro, se movia à sua frente, com Gregor ajudando Eponi a subir em seu assento. Somente juntos Sever tinha chance contra os inimigos que continuavam aparecendo diante deles. Somente juntos podiam ajudar uns aos outros através dos arranhões, facadas e cicatrizes que se acumulavam em seus corpos e almas.

Sai, de frente para o silencioso depósito de salvados com sua katana pronta, sozinho na plataforma, riu de si mesmo. Sendo dramático de novo. Ele podia ser propenso a tais coisas, uma perspectiva distante que, Sai tinha que acreditar, surgia de seus filhos e da expansão do universo de Sai que vinha com o lugar deles nele. Por muito tempo, ele tinha sido capaz de silenciar o insistente chamado para voltar para sua família.

Mas a cada tiro que Sai levava, a cada soco que desferia, esse chamado ficava mais alto.

O clamor por dinheiro, enquanto isso, silenciava.

Sai sabia que permanecia agora por lealdade e amor pelos outros quatro que jornavam ao seu lado. Isso era, e teria que ser, suficiente para levá-lo desta luta para a próxima.

Porque sempre haveria uma próxima.

Aerodeslizadores levaram o trio de volta à instalação da Salinity nos arredores de Kaiyo, que servia como base de fato da Sever. Enquanto antes os oficiais e trabalhadores da Salinity tratavam Sever com uma mistura de deferência e irritação — intrusos em seu território —, agora eles resmungavam abertamente quando Sai passava. No início, as expressões confundiram os três, mas quando a ausência de Raquel, seu sequestro em uma incursão fracassada liderada por Rovo e Aurora, tornou-se conhecida, Sai entendeu.

A DefenseCorp era vingativa. Cause problemas às suas unidades e, independentemente do contrato, a DefenseCorp não pouparia recursos para caçá-lo e destruí-lo. Essa postura vinha junto com a proteção da reputação da DefenseCorp como o principal fornecedor de destruição da galáxia. O próprio Sai, tanto antes quanto depois de se juntar à Sever, tinha participado de missões projetadas simplesmente para ensinar uma lição com fogo e chamas.

A vingança, no entanto, exigia um alvo. Com Raquel e os outros soldados do aerodeslizador desaparecidos, e seu suposto captor sumido, a frustração facilmente encontrou um alvo nos intrusos. O estranho esquadrão que pousara em Gillane Quatro e trouxera tanto caos para as vidas de homens e mulheres de família, para pessoas que pensavam estar há muito aposentadas de dias cheios de fogo laser e noites protegendo suas costas.

Sai entendia, mas quando ajudou Eponi a sair do aerodeslizador e ir em direção à unidade médica da instalação, um local de três leitos mais destinado a dores de cabeça do que a ossos quebrados, ele não tinha muita simpatia para compartilhar.

— Vocês vão cobrar o tempo de quem diabos vocês quiserem — disse Sai à médica local e seus robôs de apoio enquanto se aglomeravam ao redor de Eponi, observando os ferimentos e suportando a descrição arrogante de Eponi sobre como eles aconteceram. — Isso não é sobre dinheiro, é sobre trazer uma jogadora de volta a um jogo que vocês não podem se dar ao luxo de perder.

— Não podem se dar ao luxo de perder? — A médica parecia tão duvidosa quanto Sai já vira alguém, ambas as sobrancelhas erguidas e a boca deslizando para um sorriso irônico. — Essa é uma declaração ousada de um bando de terroristas da DefenseCorp.

Uma escolha forte de palavras. Sai teria pegado aquele insulto e seguido em frente em outro dia, mas depois desse, com seus músculos implorando por descanso e seu cérebro lhe dizendo que Sai precisava encontrar Aurora e montar alguma estratégia para o que viria a seguir, o homem optou por não insistir.

— Apenas... apenas ajude-a — disse Sai. — Sei que não é o que você esperava, e sei que talvez você não goste de nós, mas ela não fez isso a si mesma. Estamos tentando salvar uma criança. É só isso.

Se Sai estivesse mais concentrado, teria mencionado Kashmal, que Kaia era filha de um funcionário da Salinity, mas esses argumentos lógicos se fragmentaram e foram levados pela brisa mental que embaralhava o crânio de Sai.

Surpreendente como um homem podia passar de cortar e fatiar com precisão para, algumas horas depois, mal se manter inteiro.

A médica deve ter notado, porque aquele olhar de dúvida desapareceu rapidamente em uma resposta franzida:

— Não tenho certeza se ela é a única que precisa de ajuda. Me diga que você não vai sair de novo em breve?

— Isso depende de quando encontrarmos a garota — respondeu Sai. — Porque quando o fizermos, estarei pronto.

A médica olhou de volta para Eponi, apertou os lábios.

— Então farei o que puder para garantir que ela também esteja.

— Plantamos todas — disse Sai, de volta ao mirante aberto enquanto a noite se arrastava no horizonte. Aurora tinha a mesma mesa, e Sai se juntou a ela. Sem álcool desta vez, sem festa. O clima parecia ser de seriedade e aspereza.

— Três granadas, todas ligadas ao meu bracelete. A menos que ela saia do planeta sem sabermos, poderei acioná-las.

— Pelo menos tivemos um sucesso hoje — disse Aurora.

— Eu soube — respondeu Sai. — O novato derrubou um espigão inteiro? Eu diria que é impressionante se não estivesse preocupado com o dinheiro que vai sair de nossas contas.

— Essa é uma briga que não vou ter agora — respondeu Aurora. Sua mão, com um garfo, cutucava os legumes em seu prato, uma mistura laranja e verde perdendo vapor para o frio lá fora. — Quando você disse como era assustador em Dynas, quando desceu nas águas do pântano para pegar aquela mina?

— Sim. Armadura de potência não é muito boa para nadar.

— Agora eu sei. — Aurora enrijeceu. — Depois de todas as vezes que saímos, nunca estive tão fundo no oceano. O temporizador de oxigênio realmente faz um estrago em você.

— O tique-taque constante, dizendo quanto tempo você tem até sufocar e morrer?

— Torna difícil se concentrar — disse Aurora. — Especialmente quando você tem que dizer a um novato o que fazer.

Sai começou um sorriso, deixando-o pela metade até Aurora corresponder. Gastaram alguns minutos comendo enquanto o pátio se enchia de funcionários da Salinity pegando seu próprio jantar. Com Eponi na enfermaria, Gregor tirando uma soneca e Rovo lidando com seus próprios demônios, os dois mantiveram as coisas quietas.

— Kaia não estava lá de jeito nenhum? — perguntou Sai

quando o céu atingiu o melhor tom de laranja. — Vana enganou vocês?

— Acho que não — respondeu Aurora. — Ela tem estado à nossa frente o tempo todo. Sempre pronta, sempre vazando as informações certas para nos levar onde ela quer.

— Espera aí — disse Sai. — É seu humor afetando você. Estamos vencendo isso. Acabamos com tantos agentes, Renard, e agora sabotamos seu único navio? As paredes estão se fechando para Vana, e ela vai ficar desesperada.

Essa palavra chamou a atenção de Aurora. Ela levantou um dedo, acenando-o pelo ar sem um alvo específico. Um hábito de Aurora, um que Sai havia percebido depois de observar sua capitã trabalhar em inúmeras missões que deram errado.

— Você pode estar certo — ponderou Aurora. — Desesperada. Se acreditarmos em Vana que ela conseguiu tirar o sangue de Kaia do planeta...

— Provável, não importa o que Raquel diga. Gillane Quatro tem tráfego aéreo em todo lugar, e um agente poderia entrar em um transporte.

— Então a única razão pela qual Vana ainda está aqui é que ela não encontrou uma maneira de levar a si mesma e Kaia para a órbita sem arriscar sua vida — Aurora parou novamente, desta vez batendo na mesa para estimular sua mente. — Ela está perdendo agentes, está perdendo esconderijos. Se isso continuar, só há um fim, e Vana vai saber disso.

— Então ela vai jogar tudo o que tem em uma última tentativa.

— É o que eu faria — disse Aurora. — Caramba, é o que a DefenseCorp faria. Eles nunca se estabelecem em confrontos longos e exaustivos. A DefenseCorp sempre explode tudo, usa cada grama de força que puder reunir.

— O que seria? — Sai cruzou as mãos, dedos entrelaçados, quase como se o punho da katana estivesse entre eles. — Vana não pode voar comercialmente. Não deixamos nenhuma evidência no navio de que plantamos algo.

— Ela pensará que foi um ataque, um procurando por ela ou por Kaia. Ela voltará ao navio e o usará. Ela tem que usar. — Aurora se inclinou para frente, cotovelos na mesa. — Você disse, também, que os agentes estavam estranhos. Gregor mencionou a mesma coisa. Agora parece que os agentes podem estar morrendo.

— Não deveríamos ter deixado Anaskya ir.

— Outra hora. — Aurora afastou o arrependimento com um gesto. — Os agentes não são sem mente. Eles se voltarão contra Vana se ela não lhes der chance de sobreviver.

— Um hospital — disse Sai, traçando as linhas. — Vana os enviará a um hospital. Dirá que há uma cura lá. Os agentes invadirão, causarão pânico. A Salinity responderá e, no caos, Vana partirá para órbita.

Aurora não aceitou completamente a sugestão de Sai. Ela recostou-se em sua cadeira, enviou um olhar para o horizonte, como se as nuvens dispersas pudessem fornecer um pensamento melhor.

— Não? — perguntou Sai.

— Não sei — disse Aurora. — Isso... parece simples demais. Se essa doença é nova, como um hospital qualquer teria uma cura?

Sai deu de ombros.

— Esses agentes não pareciam muito lúcidos, Aurora. O que quer que Anaskya esteja fazendo com eles, eles não são os mesmos. Vana poderia enganá-los.

Aurora ainda não parecia convencida, mas qualquer conversa adicional foi interrompida quando Rovo entrou pesadamente, carregando sua própria bandeja e parecendo abatido.

— Verifiquei todas as frequências — disse Rovo, sentando-se à mesa deles. — Escaneei todas as frequências da DefenseCorp com o Bug. Nada. Nenhuma palavra sobre Kaia ou Raquel. Apenas o ruído habitual sobre contratos e como estamos fazendo uma grande bagunça.

— Não posso discordar disso — disse Sai. — Que jeito de destruir um espigão inteiro, Rovo. Estou orgulhoso de você.

Rovo balançou a cabeça, aparentemente não estava pronto para rir. O que, Sai podia entender.

— Mas descobri algo útil — disse Rovo, animando-se um pouco. — A Salinity detectou uma nova chegada no sistema. Deepak está aqui, com o *Nautilus*.

Aurora sorriu, o primeiro sorriso genuíno que Sai havia visto desde que voltou à instalação. Sai, também, não pôde deixar de corresponder. A chegada do cruzador marcou o fim definitivo das chances de fuga de Vana. Quando o grande navio se aproximasse, seus caças poderiam colocar uma rede orbital ao redor do mundo. Nada sairia sem uma inspeção minuciosa.

— É isso, então — disse Aurora. — Esperamos e observamos. Vana terá que fazer seu movimento em breve, ou Deepak vai prendê-la aqui. Descansem um pouco, mas mantenham suas armas à mão. Quando Vana tentar qualquer coisa, nós a pegaremos.

— Junto com Kaia e Raquel — acrescentou Sai, mais para Rovo do que qualquer outra coisa.

O novato parecia precisar de algum ânimo, assim como Sai precisava de um pouco de sono.

VINTE E OITO

UMA NOITE MARAVILHOSA

O cochilo durou mais do que Gregor esperava, mas ele não tinha programado um alarme e acabou recebendo o que merecia: um despertar no fim da noite, com a cozinha fechada e a única opção de comida vindo de algumas máquinas de venda automática. As coisas de brilho suave ofereciam produtos à base de proteínas, vitaminas sintéticas e todos os outros lanches projetados para durar até o infinito e além. Gregor esfregou os olhos, encarando a lista nada atraente.

De volta na *Prisa*, os outros membros do esquadrão, com exceção de Eponi e suas necessidades médicas, estavam todos desmoronando ou quase lá depois do longo dia. A instalação da Salinity ecoava a hora tardia, com a maioria do pessoal que estava passando a noite – muitos voltavam para Kaiyo em esquifes ao final do dia – já instalados em seus aposentos. A solidão tornou a decisão de Gregor ainda mais difícil.

Homem de ação, Gregor olhou para o decepcionante conjunto de opções e não conseguiu encontrar uma resposta fácil. Ele precisava de alguém atrás dele, empurrando-o para fazer uma escolha. Em vez disso, e Gregor imaginou que isso poderia ser culpa do seu cochilo levando-o à zona intermediária entre o sono e a vigília, ele ficou contemplando a fileira de opções repetidamente, lentamente eliminando as fileiras e suas marcas.

— Aquele ali — murmurou Gregor, mais para algum espectro invisível observando e esperando do que para si mesmo.

Sua escolha, uma mistura de vitaminas e proteínas com sabor de bacon, caiu na abertura depois que o bracelete de Gregor transmitiu os detalhes de sua conta para a satisfação da máquina. Pegando a embalada solução para seu estômago roncando, Gregor fez sua segunda escolha significativa:

Ele comeria aquilo no convés, em vez de voltar para os aposentos apertados da *Prisa*.

Se não outra coisa, o convés não o lembraria de possibilidades ainda não realizadas. Eponi ainda não teve chance de chegar à cabine da *Prisa*. Quando o fizesse, a piloto provavelmente notaria que Gregor não tinha feito nenhum uso do transmissor de comunicações, e as provocações começariam. Gregor poderia dar um fim nisso, poderia voltar para a nave agora mesmo e transmitir uma mensagem curta para o universo.

Mas ele foi pelo outro caminho, por corredores pouco iluminados, passando por centros de controle vazios e salas de conferência. Embora Gregor não soubesse tudo o que a Salinity administrava daqui, a instalação parecia ser a principal base da empresa mantendo Gillane Quatro funcionando. A sede em Kaiyo cuidava de mais funções corporativas, enquanto a parte operacional se mantinha fora da vista, aqui, entre as ondas. A vida de escritório parecia uma coisa estrangeira, um caminho nunca aberto para um homem nascido em uma rocha espacial giratória e que Gregor nunca sentiu vontade de explorar.

Vendo as mesas vazias, as cadeiras vazias, as salas de descanso com avisos de diversos encontros sociais e eventos corporativos, a atração novamente não conseguiu capturar o desejo de Gregor.

Mas Gregor pôde e encontrou consolo no convés silencioso. Iluminado por suaves luzes vermelhas entrelaçadas nas bordas externas, uma concessão à poluição luminosa que deu a Gregor uma vista luminescente do mapa estrelado acima. Constelações desconhecidas e cintilantes dançavam umas com as outras lá no escuro, outro panorama alienígena chamando por Gregor com todos aqueles planetas desconhecidos e seus problemas.

Como se contentar com apenas um lar quando tantos outros esperavam para ser explorados?

As cadeiras térmicas tornaram o sentar confortável, deram a Gregor a chance de terminar a comida barata em uma paz relaxada. Os sons, que Gregor notou quando seus próprios passos não se somavam a eles, não combinavam exatamente com a vista. A instalação parecia mais barulhenta esta noite do que na maioria, com suas tarefas noturnas gerando um pesado zunido e vibração lá embaixo. O zumbido ecoava nas ondas, envolvendo tudo ao redor, de modo que parecia que milhões de insetos voavam em concerto. Pontuando esse ruído constante, vinham batidas periódicas e aleatórias, leves golpes no metal. Um cano ou dois precisando de manutenção, ou um gerador lutando para manter-se consistente.

Para uma empresa tão meticulosa quanto a Salinity, os sons discordantes pareciam incomuns. Por outro lado, com Sever e Vana correndo pelo planeta, tais rotinas poderiam ter sido adiadas. O *Nautilus* certamente havia alterado suas programações após os confrontos em seus corredores.

— Logo, logo — murmurou Gregor — vamos deixar você normal de novo.

Uma nuvem fria se dissipou com suas palavras. O suéter de Gregor e sua pura massa corporal o mantinham confortável, mas Gillane Quatro, especialmente longe das cidades e de seus biomas aquecidos, abraçava um clima ventoso e fresco. Mesmo com sua estadia no frio Wexer, Gregor não havia superado os horrores suados em Dynas, e o homem, tendo terminado o lanche, levantou-se e foi até o corrimão para receber um beijo do vento antes de voltar para a *Prisa*.

Muito abaixo, a luz das estrelas cobria um oceano fantasmagórico. Ondas rasas marchavam por sua superfície, sua tensão indo e vindo como formas lutando sob uma rede aprisionadora. Gregor recebeu o golpe gelado que estava procurando, inalando o ar e sentindo-o entregar uma carícia chocante e doce aos seus pulmões.

Poucas coisas eram mais revigorantes.

Seus olhos voltaram para as ondas, atraídos por um tremeluzir que a princípio parecia como a natureza pregando uma peça. Uma onda inclinando-se na direção errada, a ondulação negra mais sólida do que deveria ser. A linha – não, o bloco – continuava se movendo, aproximando-se da instalação. Gregor calculou que a embarcação estaria a apenas alguns metros acima da superfície da água, e as marcas reveladoras de sua passagem, agora que Gregor as procurava, apareciam por momentos antes da próxima onda lavar as evidências.

Uma embarcação da Salinity, fazendo uma aproximação noturna ao nível da superfície, sem luzes de navegação?

Gregor seguiu o caminho da coisa enquanto ela varria em direção aos pilares robustos que ancoravam a instalação à crosta de Gillane Quatro. A embarcação angulou-se para a direita de Gregor, e lá, parcialmente escondida pela massa da instalação, Gregor viu algo que gelou seu sangue mais do que o vento frio jamais poderia.

O esquife sem luzes não estava sozinho.

Vários outros blocos negros ficavam perto do pilar, e subindo pelo poste de metal estavam muitas formas menores. Aquelas batidas que Gregor estava ouvindo aumentaram à medida que os corpos distantes cravavam grampos nas laterais do pilar, e os zumbidos? Os esquifes, pairando sobre a água.

Nenhuma visita amigável começava com uma entrada furtiva à meia-noite.

Gregor levantou seu bracelete, pretendendo fazer contato por rádio com Sever e dar um alerta. Quando o pequeno computador chegou aos seus lábios, um corpo surgiu sobre a borda da varanda. Com sua mão direita agarrando e puxando o bracelete de Gregor para longe de sua boca, a agente impediu-o de chamar seu esquadrão. Com sua mão esquerda, enfiando uma faca em direção ao estômago de Gregor, ela tentou impedi-lo de chamar alguém para sempre.

Mas uma surpresa custou a outra: Gregor recuou do corrimão da varanda, o suficiente para que a faca apenas arranhasse sua pele. O passo puxou a agente, ainda segurando o bracelete de Gregor, por cima e para dentro da varanda, onde Gregor agarrou o braço com a faca da mulher. Girando-a, Gregor arremessou a agente contra uma mistura de mesa e cadeiras, derrubando o conjunto em um colapso barulhento.

Amaldiçoando sua decisão de deixar a *Prisa* sem uma arma, Gregor novamente foi até seu bracelete. Desta vez, um tiro veio por trás. Duro e ardente, o disparo atingiu o ombro de Gregor, a dor empurrando-o para frente em um mergulho giratório. Outro laser brilhou onde sua cabeça havia estado, riscando sua luz azul-escura sobre o mar.

— Pare de atirar! — sussurrou em voz alta a agente que Gregor havia jogado, levantando-se do monte. — Não até recebermos o sinal!

Seu braço direito parecia em chamas enquanto Gregor se levantava, encarando o agente que havia atirado nele. Aquele homem trocou sua pistola por outra das facas de combate, coisas de dentes longos com bordas destinadas a perfurar armaduras corporais que neutralizariam um laser. A agente atrás dele estaria de pé em um segundo. À esquerda de Gregor, a salvação potencial estava dentro da instalação.

Gregor fingiu avançar, como se pretendesse atacar o segundo agente. O homem mordeu a isca, recuando e colocando-se em posição defensiva mesmo quando Gregor disparou em direção à porta da varanda. As longas passadas de Gregor deveriam ter tornado uma fuga fácil, mas os agentes eram malditos agentes por uma razão: eles sempre tinham outro truque na manga.

Algo mordeu com força na perna esquerda de Gregor, e embora ele tenha sentido o arpão se soltar — levando uma quantidade considerável de pele junto — a resistência repentina desequilibrou Gregor. Ele tombou para frente, levantando os braços a tempo de evitar uma feia queda de cara na superfície texturizada. Gregor caiu e rolou, olhando para cima enquanto a mulher seguia seu tiro de arpão com um salto e golpe de faca em direção ao peito de Gregor.

Com sua mão esquerda, Gregor encontrou uma cadeira e a trouxe em um movimento circular, atingindo a agente no ar e esmagando-a para o lado. Ela fez um trabalho fenomenal para se manter em silêncio enquanto desabava.

Gregor sentou-se a tempo de receber um chute forte do companheiro da agente, um golpe que bagunçou os pensamentos de Gregor, fazendo o mundo girar.

Mas instinto era instinto, e o de Gregor havia sido afiado como uma navalha.

Ignorando a dor em seu ombro, o mundo estrelado e turvo, Gregor levantou-se e se lançou contra o outro agente. Com sua mão direita, Gregor agarrou e forçou a faca do agente para longe enquanto sua esquerda desferia um golpe após outro no estômago do agente, no peito e em qualquer outro lugar onde Gregor pudesse encontrar apoio. Os golpes continuaram enquanto Gregor empurrava o agente para trás, até a borda, e com um empurrão final, Gregor jogou o homem para cima e sobre o corrimão.

Este não foi tão silencioso. O grito de pânico do homem ecoou enquanto ele despencava para um impacto violento na água muito abaixo.

Girando, Gregor viu que mais três agentes haviam se juntado a ele na varanda, cercando-o com pistolas em punho. Atrás deles, Gregor viu os soldados de Vana fazendo seu caminho através das portas da varanda, invadindo a instalação. Nenhum alarme tocava, nenhum chamado para preparação. Logo, não haveria ninguém para ouvir um alerta se viesse.

Gregor socou seu bracelete, abriu a transmissão para a frequência de Sever. Se ele fosse morrer, morreria salvando seu esquadrão.

— Venham me pegar! — gritou Gregor, alto o suficiente para o microfone captar. — Ou vocês são covardes demais para morrer?

O agente do meio inclinou a cabeça, riu — Se falharmos aqui, já estamos mortos. Matem-no e vamos.

Gregor encarou os canos com um largo sorriso, depois

quebrou à direita. Ele morreria, mas morreria lutando. Quando Gregor começou a se mover, as suaves luzes vermelhas explodiram em um branco brilhante. Outras luzes acenderam, surgindo enquanto alguém na base percebia que algo estava errado. Alarmes estrondosos gritaram, estilhaçando o silêncio. O clarão, o som desviou os tiros dos agentes por milímetros. Eles queimaram as costas de Gregor, cortaram seu cabelo e deixaram uma cicatriz ao longo de seu pescoço. Rasparam seu cotovelo esquerdo e deixaram seu suéter queimando.

Mas não mataram o monstro de Sever, e isso foi um erro.

Gregor alcançou a agente à sua direita, levantando-a em um abraço esmagador e girando, usando a agente para receber os próximos tiros de pistola enquanto Gregor continuava seu recuo, caindo de volta no canto da varanda. Os tiros pararam quando os agentes perceberam que estavam atingindo sua amiga.

— Largue-a! — gritou o mesmo que havia falado antes.

Gregor ignorou-o, continuou recuando até sentir o corrimão às suas costas. Sua mão direita se moveu, encontrando o que procurava ao longo do cinto da agente.

O agente repetiu sua ordem. A refém de Gregor gemeu, mal viva. Mal seria o suficiente.

— Nenhum de nós morre hoje — disse Gregor. — Se tivermos sorte.

Segurando a agente com força, Gregor chutou-os para trás, para cima e sobre o corrimão. Juntos, eles mergulharam através da luz das estrelas, descendo em direção às ondas agitadas.

CONFUSÃO NA RECUPERAÇÃO

Eponi odiava acordar. Dormir sempre se sentia muito melhor do que o evento que o encerrava. Hoje, não, esta noite não era exceção, um gradual desembaçar de seus olhos turvos em um quarto que não reconhecia, com monitores de luz fraca, um IV conectado e uma cama mole que deixava suas costas questionando, como frequentemente faziam, as escolhas de vida de Eponi.

Eponi juntou as memórias da viagem de volta à instalação da Salinity, seguida pela anestesia e uma operação da qual Eponi não se lembrava e que colocou seu antebraço esquerdo em um gesso grosso. A coisa coçava na luz azul-acinzentada. A sensação fez com que seu corpo terminasse de acordar, atingindo um ponto biológico que lembrava Eponi que ela vinha absorvendo fluidos por horas sem ter tido chance de usar o banheiro. Um toque confirmou um cateter, confirmou que seu corpo ainda tinha hematomas por toda parte e as dores que vinham com eles.

À sua direita, Eponi viu o botão de chamada para a enfermeira da instalação. Ou enfermeiras? Eponi não conseguia lembrar o tamanho da ala médica, e, francamente, ela não se importava. Depois de ser carregada por Gregor, sentar em uma pequena embarcação e então ser jogada nesta cama pela maior parte do dia, Eponi queria se mover. Queria sentir, só por um momento ou três, como era operar por conta própria.

Ela removeu o cateter — passe uma temporada ou duas em uma enfermaria da DefenseCorp e você descobre como conseguir um pouco de liberdade — moveu as pernas para o lado direito, desviando do suporte de IV e, com um gemido ao se levantar, Eponi conseguiu a mesma coisa que havia conseguido com um ano de idade: ficar de pé por conta própria.

A tontura tomou conta. O monitor à sua esquerda, uma tela útil exibindo todos aqueles dados de saúde que Eponi preferia não saber sobre si mesma, emitiu um alerta. O som morreu quando Eponi arrancou os sensores. Ela esperou que a enfermeira viesse correndo, perguntando a Eponi que diabos ela estava fazendo. Em vez disso, ajeitando a bata ao seu redor, Eponi contou dez segundos antes de dar outro passo, e então outro, conseguindo chegar até a porta do quarto sem qualquer interrupção.

— Preguiçosos — murmurou Eponi, arrastando o suporte de IV junto com ela.

Os milagres líquidos, como Eponi gostava de chamar os IVs, eram a única coisa que Eponi manteria conectada pelo maior tempo possível. A água, e quaisquer medicamentos incluídos, tendiam a fazê-la sentir-se melhor do que a alternativa. Valia a pena aguentar, mesmo que o suporte tornasse o caminhar uma dança estranha.

A porta do quarto não trancava por dentro, então Eponi se levantou para tocar seu wristlet no scanner, apenas para lembrar que o maldito computador agora tinha um gesso por cima dele. Inútil. De volta ao *Nautilus*, eles dariam aos tripulantes com wristlets quebrados ou gessos como o de Eponi um cartão especial para carregar para abrir portas, pedir comida, etc. Aqui, no entanto, ela só podia esperar que uma pressão do dedo funcionasse.

Para deixar o quarto de um paciente? Funcionou.

A ala médica da Salinity ocupava quatro quartos ao redor de um posto de enfermagem equipado com consoles de monitoramento. Eponi não tinha certeza do que a Salinity fazia que colocava seus funcionários em risco suficiente para necessitar de espaço hospitalar, mas a distância de Kaiyo poderia justificar o equipamento. De qualquer forma, a pequena enfermaria brilhava em branco suave, escurecida para a noite. Bipes de monitores e o zumbido ocasional de dispositivos realizando seus processos forneciam a atmosfera padrão.

Eponi foi primeiro em direção ao posto de enfermagem, cuja armada de telas protegia a mesa e sua ocupante da vista. Idealmente, a enfermeira poderia ajudar a retirar o IV de Eponi e liberá-la para retornar ao *Prisa*, ou pelo menos dar uma atualização sobre quando ela poderia sair. Pilotar uma nave com um gesso não seria a coisa mais fácil, mas ficar deitada neste quarto o dia todo enquanto Sever saía em busca de uma briga também não seria bom.

Os agentes de Vana tinham feito isso com ela, e Eponi queria vingança.

Esses pensamentos sangrentos desapareceram quando Eponi viu a enfermeira, ou o que havia restado dela. Caída sobre a mesa, com um corte preciso no pescoço, a enfermeira havia cuidado de seu último paciente. Eponi absorveu a visão por meio segundo, catalogando todas as possíveis razões — paciente enlouquecido? Acidente? — e decidiu sair da ala médica o mais rápido possível.

Ao se virar, Eponi flagrou a forma vestida de preto

correndo em sua direção, a faca do homem sendo a única coisa refletindo alguma luz. Eponi balançou seu suporte de IV, a coisa desajeitada colidindo com o agente e prendendo suas pernas. O homem caiu além dela, uma fisgada descendo pelo braço de Eponi enquanto o tubo se soltava. Mais uma dor para adicionar a todas as outras.

Diante de uma escolha, Eponi optou pelo combate. Ela poderia ter fugido, tentando escapar da ala e sair para a base maior, mas um agente vestido de preto significava que devia haver mais — afinal, quem escolheria a ala médica como alvo primário para um assalto solo? — e deixar a ala desarmada e em pânico para correr para os amigos do agente, hum, não daria certo.

Eponi chutou, atingindo o agente uma, duas vezes enquanto ele tentava se livrar do suporte. Os golpes foram bons, mas o agente não tinha vindo para esta missão protegido por papel. Ele grunhiu, continuou se movendo e se levantou, recuando enquanto Eponi trabalhava seus pés novamente.

Uma estratégia perdedora, essa. Se Eponi deixasse o agente se estabilizar, ele estaria livre para esfaqueá-la assim como a enfermeira. Se ela lutasse com ele, Eponi estaria entrando com uma mão e toda machucada. Também não era bom.

Então ela correu.

De volta para seu próprio quarto.

Três passos para dentro, um toque com o dedo no painel fechando a porta atrás dela. Um segundo toque apagou as luzes. Já baixa, Eponi se agachou, respirou fundo e rezou para que o agente a considerasse uma funcionária da Salinity em pânico.

Ela ouviu o suporte de IV se mover, o agente rindo baixinho para si mesmo enquanto recuperava seu equilíbrio.

O riso fez Eponi lembrar dos encontros anteriores em Kaiyo. Esse agente precisava de uma dose, ou já havia encontrado uma?

Isso importava agora?

Novamente, Eponi observou o gesso em seu braço esquerdo, cobrindo seu wristlet. Não que houvesse bons momentos para quebrar um braço, mas definitivamente havia momentos *melhores* do que este exato momento.

Passos se aproximaram, fazendo o chão tremer sob a porta do quarto e enviando vibrações pelos pés de Eponi. O agente poderia ter sido mais silencioso: o movimento desleixado significava que ele não levava Eponi a sério, significava que Eponi tinha pelo menos uma vantagem sobre o homem.

Idiota. Todos deveriam esperar encontrar um Sever na ala médica. Eles estavam sempre se machucando.

Eponi não podia trancar seu quarto, e o agente nem se preocupou em ser cauteloso. Ele bateu no painel alto o suficiente para Eponi ouvir, e a porta deslizou, mostrando o agente olhando diretamente à frente, a faca pronta para dar um fim ao pobre paciente que saiu para uma caminhada na hora errada.

Em vez disso, Eponi acertou o agente nos rins, seguido por Eponi levantando-se rapidamente e batendo com a cabeça no queixo do agente. Ela ouviu os dentes do homem rangerem, ignorou o instrumento adicional que a cabeçada adicionou à sua própria sinfonia de dor, e foi para o braço da faca do agente. O treinamento do agente ainda tinha vida suficiente para tentar uma meia facada, uma que Eponi pegou em sua bata enquanto puxava o braço que esfaqueava para perto dela.

Eponi plantou um pé, ajudou o impulso da facada do agente a carregá-lo adiante. A rasteira enviou o agente caindo no chão. Ele atingiu o solo, mudando para um rolamento que bateu na porta do quarto. Movendo as mãos sob o peito para se empurrar para cima, Eponi voltou para seus chutes novamente.

Desta vez, ela mirou no crânio.

Desta vez, o agente desabou, apagado.

— Gregor ficaria impressionado — murmurou Eponi enquanto despojava o agente de suas peças.

A bata hospitalar não oferecia um lugar para uma faca, mas Sai ou Gregor tinham sido gentis o suficiente para trazer algumas roupas. Eponi, lenta e cuidadosamente, vestiu o traje. Usando os cordões da bata, Eponi improvisou um coldre de coxa funcional para a faca e manteve a pistola do agente em suas mãos.

Saindo do quarto, o rubor triunfante de Eponi morreu uma morte feia. Um agente havia rondado a ala médica, provavelmente para garantir que nenhuma resistência pudesse surgir dos doentes e feridos. As chances pareciam pequenas de que um agente representasse toda a invasão, um ataque planejado apenas para acabar com Eponi, ou talvez a enfermeira. Se os agentes de Vana estavam atacando a instalação, e nenhum alarme havia sido acionado, então as coisas poderiam estar... sombrias.

O primeiro movimento de Eponi a levou de volta à mesa de enfermagem, buscando alguma maneira de acionar um alarme. A estação de trabalho estava vinculada a um ID da Salinity, apresentando a Eponi nada mais do que uma tela de bloqueio de aparência amigável, mas inútil. O wristlet da enfermeira havia morrido com ela, e nenhum grande botão vermelho se oferecia como uma maneira de salvar o dia.

Se ao menos mais organizações levassem possíveis assaltos e invasões tão a sério quanto a DefenseCorp, que espalhava em suas embarcações maneiras de acionar uma resposta em toda a nave.

Uma verificação rápida da ala médica confirmou a Eponi que ela era a única paciente ainda lá: três camas vazias e quartos silenciosos significavam que ela poderia deixar a enfermeira como a única vítima. Eponi parou do lado de fora de seu quarto e do corpo inconsciente do agente, olhou de volta para a enfermeira. Ela segurava a pistola e, em combate aberto, Eponi não hesitaria em disparar um raio mortal.

Mas Aurora havia repreendido Rovo por matar Renard, arruinando uma potencial fonte de informação. Este poderia ajudar Sever a entender o que aconteceu aqui, e então a Salinity poderia exercer sua própria vingança sobre o homem.

Claro, tudo isso dependia da noite correr a favor de Eponi.

Ela rastejou para o corredor, um corredor circular que circundava a estrutura circular da Salinity. De vez em quando, o corredor se abria para outras áreas, com raios centrais dividindo a base em quatro quadrantes. As baías de atracação ficavam do lado oposto de onde Eponi estava agora, com a cafeteria e várias salas de reunião entre eles.

Ruídos receberam Eponi enquanto ela saía da ala médica, o som constante de botas batendo em metal, acentuado pelo grito ocasional abafado ou o baque quando outro corpo atingia o chão. Os agentes tinham vindo em força, então.

À esquerda levaria Eponi à cafeteria, e algumas batidas por ali pareciam indicar uma luta em andamento. Mesmo em seus melhores dias, Eponi teria relutado em correr para um confronto sem armadura de poder, e agora ela tinha apenas um braço e um corpo que deveria estar na cama.

À direita a levava para o núcleo de produtividade da instalação, onde escritórios, salas de conferência e os laboratórios projetados para ajudar a Salinity a melhorar sua qualidade da água faziam seu trabalho. Se Eponi estava certa, todos esses espaços se espalhavam sob os outros três quadrantes e desciam até o fundo do oceano. Não que Eponi fosse entrar em outra cápsula para confirmar.

Seria muito tempo antes que ela entrasse em uma daquelas novamente.

Lançando olhares rápidos para trás, Eponi correu o mais rápido que se atreveu ao longo do corredor iluminado em azul. À sua direita, as paredes davam lugar a janelas e os móveis sem graça além delas, esperando pelas reuniões matinais que definitivamente não aconteceriam.

— Então me mate — veio uma voz rouca de além do corredor à frente, encobrindo a covardia com coragem momentânea. — Você não vai passar por esta porta.

— Não precisamos te matar — veio a resposta, soando tão viscosa quanto qualquer coisa que Eponi já tinha ouvido. — Podemos, no entanto, fazer você desejar que tivéssemos feito isso.

Eponi não pôde evitar revirar os olhos diante da frase. Ela tinha esperado algo melhor dos agentes, porque as malditas sombras ainda eram da DefenseCorp, e você não merecia trabalhar para o segurança da galáxia se não conseguisse elaborar uma ameaça melhor.

Diminuindo o passo, Eponi deixou seus olhos guiarem ao redor da curva, mostrando dois agentes segurando um homem com o que parecia ser um uniforme de manutenção contra a parede. Atrás dele, uma porta trancada parecia levar mais fundo às entranhas da instalação.

— Então vá em frente — respondeu o homem. — A maioria de nossa gente está lá embaixo, dormindo, e se você pensa...

O agente que o pressionava contra a parede puxou uma faca, colocou-a na garganta do refém.

— Não nos importamos com a sua gente — disse o agente. — Queremos o Esquadrão Sever. Onde eles estão?

— Nunca ouvi falar deles.

O homem estava cobrindo o Sever, ou nunca tinha realmente ouvido o nome dos soldados com armaduras de poder atualmente alojados em sua base? Eponi não tinha certeza, mas sabia que não ia deixar aquela faca fazer seu trabalho.

— Ei, pessoal — disse Eponi, contornando a esquina. — Procurando por mim?

Ambos os agentes giraram. Eponi atirou no primeiro, o que segurava a faca na garganta do homem da manutenção, e derrubou o agente com o já mencionado disparo mortal. O segundo se agarrou à parede, levantando sua própria pistola enquanto Eponi disparava um segundo e errado esforço. O agente não teve chance de aproveitar o momento extra, porque o homem da manutenção fez excelente uso de sua recém-descoberta liberdade para bater na cabeça do agente por trás.

A pancada fez seu trabalho, enviando o agente ao chão e abrindo caminho para outra busca de Eponi. Duas pistolas, uma entregue ao homem da manutenção, a outra despojada de sua célula de energia. Duas facas adicionadas ao equipamento da coxa de Eponi.

— Obrigado — ofereceu o homem da manutenção, já puxando sua manga e digitando em seu wristlet.

— Me diga que você tem algum sistema de alarme.

— O melhor que temos é um incêndio — disse o homem. — Vai acender as luzes, fazer as pessoas se moverem, no entanto.

— Então faça isso, e me siga.

Mas o homem não seguiu Eponi quando ela começou a

seguir pelo corredor em direção às baías. Quando ela lançou um olhar frustrado e curioso para trás, o homem da manutenção tinha sua porta trancada aberta e estava prestes a atravessá-la.

— Meus amigos estão por aqui — disse o homem. — Não vou deixá-los morrer sozinhos. Você salva os seus, eu salvo os meus.

Corajoso, estúpido. Eponi deu-lhe um aceno de cabeça e saiu enquanto as luzes da estação se acendiam, acompanhadas por um alarme alto e estridente. Todas as outras vezes, Eponi considerava esses sons irritantes, aborrecidos, lembretes do óbvio.

Desta vez, o barulho lhe deu esperança.

TRINTA

ATRAVÉS DO RUÍDO

A cabeça de Rovo bateu no teto baixo sobre seu beliche, um quarto compartilhado com Gregor na *Prisa*. O barulho que provocou o súbito despertar, alarmes soando por toda a nave, fez Rovo rolar para fora e vestir algo semelhante a um uniforme de combate. A *Prisa* não era um cruzador de luxo, e seus aposentos apertados ofereciam armários embutidos para cada membro do Sever, dois beliches empilhados e não muito espaço entre eles. Rovo agarrou uma camisa, calças de verdade, botas e, descansando no fundo do armário, um rifle.

Enquanto vestia as roupas, sua mente nebulosa tentava descobrir qual alarme soava agora. Cada um tinha um tom e cadência diferentes, desde incêndio até intruso ou os escudos da nave sendo destruídos. O som agudo e insistente aqui se encaixava na segunda definição: alguém estava tentando obter acesso à *Prisa* sem ter esse direito.

Enquanto Rovo vestia as roupas, braços e pernas se movendo para todo lado, percebeu que não havia esbarrado em Gregor. O homenzarrão normalmente ocupava todo o espaço do lugar — era por isso que Rovo sempre tinha que esperar para entrar ou sair até que Gregor se arrumasse —

mas ninguém empurrava Rovo, ninguém resmungava que o novato se movia muito devagar.

O beliche de Gregor estava vazio.

Ou o homem do martelo tinha ouvido o alarme e respondido sem acordar Rovo, o que parecia improvável, ou ele havia saído mais cedo. De qualquer forma, era uma pergunta que Rovo não conseguia responder e não podia perder mais tempo considerando.

Sai passou por Rovo quando o novato deixava seus aposentos, o espadachim parecendo muito mais preparado com um colete que absorvia lasers, a katana pronta em uma mão e uma pistola na outra.

— Vá para a cabine — disse Sai, dirigindo-se às escadas em espiral que levavam ao meio da *Prisa*. — Aurora já está na rampa. Vou dar cobertura a ela.

— Onde está Gregor?

— Ele não é seu companheiro de beliche? — respondeu Sai sem parar.

Rovo seguiu as ordens, tropeçando pela escada em espiral atrás de Sai e virando à esquerda do centro da *Prisa* em direção à cabine. As duas fileiras de assentos da *Prisa* estavam vazias, a cadeira do piloto parecendo solitária sem Eponi sentada nela. Rovo escolheu o lugar do copiloto, deslizando para dentro e tocando nos consoles para acordá-los enquanto seus olhos se aventuravam através do vidro para o caos além.

O gatilho que disparou os alarmes não foi difícil de detectar: Aurora dançava um balé de fogo laser com um grupo de agentes, todos se movendo entre as escoras da *Prisa* para encontrar cobertura e entregar a morte. Dois corpos fumegantes vestidos de preto indicavam que o placar atual favorecia Aurora, mas os agentes pareciam estar se espalhando. Se um número suficiente conseguisse passar por Aurora, ela não teria cobertura, não teria chance.

A mão de Rovo foi para seu rifle e, por um segundo, ele pensou que teria tempo de voltar ao centro da *Prisa*, correr para fora e cancelar a emboscada antes que começasse.

Ele não precisou.

Sai pulou para a luta com uma fúria contida. Uma entrada desacelerada pelos arranhões e surras que o homem havia levado nos últimos dias, mas Sai ainda entregava tiros que contavam. Um atingiu um agente que olhava para Aurora, fritando o peito do homem e mandando-o para o chão. Um segundo raspou na parede, empurrando seu alvo para o outro lado da escora, exatamente onde o rifle de Aurora fez um trabalho rápido.

Os outros agentes, vendo as probabilidades mudarem, fugiram em direção à única saída da pequena baía. Atirando durante a retirada, suas pistolas fizeram Aurora e Sai se manterem abaixados, com Aurora usando uma escora e Sai escorregando para trás da rampa de embarque para permanecerem vivos. Rovo observou, considerando se deveria acionar os canhões principais da *Prisa*.

Claro, eles rasgariam a instalação como se fosse papel, destroçando o edifício e incinerando qualquer um daqui até o oceano... mas ele pegaria os agentes.

— Raquel já vai estar furiosa o suficiente — murmurou Rovo, observando o trio chegar à porta da baía.

Três clarões resolveram o dilema de Rovo. O trio de agentes caiu, os dois últimos ainda concentrando seu fogo de volta para Aurora e Sai quando tiros de pistola vieram da outra direção. Entrando, com um tremor considerável em seu passo, apareceu Eponi. Ela segurava sua pistola pronta para mais, com uma impressionante variedade de facas em volta de uma coxa. A tipoia em seu pulso esquerdo apenas tornava a aparência mais absurda, e Rovo não conseguiu suprimir um sorriso.

Típico do Sever transformar uma emboscada em uma oportunidade para se exibir.

— Você vai desligar esses alarmes ou quer que eu fique surda? — a voz de Aurora chegou quente pelo comunicador da *Prisa*.

— Resolvendo, desculpe. — Rovo fez como ordenado, desligando os alarmes no console.

Exceto que os ruídos não pararam completamente. Os alarmes principais cessaram, mas um bipe insistente continuava vindo do alto-falante bem perto de Rovo, aquele destinado a alertas da cabine. Passando pelos vários programas no console, Rovo encontrou a causa: uma mensagem, chegando com alta prioridade de Kaiyo.

A antiga nave de Renard estava decolando, e Salinity precisava saber o que fazer. Eles tinham caças prontos para interceptar, para explodir a aeronave.

— Ei — disse Rovo, abrindo o canal de comunicação enquanto Aurora e Sai ajudavam a trazer Eponi para a nave. O espadachim e Aurora pareciam que iriam voltar para a base para ajudar a combater os agentes, e Rovo não podia deixar isso acontecer. — Vana está fugindo.

Os funcionários da Salinity na base estariam em apuros, mas as forças de segurança de Raquel estavam enviando reforços. Levaria um tempo para chegarem à instalação, mas escolhas tinham que ser feitas. Aurora não discutiu com a avaliação quando Rovo terminou de explicar o que havia visto.

— Se Vana escapar com Kaia, não importa o que façamos aqui — disse Aurora. — Ela poderia voltar com mais, em trajes, e nenhum segurança da Salinity teria chance. Eponi, coloque-nos no ar.

— E quanto ao Gregor? — perguntou Sai.

— Ele deu o primeiro alerta — respondeu Aurora. — Me acordou. — A capitã franziu a testa, olhando para seu bracelete dentro da cabine lotada. — Ou ele está morto ou se escondendo, mas sua localização mostra que ele está abaixo de nós.

Eponi espremeu-se ao lado de Rovo, assumiu seu lugar na cadeira do piloto enquanto Aurora e Sai tentavam obter uma melhor localização de onde Gregor havia ido.

— Você está bem para pilotar? — perguntou Rovo.

— Só porque tenho um braço quebrado, estou apenas a algumas horas de uma cirurgia e acabei de sobreviver a uma surra — disse Eponi, arqueando uma sobrancelha — não significa que não posso pilotar.

— Tudo bem, então.

Com o pedido de Eponi, a instalação da Salinity respondeu com sua operação automatizada, abrindo a baía e deixando o ar fresco da noite entrar. A luz das estrelas substituiu as lâmpadas de teto, mascarando os agentes mortos ou feridos em um brilho prateado. Rovo não dedicou muito tempo à visão, no entanto, pois o console exigia sua atenção.

— Ela está se direcionando para a órbita — disse Rovo. — Não temos muito tempo.

Ainda assim, enquanto Eponi levantava a *Prisa* para fora, Aurora disse à piloto para girar a nave para baixo e ao redor. Eles haviam encontrado a localização de Gregor, e o homem parecia estar perto do oceano. Se Gregor havia caído na água, eles não podiam deixá-lo nadando.

Um Rovo mais jovem poderia ter protestado. Sugerido que qualquer tempo não gasto perseguindo Kaia e Raquel — assumindo que as duas reféns estivessem com Vana — seria um passo na direção errada. Mas cada vez que se desviava dos princípios de Aurora de priorizar a esquadra, as coisas pareciam dar errado.

Além disso, agora eles tinham outra alternativa.

— Sai, e quanto aos EMPs que você plantou? — perguntou Rovo.

— Eles ainda estão no alcance do sinal — respondeu Sai, sentado atrás de Rovo enquanto Eponi manobrava a nave para fora e ao redor da instalação. A base inteira tinha suas luzes brilhantes acesas, com muitas piscando em vermelho enquanto os alarmes continuavam. Formas se moviam dentro, embora Rovo não pudesse dizer se eram agentes ou pessoal da Salinity. — Se Vana ainda estivesse no solo, eu os acionaria. Mas agora?

Rovo podia seguir essa lógica facilmente: desabilitar a nave em pleno voo, e Vana mais os reféns mergulhariam nas águas frias. Um final ruim para uma jogada ruim.

— Então e agora? — disse Rovo. — Qual é o ponto de plantar as bombas se não podemos usá-las?

— Órbita — respondeu Aurora. — Elas vão matar os motores no espaço. O suporte de vida também, mas se estivermos seguindo, haverá oxigênio suficiente até resgatá-los.

— Desde que não saiam do alcance do sinal — acrescentou Sai. — O que pode ser um problema.

— Ali está o nosso cara — interrompeu Eponi, apontando com seu braço engessado para o para-brisa. Ela estava pilotando com uma só mão, sua mão direita envolvendo o manche de voo enquanto a esquerda usava seus dedos livres para tocar qualquer coisa necessária.

Rovo não havia entendido bem o que significava se juntar a um esquadrão como o Sever quando assinou o contrato de trabalho. Missões especiais, dizia o resumo. Perigosas, mas bem remuneradas. Grupo profissional, habilidades avançadas necessárias.

Aparentemente, habilidades avançadas significavam ser capaz de pilotar com um único braço.

— Rovo, Sai — disse Aurora — Gregor não está respondendo. Preciso que vocês dois cuidem da recuperação.

Rovo trocou de lugar com a capitã, seguindo Sai em direção à popa da *Prisa*. Enquanto iam, Rovo ouviu a voz de Aurora abrindo uma transmissão com Salinity, dizendo-lhes para mobilizar seus caças. Para seguir Vana, não para atirar.

E, se pudessem, enviar também um transporte de resgate.

Se esse transporte estaria salvando reféns ou recolhendo corpos, isso ainda estava por ver.

Eponi abriu a rampa de embarque da *Prisa* enquanto girava a nave para a posição. Rovo deu sua primeira olhada em Gregor, pendurado frouxamente com os braços envolvendo uma agente igualmente inconsciente. Eles estavam pendurados a alguns metros acima das ondas revoltas, com a água do mar voando para cima enquanto os jatos da *Prisa* agitavam a água.

— Como? — perguntou Rovo, enquanto os dois corpos pareciam flutuar no escuro.

— Gancho — disse Sai, descendo pela rampa. — Procure a linha.

Rovo a viu enquanto seguia Sai, ambos dando seus passos com cuidado. A linha escura disparava até a base estreita da instalação, cravada em uma parede lateral não muito acima. Um grande arremesso para fazer enquanto caía, embora isso não explicasse por que nem Gregor nem a agente pareciam estar conscientes.

Juntos, conversando com Eponi durante todo o caminho, eles aproximaram a extremidade da rampa o suficiente para Rovo e Sai agarrarem os dois pendurados e puxá-los para cima. Colocando ambos os corpos no chão, Rovo fez algumas verificações. Os pulsos estavam positivos para ambos, embora a agente parecesse ter alguns ferimentos graves de laser.

Ser jogado no piso duro da *Prisa* pareceu despertar Gregor lentamente, seus olhos se abrindo, dando a Rovo um olhar questionador.

— Você está em casa, parceiro — disse Rovo. — Bem-vindo de volta à festa.

— Que festa?

— Do melhor tipo — respondeu o novato enquanto a *Prisa* se lançava para cima e para longe, acelerando em direção às estrelas. — Aquela em que podemos salvar algumas pessoas boas e dar uma surra em algumas más.

— Essas são boas festas — Gregor assentiu, então fez uma careta. Sua mão foi até sua cabeça, onde Rovo viu um hematoma começando a se formar. — Aprendi que, ao parar uma queda com um gancho, cuidado com a cabeça do seu amigo. A parada atingiu nós dois.

— Bem, você ganhou essa luta — Rovo acenou para a agente. — Ela está em mau estado.

Gregor se sentou, com Rovo ajudando-o: — E quanto aos outros? Os agentes vieram em força.

— Derrubamos alguns. Agora estamos correndo.

— Correndo? Nós?

— Vana está escapando, Gregor — disse Rovo. — Não podemos deixá-la fugir.

— Depois, voltamos e terminamos o trabalho.

Rovo esperava um sorriso, o tipo de confiança arrogante que ele havia visto em Gregor, Eponi e nos outros. Gregor, no entanto, manteve-se sério. Isso não era uma piada. Os agentes o haviam prejudicado, e o homem do martelo os faria prestar contas.

Rovo não sentiu nenhuma pena dos pobres coitados.

TRINTA E UM

ALVO PRIORITÁRIO

Quando você chega a um comando da DefenseCorp, já viu decisões difíceis serem tomadas centenas de vezes ou mais. Escolhas para abandonar unidades, quais rearmar, quando recuar ou avançar, e quem sacrificar na corrida pela vitória. Quando Aurora assumiu o manto de Sever, os precedentes e seus pesos morais já estavam bem claros.

Isso não tornava as escolhas mais fáceis.

Depois que Eponi neutralizou os agentes que fugiam da baía da *Prisa* e Vana iniciou sua fuga para a órbita, Aurora precisou decidir entre pegar uma armadura potencializada e destruir os agentes restantes que atacavam a força de trabalho civil de Salinity, ou romper contato e perseguir Vana e seus presumidos dois reféns.

O momento ou a missão.

O fato de Vana já possuir parte do sangue de Kaia influenciava ainda mais a escolha. Se seus cientistas – Anaskya, que deveria ter sido lançada ao espaço depois de Dynas – descobrissem como replicar suas propriedades especiais, então não importaria se Vana escapasse com a criança ou não.

Aurora havia planejado caçar a agente depois que salvassem Kaia. Com o apoio de Deepak, Sever rastrearia Vana até os pontos mais distantes da galáxia até capturá-la ou matá-la junto com seus planos. A verdadeira decisão aqui pesava aquelas vidas de Salinity contra capturar Vana agora, antes que ela pudesse causar mais destruição.

Colocado dessa forma, Aurora não hesitou. Vana era o alvo e, sob sua ordem, Eponi iniciou a perseguição.

— Lançamos nossos dois caças mais rápidos — disse Deepak, seu rosto borrado no comunicador de pulso de Aurora. — Parece que Salinity também enviou alguns para acompanhá-los?

— Muita gente quer ver Vana morta — respondeu Aurora. — Você consegue localizar o transporte? Ela tinha muitos agentes aqui. Deve estar no sistema.

— Não por muito tempo. — Deepak balançou a cabeça. — Detectamos quando chegamos, e aparentemente o *Nautilus* o afugentou.

— Vocês o rastrearam?

— Desapareceu atrás de uma das luas deste planeta. Tenho pessoas calculando possíveis vetores de saída.

— Bom — disse Aurora. — Avise-me quando seus caças chegarem perto o suficiente para ajudar.

Ela encerrou a transmissão e olhou através do para-brisa. O céu escuro de Gillane Quatro mostrava as primeiras transições para o amanhecer, com a luz das estrelas brilhando intensamente enquanto a *Prisa* disparava em direção ao espaço. Sai e Rovo haviam se movido para as torres gêmeas da nave, prontos caso Vana decidisse lutar.

— Acha que ela está com eles? — perguntou Eponi, mantendo a *Prisa* estável com apenas uma mão. Vana não estava fazendo nenhuma manobra complicada, apenas se afastando diretamente do sistema. Fácil o suficiente para um piloto comprometido rastrear. — Raquel e Kaia?

— Sim — disse Aurora. — Sem eles, Vana não tem cartas para negociar. Explodiriamos ela sem pensar duas vezes.

— Naturalmente. Aquela nave de resgate está vindo devagar atrás de nós, mas se as granadas de Sai fizerem seu trabalho, ela deverá estar pronta para acoplar.

— Não — respondeu Aurora. — A nave de resgate só estará lá se algo der errado. Quando Vana estiver seguramente fora da atmosfera, Sai detonará as granadas. Então *nós* acoplaremos. Assumiremos o controle. Não vou deixar ninguém além de nós vigiando Vana.

Exceto ela mesma. Depois da escolha infeliz de Rovo, Aurora não deixaria ninguém mais guardar Vana. Talvez Gregor, embora ele pudesse matar a agente por rancor.

Aurora não se importaria muito com isso.

Normalmente, atingir a ausência de peso e sentir seu corpo passar pelos solavancos familiares enquanto seu equilíbrio, direção e senso geral de realidade se distorciam seria perdido em repetidas revisões de detalhes da missão, verificações de armas e provocações dirigidas ao colega de esquadrão que mais merecesse. Agora, porém, Aurora absorveu a mudança e a abraçou, usando o sinal para confirmar que a nave de Vana também havia passado além da gravidade imediata de Gillane Quatro.

Em outras palavras, desativar aquela maldita coisa agora não causaria uma queda rápida para as profundezas do oceano.

Eponi estava aproximando a *Prisa*, com o quarteto de caças de Salinity mantendo-se mais atrás com a nave de resgate. Como os guardas de segurança na superfície, Aurora imaginava que os pilotos de Salinity não lutavam há anos. Poucas coisas representavam mais risco que pessoas armadas e inexperientes numa luta, então Aurora lhes deu a função de reserva e os pilotos, mostrando mais bom senso que bravata, aceitaram a tarefa.

— Quanto tempo até alcançarmos o alcance de ataque? — perguntou Aurora, observando o brilho distante que o para-brisa da *Prisa* marcava como a nave de Vana.

— Três minutos — disse Eponi. — Ela está começando a acelerar.

— Podemos acompanhar?

— Mais que isso. As pessoas de quem tomamos esta nave transportavam cargas de alto risco por rotas perigosas. Se quiser passar raspando por Vana, deixá-la beijar nossos motores, podemos fazer isso.

— Vou manter isso em mente. Por enquanto, fique dentro do alcance e permaneça lá.

Enquanto Eponi cuidava dos motores, Aurora usou o console do copiloto para tentar racionalizar com o inimigo. Enviou uma chamada, transmitindo uma frequência e um identificador diretamente através do vácuo para a nave de Vana. Se a agente aceitasse, o retorno vincularia a banda entre as duas naves. Aurora veria o rosto de Vana, Vana veria o de Aurora, e juntas poderiam discutir quem viveria e quem morreria.

Vana não deixou Aurora esperando. A capitã de Sever não terminou um gole completo do café preparado por Rovo, algo rápido e intenso feito para dar um choque ao sistema, antes que o rosto severo de Vana aparecesse.

A agente parecia cansada, mais velha do que Aurora se lembrava, mesmo da luta no pico no dia anterior. Como se o que deve ter sido uma correria louca para pegar o esquife, retornar a Kaiyo e preparar tudo para a partida tivesse tirado mais uma ou duas décadas da vida da agente. Atrás de Vana, o pequeno cockpit visível terminava com uma porta fechada.

— Sozinha? — perguntou Aurora.

— As pessoas são tão difíceis de confiar hoje em dia — respondeu Vana. — Meus sensores estão me dizendo que vocês estão se aproximando. Pretendem me abater?

— Prefiro te capturar viva — disse Aurora. — Isso, é claro, depende de você. Também posso espalhar suas cinzas sem problemas.

— E as de Kaia e Raquel? Ficará feliz em enviá-las em seu voo final e eterno?

— Não seja poética. A única maneira de você viver é desligando seus motores e se rendendo. Você não pode escapar.

Vana deu de ombros. — E ainda assim, devo tentar. Fazer qualquer outra coisa seria trair tudo pelo que trabalhei.

— Você quer dizer tudo pelo que Renard trabalhou. Você só chegou no final — disse Aurora, usando as mãos para enviar um comando rápido para Sai. Hora de detonar aquelas granadas e parar Vana de uma vez. — Eu começaria a preparar suas desculpas, Vana. Se tiver sorte, Salinity as ouvirá antes de colocá-la numa cela para apodrecer.

Se Aurora admirava algo na agente – e isso era um grande "se" – seria a capacidade de Vana de permanecer eternamente composta. Ao ouvir o nome de Renard, à insinuação de que Vana, como um parasita oportunista, havia se intrometido e interrompido a verdadeira motivação por trás dos trajes e do vírus, a agente lançou um olhar furioso como nenhum outro que Aurora já tinha visto. Os lábios de Vana tremeram em uma expressão de desdém, seus dentes apareceram, e seus olhos se estreitaram mais finos que fendas, como facas destinadas a rasgar as entranhas de Aurora.

Antes que quaisquer maldições, negações ou coisas piores saíssem dos lábios de Vana, a imagem desapareceu.

— Pronto — a voz de Sai veio através da *Prisa*. — Ela está morta.

Aurora olhou para Eponi. — Confirmado?

— A velocidade dela não está aumentando, e a nave entrou em um giro lento. Acho que nosso homem ainda tem o toque.

— Bom trabalho, Sai. Preparem-se para a abordagem — disse Aurora. — Vamos trazer nossos amigos de volta para casa.

Seguindo a ordem, Aurora informou a Deepak e às forças de Salinity sobre a situação. Eles ficariam na retaguarda, prontos para ajudar em qualquer limpeza. Enquanto isso, todos que tinham, vestiram a armadura potencializada. Exceto Eponi, cujo trabalho a mantinha na cabine. O quarteto se apertou na câmara central da *Prisa* minutos depois, com as atualizações regulares de Eponi ditando seus movimentos.

O agente que havia proporcionado a fuga de Gregor com o gancho, quase morto, estava algemado com algemas de choque a uma maca.

— Primeiro, posicionem-se — chamou Eponi, sua voz soando pela frequência do esquadrão. — Vou atingir a escotilha principal primeiro, então, se Vana tiver algo planejado, vocês receberão todo o impacto.

— Obrigado — disse Gregor.

Vindo de qualquer outra pessoa, Aurora teria tratado as palavras como sarcasmo. De Gregor, nunca se sabia ao certo.

Gregor iria trabalhar, abrindo a escotilha e quebrando o selo de vácuo na nave de Vana com força suficiente para garantir que, se Vana tentasse separar sua nave da *Prisa*, o buraco do tamanho de um martelo sugaria a agente para o vazio. Em seguida, Sai e Aurora ajudariam a eliminar qualquer força inimiga. Rovo viria por último, com a única tarefa de encontrar Raquel e Kaia e tirá-los de lá.

Uma operação simples, que poderia se complicar se Vana, como Aurora suspeitava, decidisse colocar uma faca no pescoço de seus dois prisioneiros.

Nesse caso, Sai e Aurora fariam os disparos, aceitando o risco. O jogo já havia durado tempo demais.

O trio se reuniu na linha que levava à comporta da *Prisa*: sua porta de rampa de embarque, sem a rampa ativada. A posição da comporta na *Prisa* necessitava de uma conexão em túnel, implantável com um toque ou dois de botão no console ao lado da porta. Gregor tinha sua mão posicionada, pronta para lançar, quando todo o trio sentiu a *Prisa* mover-se em um solavanco brusco para longe, como se a nave tivesse sido atingida.

Os xingamentos de Eponi preencheram a frequência do esquadrão, e Aurora girou e voltou apressadamente para o centro da *Prisa*.

— Fale, Eponi — ordenou Aurora, apoiando-se nessa autoridade para atravessar a frustração de Eponi.

— Ela lançou os dois — disse Eponi. — Renard colocou dois botes salva-vidas naquela coisa, e ambos foram lançados agora. Um quase nos atingiu.

Desativar a nave, claro, mas botes salva-vidas, cápsulas de escape, como quer que você os chamasse, foram projetados para serem lançados manualmente. Se Vana quisesse fugir, ela definitivamente poderia se lançar, mas não daria para desaparecer em uma daquelas coisas.

Em resumo, aquilo não fazia sentido.

— Por quê? — perguntou Aurora para a frequência do esquadrão.

— Ela está nos chamando em onda curta. Deve ser do comunicador de pulso dela — disse Eponi antes que qualquer outra pessoa pudesse oferecer uma resposta. — Vou repassar.

— Rovo — alertou Aurora, — fique quieto.

O novato, sabiamente, não disse nada.

— Fico feliz que tenha atendido — a voz de Vana veio fraca, sem nada da raiva latente em seu tom. — Vocês estão ficando sem tempo.

— Para te pegar?

— Eu ainda estou aqui. Não sou eu com quem devem se preocupar.

Linhas se conectaram a pontos. Possibilidades se formaram.

— Juntos ou separados? — perguntou Aurora.

— Toda garotinha precisa crescer algum dia — disse Vana. — A escolha é sua.

Aurora fechou os olhos e cortou a linha. O momento ou a missão.

— Eponi, quais são as trajetórias dos botes?

— Hmm, opostas. Ambos atingirão o planeta. Nenhum está subindo, porém. Baterão forte. Forte demais.

Os botes salva-vidas podiam ser lançados manualmente, claro, mas ainda eram dispositivos. As granadas de Sai fariam seu trabalho. Atingir uma atmosfera densa como a de Gillane Quatro em alta velocidade faria as coisas ficarem muito feias, muito rápido. Se Kaia e Raquel estivessem naquelas coisas, estariam mortas em minutos.

Minutos suficientes, talvez, para Vana reiniciar sua nave.

— Aurora — a voz de Rovo, firme como aço. — Você não pode. Precisamos tentar salvá-los.

O momento, então.

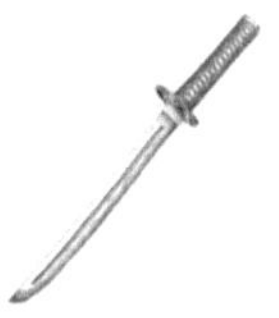

TRINTA E DOIS

LANÇAMENTO DA NAVE

Como você se prepara para um lançamento no vácuo sem um cabo de segurança?

Você verifica todos os seus malditos sistemas e se certifica de que estão prontos para funcionar. Assim que Aurora começou a explicar o novo plano, Sai fez sua armadura de energia verificar todos os seus selos e renovar o suprimento de oxigênio armazenado em bolsos por toda a roupa. Os trajes não eram exatamente projetados para exposição prolongada ao espaço sideral, mas podiam manter um soldado vivo tempo suficiente para um resgate, ou para realizar um.

Quanto ao que Sai faria depois de se propelir através do vazio, ele ainda não tinha elaborado completamente. Chegar a um bote salva-vidas, e provavelmente um que já estivesse morto, não faria muito além de adicionar mais um corpo à lista de baixas. Mesmo assim, se Sai chegasse e encontrasse, digamos, Kaia agarrada dentro do bote salva-vidas sem alternativas, ele ainda poderia... abandoná-la e pegar a nave de resgate.

Sai já sabia que não seria capaz de fazer essa escolha.

O que talvez fosse o motivo pelo qual Aurora o escolheu em primeiro lugar.

— Quase alinhados — disse Eponi, sua voz chegando clara, focada no visor de Sai. — Vá para lá, matador.

— Esperando não matar ninguém desta vez — respondeu Sai.

Atrás dele, Gregor recuou da rampa de embarque e selou o compartimento. A escotilha de carga não utilizada da *Prisa* estava diante de Sai, um pequeno círculo em um chão de metal cinza brilhante. Além dela, a sala de máquinas da *Prisa* zumbia. Não era o melhor design colocar todo aquele equipamento valioso perto da rampa de embarque, a porta mais fácil de violar em uma luta.

Quem era Sai para falar: a DefenseCorp despejava seus soldados em naves de descida o tempo todo, e essas coisas não passavam de armadilhas mortais de metal barato.

— Abrindo a escotilha — disse Sai, tocando o pequeno console montado na parede à sua esquerda.

O dispositivo fez seu trabalho, confirmando que um selo hermético separava Sai do resto da nave. Ele emitiu um bipe uma vez, duas vezes e uma terceira vez para ter certeza de que Sai realmente queria abrir a escotilha de carga sem nenhuma carga anexada. Quando Sai não fez nenhum esforço para reverter sua ação, a escotilha se abriu e Sai viu as estrelas.

As estrelas o puxaram para frente.

Ser puxado pelo vácuo não era como ser puxado por um humano. Não havia acumulação, nenhuma sensação de músculos tensos. Em um momento, Sai estava parado. No seguinte, seu corpo deslizou pelo chão em direção à escotilha. Ao sair, Sai enganchou as mãos na borda externa da escotilha, transformando esse impulso em um balanço.

A ausência de gravidade fez com que suas pernas se abrissem, dependendo dos esforços de Sai para mantê-las alinhadas enquanto ele dançava com as mãos no anel da escotilha. A armadura de energia ajudou, as luvas e sua aderência texturizada se fixando nas imperfeições da escotilha e permitindo que Sai se segurasse. Contraindo os abdominais, comprimindo a cintura, Sai colocou o peito e o estômago em contato com o casco externo da *Prisa*. Seus joelhos vieram em seguida, marcando um impacto sem som. Sai levantou os joelhos, ainda mantendo o aperto na escotilha.

Aí vinha a parte mais difícil. Se fizesse errado, Sai perderia o aperto e flutuaria para longe.

Se fizesse certo, e—

Sai se recusou a pensar demais, girando os tornozelos enquanto soltava as mãos. A armadura de energia seguiu os comandos que Sai falou ao mesmo tempo, ativando as travas nas botas enquanto elas deslizavam, solas para baixo, pelo casco da *Prisa*. O travamento repentino fez Sai cambalear para trás, como se uma mão o tivesse pego enquanto ele caía.

— Pronto — disse Sai. — Pode fechar a escotilha.

— Bom trabalho — respondeu Aurora. — Eponi pode manter esta posição por mais cinco segundos. Prepare-se e vá.

Sai teria respondido com uma réplica convencida, mas não havia tempo. Em vez disso, ele olhou direto para cima e disse ao seu visor para encontrar o alvo. A cápsula de escape estava muito longe para uma boa visualização, mas os sinais de radar do visor a encontraram facilmente. Com o impulso cinético carregado, o visor ajudou Sai a se inclinar para frente, dobrando os joelhos para atingir a posição perfeita de lançamento.

— Lá vamos nós — disse Sai, então acionou os propulsores e saltou para o espaço.

Sai disparou como um foguete, o lançamento sem atrito o impulsionando para um voo livre. Fora dos simuladores, Sai nunca havia se lançado através das estrelas antes. Não havia razão para isso, realmente, a menos que uma missão tivesse dado errado.

Ou você tivesse que salvar alguém.

Apesar da urgência, apesar do risco, uma vez lançado, Sai não pôde fazer muito além de absorver a viagem. Sem propulsão, ele não podia alterar sua trajetória. Sem nada para se agarrar ou ricochetear, Sai derivava. A massa de Gillane Quatro brilhava azulada abaixo dele, um pano de fundo deslumbrante que ofuscava todas as estrelas, exceto as mais brilhantes. Atrás dele, a forma cada vez menor da *Prisa* cintilava enquanto Eponi redirecionava a nave para um mergulho total em direção à outra cápsula.

Olhando diretamente, Sai não conseguia ver a nave de Vana, mas à esquerda, um par brilhante mostrava evidências de que os caças de Deepak avançavam em direção ao inimigo. Esperava que eles pegassem a agente e a reduzissem a pó.

— No alvo? — A voz de Aurora soou através do visor de Sai.

— Até agora sim. Passeio agradável. — Sai parou. — Aurora, você sabe o que dizer se isso não funcionar?

— Não vou ter essa conversa, Sai.

— Mas—

— Conecte-se com a cápsula. Estabilize-a. A nave de Salinity está igualando sua velocidade — disse Aurora. — Essas são suas ordens. Nos veremos do outro lado.

O clique suave ecoou: Aurora encerrou a chamada. Ela nunca foi de considerar futuros desagradáveis, principalmente aqueles envolvendo um amigo morto. Sai teve essa discussão várias vezes com a capitã, tentando dizer a ela o que ele queria para sua família, mas ela sempre o dispensava, sempre tratava como uma eventualidade cujo momento ainda não havia chegado.

Talvez porque a própria Aurora não tivesse ninguém para contar. Sai não sabia se ela tinha planos para depois, o que aconteceria com o dinheiro em sua conta, com quaisquer restos que pudessem ser encontrados.

A armadura de energia arrancou Sai de sua contemplação estelar, chamando sua atenção para o medidor de oxigênio em declínio — ainda havia bastante — e para a distância igualmente diminuída entre Sai e o alvo. O bote salva-vidas não havia perdido muita velocidade desde que Vana o ejetou, mas a gravidade de Gillane Quatro não seria negada: a queda orbital da cápsula aumentava a cada segundo, e a entrada do bote salva-vidas na atmosfera seria um desastre flamejante se Sai não conseguisse deixar a cápsula pronta para a nave de resgate.

Projetadas para lidar com resgates de destroços à deriva ou salvamentos na atmosfera de perigos isolados, esquifes flutuantes e outras situações relativamente estáveis, as naves de resgate eram as embarcações enviadas após um confronto para rondar os destroços e ver o que havia sobrevivido. A nave de Salinity, como as da DefenseCorp, parecia muito com um cilindro coberto de escotilhas. Cada uma podia estender uma câmara de ar, e cada uma dava para um espaço central dominado por equipamentos médicos.

A nave de resgate era uma grande lata, e tinha toda a manobrabilidade correspondente. Não podia formar um selo com o bote salva-vidas, não podia pegá-lo enquanto a pequena coisa caía da órbita.

A menos que Sai conseguisse realizar um milagre.

Ele viu o bote salva-vidas agora, uma mancha que crescera para o tamanho de um esquife à medida que Sai se aproximava. Cinza manchado, com o logotipo da DefenseCorp brilhando no exterior em um brilho prateado, o bote salva-vidas fazia tudo o que a nave de Vana — Renard — não fazia, exibindo-se para qualquer possível resgatador de todas as maneiras possíveis.

Sai mudou sua banda para uma transmissão aberta e enviou uma chamada à frente: — Olá, aqui é seu potencial amigo, vindo para ajudar. Está me ouvindo?

Nada voltou. Não era surpreendente. As granadas EMP de Sai teriam destruído os sistemas do bote salva-vidas, assim como os da nave maior. Ele teria que fazer isso do jeito silencioso.

O impacto veio com um truque. Tecnicamente, Sai não estava acelerando em direção ao bote salva-vidas, mas sim sua velocidade mais lenta permitia que o bote o alcançasse. A diferença, em metros por segundo, significava que Sai ainda poderia ser esmagado como um inseto no para-brisa de um esquife se não se posicionasse corretamente.

Cada cápsula de escape era construída de forma diferente para atender às necessidades de sua nave-mãe. Esta parecia uma cunha cortada ao meio, com um lado inclinado em uma extremidade se estreitando até uma ponta. Essa ponta deveria estar fazendo a entrada na atmosfera, servindo para reduzir o arrasto e desviar o calor da extremidade mais larga, onde todos os desesperados estariam pendurados. Em vez disso, o lançamento sem energia tinha a extremidade grande na frente, onde eventualmente se chocaria contra Gillane Quatro com toda a elegância de um homem aterrissando de barriga em uma piscina.

Alcançando sua cintura, Sai puxou o arpéu. Pegou-o em sua mão direita. Usando explosões direcionadas de seus pacotes de oxigênio armazenados, cada um reduzindo seu suprimento de ar em segmentos que tensionavam os nervos, Sai se posicionou para tirar as pernas do caminho do bote salva-vidas. A coisa grande avançava em sua direção agora, com o objetivo de passar por baixo de um Sai de cabeça para baixo, de modo que a massa azul de Gillane Quatro pairava diretamente sobre a cabeça de Sai. O bote salva-vidas cortaria o espaço entre eles, e Sai lançou seu arpéu naquele espaço.

Ele teve que apostar que o casco do bote salva-vidas seria grosso o suficiente para receber o arpéu. Se Sai tentasse usar suas garras, tentasse travar com suas botas, ele só teria uma fração de segundo. Um erro o lançaria ricocheteando para uma longa morte no vazio.

— Espero que todos vocês estejam se divertindo mais do que eu — disse Sai, transmitindo a mensagem de volta para a *Prisa* enquanto lançava o arpéu.

O bote salva-vidas passou em um instante, preenchendo o espaço entre Sai e o planeta, enquanto o espadachim forçava o pescoço para olhar. O metal cinza, o logotipo prateado brilhante e um brilho vítreo com o que poderia ter sido um pouco de tom de pele. Um indício de um humano preso lá dentro. Então o azul brilhante de Gillane Quatro.

O puxão veio, o arpéu agarrando sua presa e levando Sai junto para o passeio. Ele tentou soltar o cabo lentamente, reduzindo a tensão ligeiramente. Isso não funcionou, a pura velocidade desenrolando toda a linha do arpéu em alguns segundos. O arpéu chicoteou Sai ao redor, uma força não realmente sentida e ainda assim absolutamente percebida pela súbita mudança nas nuvens em movimento de Gillane Quatro abaixo.

Sai esticou-se com a mão direita, alcançando e agarrando a linha do arpéu. Puxando, Sai virou-se para encarar o bote salva-vidas, seguindo atrás dele como um caçador espacial com seu cão. Fragmentos de metal lampejaram ao redor de Sai em uma nuvem instantânea, os detritos levantados pelo contato do arpéu. Sai observou por mais, esperou para ver se o bote salva-vidas se desintegraria ou explodiria se o arpéu expusesse seu interior ao vácuo.

Mas, de alguma forma, a linha se manteve, e a cápsula não se desfez em migalhas.

Respirando pela primeira vez em sabe-se lá quanto tempo, Sai ofereceu a si mesmo um leve sorriso e configurou a linha do arpéu para recolhê-lo. Sai alcançou a ponta do bote salva-vidas em segundos, agarrando-se ao volume enquanto diminuía a tração do arpéu. De tão perto, ele podia ver dentro, podia ver o rosto olhando de volta para ele com uma mistura confusa de pânico e esperança.

Raquel. Machucada e favorecendo o braço esquerdo, mas viva.

TRINTA E TRÊS

O PRÊMIO

Uma forma de descrever uma carreira na DefenseCorp seria catalogando os ferimentos sofridos dentro e fora das missões. As cicatrizes de Gregor, os hematomas, os ossos tortos e uma cabeça sujeita a tantas concussões contavam uma história com um final certo: a ação o alcançaria, e o corpo de Gregor ficaria sem espaço.

Esse dia, no entanto, não parecia ser hoje. Apesar do golpe de nocaute sofrido quando Gregor usou a agente e seu gancho para salvar sua vida, apesar da dor ardente no ombro amortecida pelo unguento restante que Sai lhe entregou — uma lembrança persistente da própria luta do espadachim contra queimaduras, Gregor estava com sua armadura de energia, com seu martelo apoiado contra a parede da *Prisa* enquanto esperava pelo sinal de Eponi.

Após o salto de Sai na escuridão, a *Prisa* se resselou, fechando a escotilha de carga e mais uma vez abrindo o caminho para os motores da nave. Gregor estava sozinho no corredor estreito, com Rovo de volta nas escadas em espiral da nave. Eponi e Aurora mantinham uma conversa contínua, fornecendo informações sobre a localização do bote salva-vidas e se ainda alcançariam Vana.

— Estamos nos aproximando — disse Eponi. — Gregor, dez segundos até tentarmos uma vedação. Se conseguirmos, abra aquela porta rapidamente e tire quem estiver lá dentro. Estamos perto o suficiente da atmosfera e não quero arriscar.

Uma admissão corajosa. Gregor imaginava que Eponi apostaria qualquer coisa com quase qualquer chance. Para ela enfatizar o risco significava que via perigo real no resgate. Não que entradas atmosféricas fossem algo para se brincar. Gillane Quatro tinha o ar espesso, as camadas de calor pesadas que tornavam uma entrada em alta velocidade no ângulo errado algo catastrófico, e o perfil da *Prisa* não receberia nenhum favor da forma desajeitada do pod de escape pendurado como um parasita pontiagudo.

— Vou dar conta — respondeu Gregor.

Equilibrando-se com os braços estendidos pelo corredor, mãos apoiadas nas paredes, Gregor contou mentalmente até o número apropriado. Eponi deu o sinal na deixa, e Gregor sentiu e ouviu os cliques enquanto a *Prisa* fazia seu encontro. Lá fora, no vácuo, um quarteto interconectado encontrou seus parceiros na porta do bote salva-vidas e fez contato. Deslizando juntas, as duas naves criaram uma vedação para manter o ar dentro.

Como Sai, Gregor passou o dedo no console da escotilha de carga, fazendo com que as portas divisórias deslizassem fechadas de ambos os lados de Gregor. Não era exatamente o procedimento normal de acoplamento, mas Gregor não arriscaria nada. Os agentes de Vana poderiam estar no bote salva-vidas, planejando um ataque surpresa. Agora, tudo o que conseguiriam seria uma rápida armadilha.

E quando Eponi ejetasse a cápsula de escape, ela

poderia forçar a escotilha a abrir e se livrar dos agentes também.

— Abrindo a escotilha — disse Gregor. — Aguardem.

— Você está com seu martelo? — perguntou Aurora.

— Sempre.

Gregor segurou a arma em sua mão direita enquanto a esquerda fazia outro movimento no console. A escotilha da *Prisa* obedeceu às ordens, abrindo-se em espiral sob os pés de Gregor. Uma pessoa mais cautelosa teria esperado fora da escotilha, ficado na faixa estreita que a *Prisa* reservava dentro das duas portas de vedação. Gregor preferia entrar de uma vez, afundar logo através de qualquer emboscada antes que tivessem chance de se preparar.

A gravidade zero não daria esse tipo de impulso por si só, então depois de passar o dedo, a mão esquerda de Gregor foi para o teto do corredor e empurrou. A força deveria ter enviado Gregor flutuando para o pod de escape. Em vez disso, Gregor desceu um centímetro ou dois antes de atingir metal duro.

A escotilha do bote salva-vidas não abriu.

— Ainda está fechada — disse Gregor. — Você enviou o sinal?

— Não preciso — contestou Eponi. — É automático.

Quando a escotilha da *Prisa* abriu, a nave deveria ter acionado a mesma resposta do pod de escape. Duas possibilidades, então. Ou os agentes lá dentro não estavam prontos para uma emboscada e tinham trancado a porta do pod de escape, ou a pequena nave não tinha energia para agir conforme o pedido de Eponi.

Ambas as opções ofereciam a mesma solução.

— Vou arrombar. — Gregor deu um passo para a direita, colocando suas costas para a sala de motores da *Prisa*. — Isso pode fazer barulho.

— Seja rápido — disse Eponi. — Está ficando quente aqui em cima, e não vou sacrificar todos nós pelo que quer que esteja nesse pod.

— Não vai precisar.

Gregor balançou, girando o cabo do martelo enquanto se movia para enviar energia cinética ondulante, assim como a armadura de energia, para a cabeça do martelo. Quando a arma golpeou, toda aquela força extra dominou uma pobre escotilha de bote salva-vidas projetada para acessibilidade, não para defesa. As placas curvas, semelhantes a dentes, que compunham a escotilha resistiram por um momento fracionário antes de entortar e quebrar para dentro.

Montado sobre a escotilha, Gregor olhou para dentro do bote salva-vidas e esperou que sua viseira encontrasse qualquer ameaça potencial. Com aproximadamente o tamanho da cabine de comando da *Prisa*, o interior do pod recebia luz do reflexo de Gillane Quatro, um espalhamento prateado azulado através das pequenas janelas. Assentos de emergência alinhavam os lados do bote, estendendo-se quase até o final do pod onde Gregor estava. Embalados no outro lado do casco, longe dos motores, estariam kits de primeiros socorros de emergência, sinalizadores de acidente, o tipo de coisas que alguém poderia precisar se não, digamos, se queimasse na atmosfera.

A viseira não encontrou nada perigoso. Os olhos de Gregor também não identificaram nenhuma ameaça da maneira antiga. Nenhum som vinha da nave morta.

— Parece vazia — disse Gregor. — Uma isca?

— Confirme isso — respondeu Aurora.

— Isso significa entrar. Temos tempo?

— Você tem cinco segundos — disse Eponi. — Depois disso, estamos perdendo Vana.

A contagem mental começou na cabeça de Gregor

enquanto ele juntava as pernas e empurrava o teto novamente. Ele entrou, direto pela escotilha e para dentro do bote salva-vidas. Manteve seu impulso até a extremidade do bote, pretendendo ricochetear na blindagem e voltar para a *Prisa* sem ver nenhum inimigo.

A viseira captou o movimento repentino, não Gregor. Exibiu uma silhueta questionável em azul brilhante enquanto Gregor se reorientava.

Uma silhueta muito pequena.

— Ela está aqui — disse Gregor, tendo uma visão melhor. — Kaia.

— Estamos prestes a não estar mais aqui — respondeu Eponi. — Tire-a desse pod.

Kaia se agachava no canto do pod, abaixada e olhando para Gregor com olhos preocupados. A escuridão a cobria, tornando-a quase invisível, exceto pela maldita viseira e seus poderes impressionantes.

— Kaia, pegue o martelo — Gregor falou enquanto chutava a placa inferior do bote salva-vidas. — Venha agora, rápido!

Gregor não tinha como saber se a menina responderia a um comando vindo de uma pessoa, toda equipada com armadura pesada, que acabara de invadir seu lar apertado e condenado. Na última vez que resgatou Kaia, ela estava isolada em um telhado, separada de Rovo e prestes a ser capturada, ou morta, pelas mesmas pessoas que a enviaram nesta viagem sem volta para o Inferno. Naquela vez, Kaia não teve escolha.

Desta vez, a menina fez o movimento certo.

Ela saltou quando Gregor se impulsionou, lançando-se em direção à escotilha com os pés. Kaia não tanto pegou o martelo quanto a grande arma a pegou. Gregor deixou a cabeça do martelo cair enquanto se aproximava da escotilha, com Kaia segurando-se. O perfil mais fino permitiu que Gregor passasse primeiro, com o homem levantando os joelhos ao sair para abrir espaço para Kaia.

— Pule agora — Gregor disse à menina enquanto a puxava através da escotilha, com os pés apoiados na cabeça do martelo como uma espécie de princesa. — Fique perto daquela porta.

Novamente, Kaia obedeceu às ordens sem questionamento, mas seus olhos, a maneira rígida como ela soltou o martelo, mostravam que talvez não estivesse tão confiante quanto parecia. Agora, porém, Gregor não tinha tempo para deixá-la confortável.

— Feche a escotilha e vá — disse Gregor, encaminhando as palavras pela banda do esquadrão. — Kaia está a bordo e segura.

— Bom trabalho — disse Aurora, o mais alto elogio que se poderia esperar dela.

Eponi não falou, mas agiu. A escotilha de carga, com pernas e outros membros livres, fechou-se sob Gregor. Um baque seguiu quando o bote salva-vidas se desconectou, pronto para continuar sua jornada de desintegração. A *Prisa* girou novamente, algo que Gregor sentiu quando as paredes, o chão ao seu redor giraram enquanto Eponi reposicionava a nave em um curso de volta para Vana.

— Gregor?

A voz veio tão mansa, tão baixa que Gregor não a captou no início, enquanto as portas de vedação que mantinham Gregor e Kaia trancados perto da escotilha de carga retraíam com um *whoosh*.

— É você? — Kaia perguntou novamente, repetindo o nome de Gregor.

Ela estava no centro do corredor, mãos ao lado do corpo, rosto franzido com a pergunta nervosa. Alguém tinha amarrado o cabelo de Kaia, e embora as roupas atléticas e lisas que a menina usava não parecessem um ajuste exato, estavam limpas. Nenhum arranhão marcava seu rosto.

— Acertou, garota — disse Gregor.

— Não — anunciou Rovo, descendo as escadas correndo. — Nós te pegamos, Kaia. Nós te pegamos.

— Rovo! — Kaia girou às palavras do novato, despertando aquele riso especial que é parte alegria e parte alívio.

Gregor observou a reunião por um longo momento, talvez se atrevendo a sorrir também, antes de Aurora soprar novas ordens. Eponi estava injetando energia nos motores e nas armas. Eles iriam alcançar Vana, e Sever precisava estar pronto para atirar.

— Leve-a para um lugar seguro — Gregor disse a Rovo ao passar.

O novato pausou o afago no cabelo de Kaia, colocou uma mão no ombro de Gregor. — Obrigado.

— Ainda não acabou. — O sorriso de Gregor se alargou. — Mas está ficando mais perto.

Kaia começou a perguntar o que estava ficando mais perto, e Gregor aproveitou a deixa para continuar subindo as escadas.

— Rovo está cuidando da convidada — continuou Aurora enquanto Gregor voltava pesadamente ao centro da *Prisa*. — Você fica com a torre de boreste. Eu fico com a outra.

A corrida curta até a torre de bombordo demorou mais porque Gregor teve que se livrar da armadura de energia. As estações de artilharia em uma pequena nave como a *Prisa* não foram projetadas para acomodar um corpo volumoso, mas poderiam — por pouco — acomodar Gregor em nada mais que seu traje de pele, as roupas ultrafinas projetadas para tornar a armadura de energia suportável.

Acomodando-se, Gregor segurou os controles de mira da torre com ambas as mãos. O console ativou ao seu toque, surgindo com opções potenciais para transformar em poeira espacial. Gregor verificou a tela, esperando um grande borrão com o nome de Vana estampado.

Em vez disso, ele pegou uma explosão de pixels cintilantes. Como se o console tivesse um mau funcionamento.

— Minha mira está quebrada — disse Gregor, transmitindo a mensagem agora pelos comunicadores internos da *Prisa*. — Não há nada para atirar?

— Use os visuais — respondeu Aurora. — Renard não colocou muitas armas em sua nave, mas é difícil de encontrar.

— Um verdadeiro agente.

— Um idiota. Assim como Vana — disse Aurora. — Eponi, estamos ao alcance? E onde estão os caças de Deepak?

— Bem à nossa esquerda — respondeu Eponi. — Mas há problemas maiores. Acho que Vana fez a nave funcionar novamente.

— E daí? — disse Gregor, continuando a mexer no console. Ele poderia, é claro, usar as janelas para mirar visualmente, mas nas distâncias que uma batalha espacial usava, seria como atirar em um esquilo através de uma floresta densa. — Podemos alcançá-la?

— Não é com ela que estou preocupada — Eponi terminou com um palavrão. — Ela tem reforços. O transporte nunca deixou o sistema, e está se aproximando rapidamente.

Gregor não sabia como uma nave grande como o transporte poderia ter ficado escondida, mas se a embarcação e seus grandes canhões chegassem muito perto, a *Prisa* e os caças de Deepak estariam em apuros. Gregor não se preocu-

pava consigo mesmo, mas a sua não era a vida mais importante na nave. Todos em Sever assinaram suas próprias
sentenças de morte quando se alistaram. A agente, trancada
nos aposentos do próprio Gregor, tinha feito suas próprias
escolhas para chegar até ali.

Mas se o transporte destruísse a *Prisa*, então Kaia
morreria sem ter culpa alguma.

Gregor não podia, não deixaria isso acontecer.

Essa escolha, no entanto, não era dele para fazer.

TRINTA E QUATRO

UM OU TODOS

Antes de cada corrida, Eponi levava seu kart para voltas de treino. Testava os sistemas da máquina contra as condições do mundo, desde temperaturas congelantes até ventos fortes e gêiseres cuspindo fogo azul. Ela construiria um conjunto de movimentos, mapeando onde na pista poderia usar cada um, e no dia da corrida, empregaria os truques para escalar posições até cruzar a linha de chegada.

Perseguindo Vana na veloz *Prisa*, com a lua principal de Gillane Quatro exibindo seu roxo contra o espaço negro, Eponi ativou os motores e as armas da nave. A nave de Vana investia mais em furtividade do que em defesa, e Eponi já sabia sua localização. O melhor e mais fácil movimento? Subjugar o inimigo, desabilitando-o com tiros de laser ou explodindo-o da mesma forma.

Quando o transporte de agentes contornou a lua, o percurso mudou. Eponi não tinha voltas de treino para esta situação. Ela nunca havia pilotado a *Prisa* em combate espacial contra uma nave como aquele transporte, grande e coberto de armas pesadas destinadas a apoiar uma invasão terrestre. Na verdade, Eponi nunca havia participado de combates espaciais contra naves grandes.

A DefenseCorp reservava essa diversão para seus cruzadores.

— *Prisa*, não estamos equipados para enfrentar aquela coisa — disse o líder do caça formando ao lado da nave de Sever. As duas aeronaves, mobilizadas por Deepak para ajudar a destruir a nave de Vana, eram coisas rápidas, projetadas para assediar e obliterar naves menores e mais lentas. — Me diga que você tem uma ideia melhor?

Eponi revisou mentalmente o armamento da *Prisa*. Três canhões principais, duas torres de cada lado e um canhão principal fixo no centro. A nave tinha opções de mísseis, mas os lançadores estavam vazios quando Sever roubou a nave em Wexer, e ninguém quis gastar dinheiro para recarregá-los. Mesmo assim, os canhões da *Prisa* tinham vantagem sobre os caças da DefenseCorp, e Eponi poderia reunir uma blindagem melhor.

— Dividam-se — disse Eponi. — Vocês dois se concentrem na nave de Vana. Nós vamos provocar o transporte e atrair seu fogo, ver se conseguimos separar os dois até vocês cumprirem a missão.

— Então é um comando para matar?

— É sim — Aurora interrompeu a linha, intervindo de sua torre. — Garantimos os reféns. Por mais que eu gostaria de ter Vana viva, não parece ser esse o jogo que estamos jogando hoje.

— Entendido. Voem seguros. — O homem de Deepak cortou a comunicação, permitindo que Eponi se concentrasse na confusão lá fora.

A lua de Gillane Quatro fornecia um pano de fundo sinistro. Ela bloqueava as estrelas, mas não as luzes brilhantes do transporte. A grande nave se estendia por meio quilômetro e parecia uma asa gigante. Com espaço suficiente para abrigar mais de mil soldados e entregá-los com segurança a uma zona de combate ativa, o transporte tinha blindagem e armas de sobra. A única chance da *Prisa* causar dano viria da remoção dos dentes do transporte.

As torres, com toda sua utilidade em apresentar opções de mira flexíveis, projetavam-se das naves em ângulos óbvios. Os escudos magnéticos projetados para difundir a energia laser tinham que se estender para cobrir os canos salientes das torres, apresentando uma proteção ligeiramente mais fina do que em outros lugares. Eponi deslizou o dedo no console, ordenando à *Prisa* que abandonasse o rastreamento da nave de Vana e direcionasse seus sistemas para o transporte.

Do lado de fora da frente, um amplo painel de vidro que dava a Eponi a visão de seu alvo, um halo azul formou-se ao redor da forma longa do transporte. O halo preencheu os espaços entre as luzes e, dentro dele, círculos verdes se formaram enquanto a *Prisa* seguia o comando de Eponi e encontrava aquelas torres. Eponi engoliu em seco enquanto um quadrado após o outro surgia.

Sever quase nunca usava um desses em suas missões da DefenseCorp, já que frequentemente eram enviados em ações secretas atrás das linhas inimigas ou em tarefas tão específicas que não precisavam de uma invasão completa. Ter o luxo de tantos lasers descendo, cobrindo você e fritando a oposição, deve ser bom.

— Dois minutos até alcance — disse Eponi. — Estou destacando as torres. Não estou confiante que vamos perfurar a blindagem daquela coisa, mas talvez possamos chamar sua atenção tempo suficiente para os caças fazerem seu trabalho.

— Onde você me quer? — perguntou Rovo.

Com Aurora e Gregor nas torres e Eponi, que ainda podia apertar o gatilho de disparo com o braço engessado, Rovo não tinha um lugar claro para estar. Eponi hesitou, não tendo certeza se precisava do novato na cabine com ela.

— Fique com Kaia — ordenou Aurora — até precisarmos de você em outro lugar. Se isso não der certo, faça o que puder por ela.

A *Prisa* não tinha botes salva-vidas. Não haveria nenhum mergulho de última hora para escapar dali. Bom da parte de Aurora não deixar a garotinha passar pela luta sozinha.

Eponi recusou-se a pensar nos possíveis resultados. Ela aprendera isso há muito tempo. Ficar muito presa em como uma corrida poderia terminar tendia a estragar o voo.

Em vez disso, Eponi reduziu os motores, dirigindo a energia para os escudos da *Prisa*. As granadas de Sai haviam desativado a nave de Vana tempo suficiente para que eles se aproximassem. Agora a luta seria sobre voo elegante, sobre sobrevivência, e quem poderia acertar alguma coisa com um laser quente.

— Escolham seus alvos — disse Eponi. — Há muitos.

— Difícil errar algo tão grande — observou Gregor.

— Então certifique-se de não errar — disse Aurora.

Na tela do console à sua frente, Eponi viu os dois caças da DefenseCorp se afastando da *Prisa*, alinhando-se para atacar a nave de Vana. Mais alguns segundos, e a diversão começaria.

Se Eponi tivesse um deus para quem rezar, ela o faria agora. Em vez disso, ela tomou o mais profundo fôlego que seus pulmões poderiam aguentar – fácil esquecer de respirar em uma luta pesada – e focou naquele grande transporte. Ela colocou a *Prisa* em linha reta, seu canhão principal posicionado para fazer o que sabia melhor.

O dedo de Eponi, com o gesso coçando perto dele, encontrou o gatilho.

O console apitou. Brilhante, alegre e sinalizando morte. Eponi apertou o gatilho, supondo que Gregor e Aurora estavam fazendo o mesmo em suas torres. Flashes iluminaram o para-brisa de baixo, direita e esquerda. Os lasers iam rápido o suficiente para que Eponi só os visse quando os feixes de luz superquentes já estavam bem longe da *Prisa*, disparando em direção ao alvo em linhas retas e espaçadas.

A *Prisa*, sentindo que uma luta havia começado, projetou uma nova tela no para-brisa. Mantendo os olhos à frente, Eponi podia ver a energia da *Prisa* como uma sobreposição acima do transporte e da lua roxa. O fogo constante – azul quente, ajustado para a configuração mais alta – sugava energia como a DefenseCorp sugava a vida de seus soldados.

Depois de três segundos, Eponi puxou a alavanca de voo. Sever havia disparado contra o transporte primeiro, engajando com intenção letal. A surpresa proporcionou a Sever esses segundos, permitiu que Eponi arqueasse a *Prisa* para cima enquanto acionava seus jatos de manobra para virar a nave. Na gravidade zero, ficar de cabeça para baixo não importava muito para quem estava dentro da nave, mas permitiu que Eponi mantivesse o transporte em visão clara.

O contra-ataque veio nítido. As armas da grande nave abriram fogo, seus tiros amarelos espalhando-se em direção à localização original da *Prisa* e traçando uma linha em direção à nave de Eponi.

— Atirem quando tiverem oportunidade — disse Eponi, inclinando a *Prisa* para uma aproximação angular. — Cada arma que vocês eliminarem vale uma bebida por minha conta.

— Bom incentivo — respondeu Gregor.

— Porque sua vida não é incentivo suficiente? — disse Rovo.

— Cortem a conversa. — Aurora, fazendo o que os comandantes fazem.

Eponi manteve a *Prisa* girando. O cargueiro não tinha a finesse de um caça, mas o movimento cíclico, combinado com Eponi cortando para cima, para baixo, para trás e para frente aleatoriamente, significava que as torres do transporte lutavam para acompanhar. Seus tiros amarelos formavam uma trilha neon no escuro.

— Esquadrão, vocês fizeram contato? — Eponi reverteu o giro da *Prisa* enquanto enviava a chamada para os dois caças, empurrando a alavanca de voo para frente para mergulhar sua nave através da ponte do transporte. — Está esquentando por aqui.

— Engajamos o alvo — respondeu o piloto de Deepak. — Ela está difícil de pegar.

Subindo, Eponi enviou a *Prisa* por baixo do transporte, chegando o mais perto da nave maior que ela ousou. A silhueta de energia mostrava Gregor e Aurora disparando. Até agora, a *Prisa* não havia tomado um único tiro, o que significava que Eponi era a maior piloto que a galáxia já havia visto, ou que os agentes que operavam as armas do transporte eram, bem, não tão bons.

— Não há tempo para jogos — disse Eponi. — Não vamos vencer contra essa coisa.

Um grito vigoroso cortou a banda, a voz de Gregor declarando vitória,— Um para mim.

Aurora ofereceu congratulações, mas Eponi teve que se concentrar na dança. Ela puxou a *Prisa* para a esquerda, mantendo a nave abaixo do transporte. Esconder-se por baixo mantinha metade das armas da grande nave fora de ação, e outras atirando através do corpo do transporte teriam que se preocupar em atingir sua própria nave. Os disparos amarelos vinham agora esporádicos, os artilheiros decidindo jogar com segurança.

— Voltando para mais uma passagem — disse Eponi quando a *Prisa* se aproximou do final de uma asa. — Se quiserem atingir alguma parte dessa coisa, é agora.

Ela bombeou energia dos escudos da *Prisa* para suas armas. O transporte ainda não havia mostrado que podia acertar qualquer coisa. Melhor causar algum dano enquanto era possível.

— *Prisa*, onde vocês estão? — O capitão do caça veio através de um grito. — Estamos sendo massacrados aqui!

— Estamos abraçando o transporte, o quê- — Eponi parou, seus olhos se arregalando.

Sever operava sozinho. Eponi os levou para território perigoso, fazendo tudo o necessário para sobreviver. Viver tempo suficiente e Sever chegaria ao solo, ou despistaria a perseguição.

Exceto que agora, sobrevivência não era o objetivo.

Praguejando, Eponi inclinou a *Prisa* para a direita, dirigindo-se para a frente do transporte. Enquanto ela girava a *Prisa* para frente, Eponi viu Gillane Quatro azul, sim, mas lasers amarelo dourado queimavam através de sua beleza. Os canhões do transporte despejavam fogo em direção à nave de Vana e os caças tentando abatê-la. Um círculo negro singular se destacava, o espaço onde Vana voava, enquanto ao redor o transporte entrelaçava sua morte.

— Estamos indo! — disse Eponi. — Aguentem!

O piloto do caça não respondeu. Ele não precisava. Presos em uma corrida de ataque, os dois caças tinham suas miras fixas na nave de Vana. O fogo do transporte os atingiu de surpresa. Não apenas um laser isolado, mas uma multidão. Eponi viu os caças dançando enquanto quebravam formação e tentavam fugir. As armas superiores do transporte perseguiram as duas aeronaves uma em direção à outra, prendendo-as em um círculo mortal cada vez menor.

Em segundos, eles estariam mortos.

Eponi bateu no console, drenou toda a energia dos lasers e a bombeou para os escudos da *Prisa*. Gregor gritou quando sua torre parou.

— Eponi — disse Aurora. — O que você está fazendo?

— Salvando os caças — respondeu Eponi, balançando a *Prisa* para cima enquanto passava por baixo do transporte.

Os caças eram alvos difíceis e distantes. As torres dependeriam de programas, informando aos agentes quando e onde atirar. Esses programas achariam a grande e gorda *Prisa* se aproximando rapidamente um alvo muito mais fácil.

— Vana está bem ali — disse Aurora. — Desprotegida. Podemos atacar.

— Se fizermos isso, os caças morrem — respondeu Eponi. — E seríamos os próximos.

Aurora ficou em silêncio enquanto Eponi virava a *Prisa* para uma retirada rápida. As primeiras torres os encontraram agora, mudando dos caças em fuga para o casco suculento da *Prisa*. A nave estremeceu quando os impactos encontraram seus escudos, quando alguma luz ardente escapou e chamuscou o metal.

— Saiam daí, pessoal — disse Eponi enquanto contorcia a *Prisa* de todas as maneiras possíveis. — Vamos cobrir vocês.

— Obrigado, *Prisa* — respondeu o capitão do caça. — Quase nos cozinhamos lá atrás. Desculpe por não conseguirmos derrubar o alvo.

— Teremos outra chance — respondeu Eponi. — Não se preocupe.

A chamada chiou quando outro laser atingiu o alvo, e

Eponi fez uma careta quando o console informou que as comunicações da *Prisa* haviam queimado.

— Ela vai escapar — disse Aurora, entrando na cabine. Ela pegou a cadeira do copiloto, deslizando os dedos pelo console enquanto lasers amarelos preenchiam o vazio ao redor deles. — Vana está escapando, de novo.

— Assim como nós, caso não tenha notado — respondeu Eponi. — Por enquanto, pelo menos.

Voar diretamente para longe de um inimigo não muito interessado em perseguição, no entanto, manteve a *Prisa* viva. Os tiros do transporte diminuíram à medida que Eponi impulsionava os motores da *Prisa*, atingindo e depois ultrapassando o alcance de ataque.

Ela havia esquecido como voar com uma equipe. Ela havia custado a missão de Sever, mas havia mantido suas vidas.

Isso teria que ser suficiente. Mas, quando Eponi ouviu Aurora socar o casco ao seu lado, Eponi soube que não era.

TRINTA E CINCO

FUTUROS

Kaia lidou com o ataque e a retirada melhor do que Rovo poderia ter imaginado. Ele se entrincheirou com ela e a agente capturada na própria cabine de Rovo. Enquanto escutava a conversa do esquadrão com o Bug em seu ouvido, Rovo manteve sua atenção em Kaia, chegando até a usar o console da *Prisa* para encontrar qualquer conteúdo adequado para crianças na biblioteca de entretenimento da nave — um desafio possivelmente mais difícil do que enfrentar agentes em combate aberto.

A gravidade zero impediu que as mergulhadas e desvios da *Prisa* enviassem o trio rolando por aí, e Rovo, assim que Kaia estava distraída, voltou-se para a agente. Ela havia sofrido queimaduras a laser que precisavam de troca de curativos, e o golpe com a cabeça de Gregor tinha formado um hematoma feio sob o cabelo curto da agente.

Mais preocupante que tudo, porém, eram as manchas escuras que Rovo encontrou pelos braços e pernas da agente. Como tinta derramada, as manchas pareciam quentes ao toque, tremendo sempre que Rovo pressionava com o dedo. Gregor havia mencionado ter visto infecções semelhantes em outros agentes, mas encontrar um pesadelo assim de perto...

Rovo enfaixou as manchas. Em Dynas, ele quase morreu quando uma infecção muito maior tentou consumir o novato. Gregor havia vindo ao resgate de Rovo naquela ocasião, mas visões da doença negra se espalhando por seu corpo consumiam as noites insones de Rovo desde então.

Ele pensava que Sever havia posto fim a isso, acreditava que Dynas e seu colapso marcariam a aniquilação da doença.

— Ei, Rovo? — a voz de Eponi, no comunicador. — Você pode sair. Estamos afastados e eles não estão seguindo.

Atrás do novato, o filme continuava tagarelando. Kaia deu risadinhas de algo. Ele ficou olhando para a agente.

— Rovo? — Aurora agora, preocupada.

— Ela está infectada — disse Rovo. — A agente. Ela está como o Felix. Não tão avançada, mas...

O único tratamento que Sever tinha destruía a doença através da exposição ao vácuo. O frio extremo parecia matar o vírus, desde que o hospedeiro conseguisse sobreviver à experiência. Eles poderiam tentar fazer isso com a agente, poderiam tentar—

— Então ela vai para um hospital — disse Aurora, matando a ideia de Rovo antes que ganhasse asas. — Sei o que você está pensando, mas não podemos arriscar perdê-la. Ela é nossa única ligação, agora, para descobrir para onde Vana pode estar indo. E, mais do que isso, com tempo e um sujeito, os médicos daqui podem ser capazes de encontrar uma cura.

— Você viu o que aconteceu com Felix — respondeu Rovo. — Acha que é seguro mantê-la nesta nave?

— Ela não vai sair do quarto — disse Aurora. — Afaste-se você e Kaia. Não vou arriscar uma chance de descobrir para onde Vana está indo.

Se Kaia não estivesse no quarto, se ela não tivesse olhado para Rovo com uma pergunta em seus olhos, ele poderia ter agido de forma diferente. Como estava, ele tirou a mão da pistola ainda em seu cinto. A menina já tinha visto seu pai ser baleado, sido refém de um monstro que queria seu sangue e sido enviada sozinha em uma trajetória de colisão com um planeta.

Kaia já tinha visto o suficiente.

— Vamos, pequena — disse Rovo, desligando o console e pegando a mão de Kaia. — Deixa eu te mostrar todos os lugares legais da nave.

— E ela? — perguntou Kaia enquanto Rovo a puxava suavemente em direção à saída.

— Ela precisa descansar, então vamos deixá-la sozinha por um tempo.

Quando Rovo abriu a porta, Gregor estava no pequeno corredor, encostado na parede. O grande martelo estava ao seu lado. O novato encontrou os olhos de Gregor, captou o leve aceno de cabeça e entendeu.

A agente, vírus ou não, não sairia dali.

Rovo deixou Kaia com seu pai quando a noite caía em Gillane Quatro. Kashmal, apoiado por uma infinidade de robôs, mesmo assim se iluminou quando Kaia entrou no quarto. Como alguém que manteve sua filha em um armário por anos, Kashmal parecia ter mudado de ideia, decidindo que ser pai era, talvez, uma oportunidade e não uma punição. Não que um momento em um hospital, mesmo um tão bonito quanto o centro médico Salinity em forma de lágrima onde estavam, definisse um futuro perfeito.

De qualquer forma, Rovo tinha outro motivo para sair do quarto.

— Parecendo cansado, novato — disse Sai, descontraído no corredor.

O espadachim usava seu próprio manto médico, vários monitores pendurados em sua pele, através de uma bata, tentando garantir que Sai não havia sofrido nenhum dano permanente. Enquanto o ônibus espacial de Salinity completava o resgate, o próprio Sai se agarrava à vida em uma armadura potente com pouco oxigênio e menos calor. O homem parecia cinzento, manchado, mas ainda assim vivo.

— Olha quem fala — respondeu Rovo. — Vão te manter aqui durante a noite?

Sai riu, balançou a cabeça.

— Um pouco de vácuo não vai me matar. — Ele inclinou a cabeça para o final do corredor. — Vai lá dizer oi.

Acenos encerraram a conversa, permitindo que Rovo continuasse até o outro extremo da unidade. Ali, de pé na janela de seu quarto, estava outra paciente que Rovo precisava ver.

— Tão ruim assim? — disse Rovo como forma de bater na porta, encostando-se no batente cor de areia. Todo o hospital tinha uma sensação de praia, como se dissesse que os pacientes não estavam sendo tratados, mas sim, em alguma deliciosa férias.

— Muito ruim — respondeu Raquel, olhando para Rovo. — Eu deveria ter saído horas atrás, mas eles querem me observar. Garantir que não estou como todos os agentes.

— O quê?

Raquel apontou para uma cadeira oposta à sua cama.

— Você está com tanta pressa que não pode entrar por um minuto?

— Se não estivéssemos tão machucados, já teríamos ido embora — respondeu Rovo, ocupando a cadeira.

Estranho, agora, sentar-se sem armadura potente, sem uma mão caindo sobre a pistola, sem os olhos rastreando cada saída, cada janela à procura de um agente. Eles estavam em Gillane Quatro há alguns dias, mas depois do *Nautilus*, depois dos atiradores nas janelas do prédio, os nervos de Rovo estavam tão tensos que ele não tinha certeza de como relaxar.

— Você sabe para onde ela está indo? — perguntou Raquel, tomando seu próprio lugar na cama do hospital.

— Deepak e Aurora estão se reunindo sobre isso — Rovo piscou, olhou com atenção para Raquel e não viu nada estranho. — Você disse que estão te mantendo aqui por causa dos agentes?

— Para ter certeza de que não estou *como* os agentes. — Raquel passou as mãos para cima e para baixo em seus braços. — Salinity está agrupando-os. Você pensaria que eles lutariam, ou simplesmente desapareceriam na multidão, mas eles estão... doentes.

— Eu sei.

— Sabe? — Mais perguntas preenchiam o espaço entre as sobrancelhas franzidas de Raquel, sua leve inclinação na direção de Rovo. — Me conta.

— Não sei como a doença funciona, só que é grave. Mantenha-os longe de todos os outros e entre si — disse Rovo. — É um dos motivos pelos quais não queremos perder tempo perseguindo Vana.

— Eles estão morrendo, Rovo. Estão morrendo e dizendo que é culpa dela. Que *Vana* os fez serem injetados. Por que ela faria isso se soubesse que os mataria?

— Talvez ela não soubesse? — Rovo balançou a cabeça.

— Não tenho certeza, mas quando a alcançarmos, ela nos dirá.

Raquel franziu a testa.

— Você não pode achar que ela vai cooperar.

— Não sabemos disso até tê-la em mãos — disse Rovo. — E se ela não cooperar, descobriremos do jeito difícil.

O franzido de Raquel se transformou em uma linha reta.

— Parece que é assim que vocês fazem tudo. Do jeito difícil.

— Não por escolha.

— É assim que vão retribuir ao meu planeta e à minha empresa? Do jeito difícil?

Rovo deu de ombros.

— Nem sei o que isso significa.

Raquel olhou para seu bracelete, deslizou o dedo sobre ele.

— Então, pelos meus cálculos, vocês causaram danos significativos a dois apartamentos. Explodiram aerodeslizadores e deixaram seus restos em propriedade pública. Gregor e Aurora devastaram um prédio em construção, e você, pessoalmente, derrubou uma torre climática. Isso é muito dinheiro.

— Hm, manda a conta para a DefenseCorp?

— Ah, vou mandar. Mas você e seu esquadrão quebraram leis fazendo o que fizeram, sem nenhuma permissão oficial. Eu poderia resolver isso, se você me prometer uma coisa.

A conversa já tinha rodado tão além de qualquer lugar que Rovo esperava, que tudo o que ele pôde fazer foi erguer as mãos e perguntar o quê.

— Volte — disse Raquel. — Pague sua dívida com este planeta e com aquela garotinha.

— Para que você possa me dar ordens?

Um sorriso, logo correspondido.

— Você parece um homem que precisa de alguma direção.

Bem, Rovo não podia discordar disso.

TRINTA E SEIS

EXÍLIO

O parque cintilava na metade da manhã, suas árvores podadas e a grama bem aparada exibindo um proprietário corporativo cuidadoso e seus robôs. Aurora sentou-se num banco de metal, as saliências texturizadas nas ripas aquecendo lentamente até a temperatura que ela havia selecionado em seu pulseira. O vento brincava com seu cabelo. Pela primeira vez, o corpo de Aurora parecia natural, em vez de desgastado por produtos químicos que a mantinham acordada e pronta para dar mais um soco.

— Este é um planeta agradável — anunciou Deepak, caminhando na direção de Aurora por um caminho repleto de pessoas passando.

O almirante da DefenseCorp tinha, assim como Aurora, abandonado o traje oficial por algo mais descontraído. Algo mais discreto, considerando a campanha pública da Salinity que culpava a DefenseCorp pelos combates ao redor de Kaiyo. Um suéter branco impecável, algumas calças que pareciam ter sido compradas algumas horas antes e vestidas às pressas.

Aurora tinha os retalhos da *Prisa*. Não serviam muito

bem, mas as roupas eram confortáveis, a jaqueta quente. Hoje, isso seria suficiente.

— É muito mais agradável quando você não está lutando por sua vida — respondeu Aurora.

— Estou surpreso em ouvir você dizer isso. — Deepak ocupou o lugar ao lado dela, cruzou as pernas e olhou para o verde. — Você não vive para o conflito?

Aurora pensou que teria uma resposta rápida, mas a pergunta a pegou do jeito errado. Para que ela vivia? Será que ela...

Não. Não vou fazer isso. Ainda não.

— Neste momento, Vana é a única coisa que importa — disse Aurora.

— Mas você venceu. Kaia está de volta com seu pai. Seu esquadrão está vivo. Vana não pode tirar isso de você.

Aquelas palavras vieram fáceis demais, fluidas demais. Aurora estivera tempo suficiente perto de Deepak, ouvira relatórios suficientes dele para saber quando o homem queria aceitação em vez de introspecção. Por que Deepak queria que Aurora se concentrasse na vitória, em vez da guerra?

— Você enviou dois caças — disse Aurora. — Dois caças, nada mais. Mesmo sabendo que o transporte ainda poderia estar no sistema.

— Não estávamos perto — respondeu Deepak. — Nem esperávamos que Vana fugisse quando fugiu. Você poderia ter nos avisado.

— Uma agente que lutou para sair da *Nautilus* por meio de emboscadas e truques, e você está dizendo que não estava preparado para surpresas?

— Caso você tenha esquecido, minha nave quase se despedaçou nos combates que seu esquadrão iniciou. Estamos distraídos.

Como tantas de suas conversas anteriores, esta parecia um teste. Deepak se esquivava. Suas respostas vinham fáceis demais. Fazia semanas desde a revolta dos agentes na *Nautilus*. Tempo suficiente para montar uma nova cadeia de comando, restaurar as naves e seus pilotos a status operacional. A DefenseCorp não toleraria lentidão, porque cada dia gasto em tumulto era um dia sem ganhar dinheiro.

— Deepak, ou você me diz a verdade agora mesmo, ou eu vou me levantar e ir embora — disse Aurora. — Não estou brincando. Vana quase me matou e ao meu esquadrão vezes demais.

Deepak se acomodou no banco. Desta vez, quando falou, não olhou Aurora nos olhos.

— Os caças nunca iriam atacar Vana. Apenas parecer que sim.

— Explique, ou vou matá-lo aqui mesmo.

Erguendo a palma da mão esquerda em direção a Aurora, Deepak continuou:

— A DefenseCorp está mudando de ideia. Vana está apresentando uma oportunidade convincente, pelo menos para a liderança. Você tem que admitir, Aurora, que os trajes seriam eficazes. Quantas missões seriam mais fáceis se o inimigo não pudesse ver sua aproximação?

— Mas os agentes se voltaram contra nós! Contra toda a empresa!

— Não — disse Deepak, com uma amargura repreensiva em sua voz. — Seu esquadrão nos abandonou. Os agentes na *Nautilus* tinham todo o direito, pelo código da Defense-Corp, de matar sua equipe. Então, você empurrou minhas tropas para lutar contra Renard primeiro. — Deepak respirou fundo, desviou o olhar. Um leve balanço de cabeça o trouxe de volta para Aurora. — Os líderes da Defense-Corp não deixarão a empresa se dividir. Vana está dando a eles uma maneira de mantê-la unida e, ao mesmo tempo, aumentar nossos lucros.

Aurora pressionou as mãos sobre as calças para evitar fechá-las em punhos. Argumentos surgiam e morriam um após o outro enquanto ela os analisava pelo olhar de Deepak. O homem teve a gentileza de mostrar algum pesar, e aquelas olheiras sob seus olhos estavam escuras o suficiente para sugerir que Deepak não dormia bem há muito tempo.

— Uma semana atrás, bem depois de você partir, recebi ordens para interceptar sua tentativa aqui — continuou Deepak. — O Esquadrão Sever foi marcado. Vocês são uma ameaça para o novo futuro da DefenseCorp.

Aurora levantou-se.

— Então meu esquadrão está em risco. Temos que sair agora.

— Pare. A mensagem chegou a mim, e eu não a enviei para toda a nave — disse Deepak. — Alguns podem saber, mas não o suficiente. A *Nautilus* é minha, e as pessoas nela são minha tripulação. Eles não se moverão a menos que eu diga.

Olhando para Deepak, a calma contínua do almirante serviu apenas para atiçar um fogo. Isso, isso tinha sido o motivo pelo qual o Sever havia se separado da DefenseCorp depois de Dynas. A empresa jogaria tudo fora por uma lasca a mais de poder, por um pouco mais de dinheiro, não importando quantas pessoas assassinasse no processo.

— Então isso é o quê, seu aviso? Você está nos dando uma vantagem inicial? — perguntou Aurora. — Para onde poderíamos ir? E o que acontece quando a Salinity decide nos acusar como vigilantes por tentar resgatar Kaia? Seremos procurados em toda a galáxia.

— Sinto muito, Aurora. De verdade. Conseguir a armadura potencializada para vocês, dar este aviso, já estou arriscando tudo.

— Claro que está. — Aurora varreu o parque com o olhar. Não notou ninguém observando, mas atiradores podiam estar em qualquer lugar, robôs de gravação escondidos nas folhas. — Obrigada por nada.

Deepak estremeceu. Aurora pensou em ir um passo além, dar ao almirante um soco que ele certamente merecia, mas cada segundo que o Sever permanecesse aqui, pensando que estavam seguros, era outro momento arriscado.

— Espere — disse Deepak, levantando-se enquanto Aurora começava a se afastar. — Eu não quero, não quero ver você se machucar mais.

Aurora torceu os lábios, olhou para trás.

— Nunca foi sua escolha fazer.

— E ainda assim, tentei mesmo assim. — Deepak acompanhou seu ritmo. — Não vim aqui apenas para avisá-la.

Aurora não respondeu. Ela acelerou o passo. A caminhada do parque até o cais de atracação não era curta, e o passeio na cápsula seria rastreado, observado. Ela começou a levantar seu pulseira para enviar uma mensagem na frequência do Sever, convocando todos de volta para a *Prisa*.

— Você disse antes que acha que Vana e Renard estavam fazendo algo pior que os trajes — disse Deepak. — Ouvi os relatórios sobre os agentes aqui. A doença.

— Sim. Vana modificou a doença de Dynas. Vai matar todos se não receberem alguma dose — disse Aurora. — Tenho certeza de que vocês também vão pegar. Mantê-los leais. Transformá-los em monstros.

— Tal plano, se for descoberto, quebraria a Defense-Corp — disse Deepak. — Trajes são uma coisa. Um vírus mortal? A galáxia não vai tolerar isso.

— Você está chegando a algum lugar com isso? Porque eu estou indo a algum lugar, e não estou mais esperando pela sua ajuda.

— Vana enviou uma mensagem. Nós a recebemos ontem. Durante sua fuga. — Deepak parou de andar, e desta vez Aurora parou com ele, perto da borda do parque, onde se fundia com uma avenida ladeada de lojas. — A mensagem foi para todos os almirantes, todos os escalões mais altos da empresa. Vana está chamando-os para uma demonstração, para uma reunião. Ela quer que eles vejam seu futuro.

— E você vai?

Deepak assentiu.

— Todos irão. Todos eles.

— Isso não é um risco?

Um sorriso no almirante, agora, um leve.

— É mais perigoso estar ausente quando a nova ordem é decidida. — Deepak estendeu seu pulseira, deslizou para uma tela para transferências locais. — Dê uma olhada. Se você quiser uma chance de detê-la, de mudar tudo isso, será aqui.

Aurora não hesitou, tocou seu pulseira no de Deepak. Os dispositivos apitaram quando a transferência foi concluída dois segundos depois.

— Você poderia ter começado por aí — disse Aurora, sua raiva se dissipando em curiosidade. — Teria tornado todo o resto mais fácil de aceitar.

— Porque a vingança é tão importante para você?

— Se isso vai tirar os cães de caça do meu traseiro, então sim, eu diria que é muito importante.

— Você percebe que todos os principais oficiais da DefenseCorp, com seus guardas, estarão lá. Todos vão querer suas cabeças. Não há como vocês chegarem perto.

Agora era a vez de Aurora sorrir.

— Se você acreditasse nisso, não teria me contado.

Deepak não podia negar isso.

O Sever amontoou-se no centro da *Prisa* com atitudes alegres que se desintegraram quando Aurora deixou claros os riscos. Duas vidas agora, suas carreiras na DefenseCorp e seu curto período como freelancers, haviam sido tiradas deles. Poucos contratariam um grupo na lista negra da DefenseCorp. Ninguém aceitaria uma equipe também caçada pelo maior fornecedor de água da galáxia.

— Então você está dizendo que nossa única escolha é entrar, nós cinco, contra sabe-se lá quantos? — disse Rovo. — Vana vai ter trajes, vai ter os caras maiores e mais durões da DefenseCorp, todos tentando ver o quanto mais fortes vão ficar, e nós devemos lutar contra isso?

— Quando você coloca desse jeito — Eponi destilava sarcasmo — parece uma má ideia.

— Ou uma ótima — acrescentou Gregor.

— Você não ofereceria isso a menos que tivesse uma ideia — disse Sai para Aurora. — Então, qual é?

— Fácil — respondeu Aurora. — Fazemos o que sempre fizemos. Entramos, eliminamos Vana e qualquer um que esteja do lado dela. Encontramos as evidências mostrando o que eles estão fazendo, transmitimos para a galáxia. Vencemos.

— Só isso? — disse Rovo.

— Só isso — respondeu Aurora, ignorando o tom do novato. — Sabemos onde eles vão se encontrar, e temos algum tempo antes que todos os nossos alvos possam cruzar a galáxia para chegar aqui. Eponi vai nos levar a uma estação que eu conheço onde podemos descansar, nos esconder e montar um plano.

— E se eu não quiser ir? — disse Rovo, atraindo todos os

olhares em sua direção. — E se eu quiser sair dessa coisa? Kaia está segura. Raquel está me oferecendo um emprego aqui. Talvez eu não queira jogar minha vida fora.

Aurora deu a Rovo um olhar firme.

— Você quer ficar, ninguém está forçando você a vir. O Esquadrão Sever, mesmo que seja apenas eu, vai atrás da Vana. Não vou deixar o futuro dela vencer. — Ela não viu nenhum outro membro do Sever apresentando objeções, então Aurora foi direto ao coração de Rovo. — Kaia vai crescer nesta galáxia, novato. Você pode garantir que seja uma em que você acredita, ou uma que vai destruí-la.

Uma hora depois, quando Eponi recebeu autorização do controle terrestre da Salinity, a *Prisa* ergueu-se no brilhante céu da tarde de Gillane Quatro. O azul mudou para roxo e, finalmente, para o preto enquanto o Sever subia em direção às estrelas.

Vana tinha o Sever encurralado contra a parede.

Grande erro.

EM UM PLANETA À MARGEM, o Esquadrão Sever faz um último esforço desesperado para destruir uma horda mortal antes que ela possa consumir a galáxia.

Continue a aventura do Esquadrão Sever em *Tempestade de Fúria*:

AGRADECIMENTOS

Este romance é produto da minha família e amigos que se recusaram a deixar um sonho morrer. Minha esposa Nicole, por me permitir escrever nas primeiras horas da manhã e garantir que eu não morra de fome. Meus irmãos e pais por seus contínuos comentários, apoio e entusiasmo.

Evan Aaseng, por ser um constante confidente e me puxar de volta sempre que minhas ideias iam longe demais.

E, claro, você, leitor, por me dar uma razão para escrever.

SOBRE O AUTOR

A.R. Knight cria histórias em uma casa gelada em Madison, WI, basicamente comandada por dois gatos. Após ser sugado pela rotina de trabalho durante a crise econômica de 2008, ele se viu em reuniões tediosas viajando pelo espaço e participando de grandes aventuras.

Eventualmente, dedicando-se a podcasts, roteiros, contos e outros romances, ele encontrou uma história na qual poderia mergulhar e um elenco de personagens tanto divertidos quanto cheios de alma.

Sever Squad tem mais aventuras por vir, junto com novas tramas, cenários e histórias no futuro. A partir daí, A.R. Knight planeja saltar para outros mundos e encontrar novas histórias para contar nas fronteiras ilimitadas da nossa imaginação.

Obrigado, como sempre, pela leitura!

Para Evan